파리일기

일러두기

이 책의 외국 인명과 지명 등은 외래어표기법에 준했으나, 일부는 실제 발음에 가깝게 표기했다.

파리일기

정수복 지음

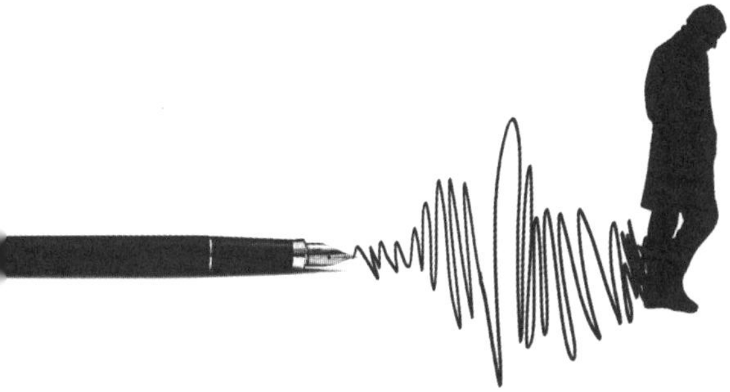

문학동네

일기장을 열며

한곳에 오래 머물면 세월이 멈춘다. 그렇기 때문에 시간을 벌려면 장소를 옮기는 것이 가장 좋다.

_프루스트, 『잃어버린 시간을 찾아서』 중에서

글쓰기란 생각의 실마리를 따라가고 생각의 실타래를 풀어가며 생각의 갈래를 살피면서 생각의 마디를 이어가는 일이다. 글쓰기의 여러 장르 가운데 일기日記는 문자 그대로 매일 있었던 일을 날마다 적어나가는 글의 형식이다. 일기는 어떻게 보면 생각의 벽돌을 만드는 일이다. 벽돌은 집을 짓기 위한 기초 자재다. 집 짓는 사람이 벽돌을 쌓아 네 개의 벽을 세우고 그 위에 지붕을 얹고 그렇게 만들어진 공간을 나누어 집을 구성하듯이 책을 쓰는 사람은 생각의 벽돌을 쌓아 장과 절을 만들고 프롤로

그와 에필로그를 써서 책이라는 생각의 집을 짓는다. 일기장은 아직 집의 형태를 갖추지 못한 수많은 벽돌이 쌓여 있는 창고와 같다. 여기 15년 동안 닫혀 있던 창고의 문을 활짝 열어 환기를 시키고, 흩어져 있던 벽돌들을 가지런히 정리하여 독자들 앞에 내놓는다.

2002년 초 나는 풀리지 않는 서울 생활을 정리하고 파리로 삶의 근거지를 옮겼다. 이전과는 다른 방식의 삶을 살고 싶었고 그동안 썼던 글과는 다른 양식의 글을 쓰고 싶었다. 파리에 도착한 후 무언가를 써야 한다는 생각이 머릿속을 떠나지 않았지만 무엇을 어떻게 써야 할지 도무지 아무 생각도 나지 않았다. 그래서 무작정 쓰기 시작한 것이 일기였다. 낯선 곳에 도착하여 보고 듣고 느끼고 생각한 것들을 적어두지 않으면 지난 일들은 모두 시간의 흐름과 더불어 망각의 지층 속에 묻혀버린다는 것을 몇 번의 경험으로 알고 있었기 때문이다. 그래서 이번에는 하루하루 일어난 일이나 경험한 일들을 천천히 적어내려갔다. 평범한 일상과 더불어 호기심을 자극하는 대상들을 묘사하기도 하고 크고 작은 사건들을 기록해놓기도 했다. 그렇게 일기를 쓰면서 나는 파리에서 내 삶의 증인이 되었다.

그렇게 10년의 세월을 보내고 2011년 말 파리 생활을 마감하고 귀국했다. 그리고 다시 6년의 세월이 흘렀다. 지난해 초 우연한 기회에 15년 전 파리에서 쓴 지난날의 일기를 읽어보았다. 지하 저장고에 묵혀둔 오래된 포도주를 꺼내 마시는 듯한 느낌이 들었다. 포도주병의 먼지를 닦아내고 코르크 마개를 딴 다음

투명한 유리잔에 진한 자줏빛 포도주를 따르자 포도주 향기가 후각을 자극했다. 유리잔 속의 포도주를 그윽하게 바라보다가 포도주를 조금씩 입속에 머금고 그 맛을 음미했다. 그러면서 포도밭의 흙냄새, 햇빛, 바람, 눈, 비, 지질, 기온, 농부의 손길, 새소리를 연상했다. 그러자 나의 몸과 마음은 어느새 프랑스 남부의 양지바른 포도밭으로 날아갔다. 나는 지난날의 일기를 읽으면서 15년 전의 파리로 돌아갔다.

이 일기는 '내면일기'이자 '외면일기'이기도 하다. 서울에 살던 사람이 파리라는 이방의 도시로 가서 프랑스 사회와 프랑스 사람들 속에 끼어 살면서 보고 들은 것을 기록한 관찰기이기에 '외면일기'라고 할 수 있고, 한국 사회에서 제자리를 잡지 못하고 밀려나 새로운 삶의 방향을 모색하는 상황에서 나 자신의 마음에서 일어나는 내밀한 생각을 적어내려갔다는 뜻에서 '내면일기'라고도 할 수 있다. 일상생활의 모습이 있는 그대로 '날것'으로 나오기도 하지만 그대로 두었다.

2011년 말 파리 생활을 접고 귀국한 지 얼마 안 되었을 때의 일이다. 어떤 사람이 나를 '서울에서 취직도 안 되고 집안에 돈은 있어서, 파리에 가서 널널하게 지내다 온 사람'이라고 써놓은 것을 우연한 기회에 읽게 되었다. 그때 나는 내가 생각하는 나와 타인이 바라보는 나 사이에 큰 간극이 있음을 알았다. 나 스스로는 파리에서 나름대로 '치열하게' 살려고 노력했지만 타인의 관점에서는 그렇지 않았던 것이다. 나의 파리 생활을 자세하게 묘사한 이 일기가 내가 나를 보는 시선과 바깥에서 나를 보는 시선 사이의 간극을 조금이나마 줄여줄 수 있기를 기대한다.

기억은 사라지지만 기록은 남는다. 특별한 목적 없이 그날그날 일어난 일들을 기록해나가는 일기 쓰기는 한 사람이 자신의 과거를 기억하기 위한 가장 좋은 방법이다. 쓸 때는 하찮게 보이는 일, 지나가는 느낌, 단편적이고 자잘한 사실들이 오랜 시간이 지나고 나면 과거를 생생하게 재현하는 단서가 된다. 15년 전 파리에서 쓴 일기를 읽다보니 적어놓지 않았더라면 기억나지 않을 사소한 일들이 지난날을 생생하게 환기해준다. 묵은 일기 속에는 그때 그 시절 내가 세상을 바라본 시각과 삶을 대한 태도가 스며들어 있다. 일기는 삶의 흔적이다. 쓸 때는 아무 뜻 없이 날마다 일어난 일을 적어내려가지만, 그렇게 쌓인 일기는 자기도 모르게 실존의 궤적을 그린다. 그러나 일기는 그저 지나간 날을 환기하는 장치에 그치지 않는다. 일기장에는 회의, 불안, 기쁨, 좌절 등 겉으로 쉽게 표현하지 못할 내밀한 감정이 저장되어 있고, 지나온 삶의 의미를 반추하거나 새로운 삶을 위한 내적 투쟁의 흔적이 담겨 있다.

2002년부터 2004년 사이에 파리에서 쓴 일기의 분량은 200자 원고지로 치자면 3천 매 정도가 된다. 그것을 한 권의 책에 담기에는 너무 많아서 우선 첫해에 쓴 3분의 1 분량의 원고를 책으로 펴낸다. 그러면서 일기장의 적당한 제목을 생각해보았다. '뿌리와 날개' '낯설음과 익숙함 사이에서' '은둔과 변신'

'생각의 벽돌 쌓기' '호기심의 남용' '파리의 이방인 일기' '낯선 도시 망명 일기' 등이 제목으로 떠올랐다.

'뿌리와 날개'라는 제목은 삶의 뿌리를 다른 땅에 옮겨 심으면서 자유롭게 하늘을 날기를 기원하는 뜻을 담고 있다. 파리는 낯선 도시였지만 내가 1980년대에 유학했던 도시이기에 다소 익숙한 곳이기도 했다. 그래서 생각난 제목이 '낯설음과 익숙함 사이에서'다. 그런데 한 사람이나 한 도시에 대해 깊이 알기에 가장 적합한 시간이 바로 더이상 낯설지도 않고 아직 익숙하지 않은 그 사이의 시간이다. 2002년 나의 일기는 바로 그런 사이의 시간을 기록하고 있다. 그 시간 동안 나는 한국과 관계를 자발적으로 끊고 일종의 은둔 생활을 하면서 변신을 모색했다. 그래서 나온 제목이 '은둔과 변신'이다. '메타모포시스: 변신 일기'라는 제목도 생각해보았다.

이 일기가 그 나름의 특징이 있다면 그 시절 내 나름의 사유와 생각의 단편들을 차곡차곡 쌓아올리고 있다는 점이다. 그래서 '생각의 벽돌 쌓기'라는 제목을 떠올렸다. 흩어진 레고 조각을 쌓아 무언가를 만들듯이 다양한 생각의 파편들을 짜맞추어 본 흔적이 이 일기장 속에 들어 있다.

2002년 초 파리 생활을 시작하면서 나는 1980년대 유학 시절에는 공부에 쫓겨 무심코 지나친 것들에 관심을 기울이기 시작했다. 그러자 파리는 온갖 호기심을 자극하는 것들이 넘쳐나는 흥미로운 도시가 되었다. 나는 그 끝없는 호기심을 충족시키기 위해 매일 눈과 귀, 머리와 가슴을 마음껏 사용했다. 아니 그것은 때로 사용을 넘어 남용에 가까웠다. 그래서 생각난 제목이

'호기심의 남용'이다. 그러나 이 일기는 기본적으로 서울을 떠나 파리로 망명한 이방인의 일기다. 그래서 나온 제목이 '파리의 이방인 일기' 또는 '낯선 도시 망명 일기'이다.

이 가운데 하나의 제목을 고른다면 다른 제목들이 서운해할 것이다. 그래서 그 모든 뜻을 거의 다 담을 수 있는 '파리 일기'라는 포괄적인 제목을 정하고 부제를 '은둔과 변신'으로 잡았다. 이 일기는 무엇보다도 서울을 떠나 파리에서 새로운 삶을 모색한 외로운 기록이기 때문이다. 그러나 '낯설음과 익숙함 사이에서' '이방인 일기' '호기심의 남용' 등 앞서 떠올려본 모든 제목들을 이 책의 부제로 생각해도 좋을 것이다.

프랑스를 사랑했던 일본 작가 나가이 가후는 1945년 8월 15일 천황의 항복 선언을 듣고 벽장 속 깊숙이 감추어두었던 프랑스제 포도주병을 꺼내 혼자서 축배를 들고 춤을 추었다고 한다. 컴퓨터 속에 들어 있던 15년 전에 쓴 오래된 일기를 책으로 출간하면서 독자들과 함께 향긋한 포도주잔을 기울이고 싶다.

끝으로 『파리를 생각한다』 이후 내가 쓴 모든 책의 초고를 언제나 두 번씩 읽고 자신의 소감과 더불어 의미 있는 제안을 선물하는 연세대학교 커뮤니케이션 대학원의 이윤영 교수에게 각별한 감사의 마음을 전한다.

2018년 새해 아침 서울에서

정수복

차례

2002년 1월 25일 금요일
흐림, 구름, 섭씨 7~8도

파리의 이방인

서울의 김포공항을 떠난 비행기는 열두 시간을 날아서 1월 25일 오후 5시 40분경에 파리의 샤를 드골 공항에 도착했다. 1982년 6월 프랑스에 유학 온 해로부터 꼭 20년 만이다. 그때는 미란과 나 둘이 왔는데 이번에는 나, 미란 그리고 대인 이렇게 셋이 오게 되었다. 1989년 초 유학 생활을 마치고 세 살 난 아이를 데리고 서울로 향했는데 그 아이가 이제 만 열다섯 살이니 그동안 세월이 많이 흘렀다.

공항에서 정신없이 통관 검사 구역 밖으로 나왔다가 다시 들어가서 짐을 찾아 가지고 나왔다. 1980년대 유학 시절 파리 교외 그리니라는 동네에 함께 살았던 친구 K가 공항에 차를 가지고 나와주었다. 여섯 개나 되는 이삿짐 가방을 작은 승용차에 겨우 꾸겨넣고 파리 동남쪽에 붙어 있는 알포르빌로 향했다.

파리 아파트의 대문.

파리에서 이방인으로
살아갈 날들이 시작되었다.

K부부는 파리에서 교민으로 살면서 최근에 임대 수입을 얻기 위해 알포르빌에 새로 지은 작은 아파트를 마련했다. 파리에서 우리 가족에게 적합한 아파트를 찾을 때까지 당분간 그곳을 빌려 쓰기로 했다. 공항에서 빠져나오는 도로가 꽉 막혀서 시간이 지체되었다. 길가에 경찰들과 응급 구조대원들이 모여 있는 것을 보니 교통사고가 있었던 모양이다.

당분간 살 아파트에 도착하니 아직 공사가 다 끝나지 않은 상태였다. 승강기가 운행되지 않아서 큰 가방들을 공사장의 먼지 나는 계단을 거쳐 5층까지 들어올리느라고 힘들었다. 아파트에는 주방을 겸한 거실에 침실 하나가 따로 마련되어 있었다. 거실에는 펴면 침대가 되는 소파가 하나 있고 침실 옆에 욕실이 붙어 있다. 이제 파리에서 이방인으로 살아갈 날들이 시작되었다.

1월 26일 토요일

어두운 마을에서

아침 10시쯤에 느지막하게 일어나 알포르빌 동네 빵집에서 바게트와 초콜릿빵, 크루아상을 사고, 식료품 가게에서 오렌지 주스, 우유, 버터, 설탕, 프티테콜리에Petit Écolier(초콜릿이 붙은 비스킷 브랜드), 볼빅Volvic(생수 브랜드) 등을 사와서 아침식사를 했다. 오랜만에 먹는 바게트가 맛있었다. 드디어 프랑스에 도착했다는 실감이 났다. 점심은 밥에다 서울에서 가지고 온 밑반찬을 놓고 먹었다. 아직 아무도 입주하지 않고 공사도 마무리되지 않은 아파트단지에 들어와 있다보니 전시의 피란민이 된 느낌이다. 조금 우울해진다.

오후 3시 30분경에 K부부가 아들과 함께 왔다. K의 아들은 대인과 동갑이고 어릴 때 같은 동네에서 함께 자랐다. K부부는 그동안 살아온 이야기와 생활에 필요한 조언을 해주고 5시

오븐에 들어가기를 기다리는 바게트.

오랜만에 먹는 바게트가 맛있었다.

30분경에 돌아갔다. 아파트에는 아직 서랍장, 옷장의 막대 등이 준비되지 않아서 가지고 온 짐을 풀지 못하고 있는 상태다. 답답한 마음에 알포르빌에서 조금 떨어진 메종 알포르 지하철역까지 산책 삼아 걸어보았는데 동네 분위기가 매우 썰렁했다. 첫날밤 공항에서 마을에 도착할 때 얼핏 그런 느낌을 받았지만 환할 때 보니까 더 확연하게 느껴진다. 처음 와보는 이질적인 동네에 대한 나의 선입견이 작동하고 있는지도 모르지만, 동네는 전반적으로 어둡고 침체되어 있으며 거리를 다니는 사람들에게서 불만과 피로, 때로는 공격성이 느껴지기도 한다. 메종 알포르에서 103번 버스를 타고 두 정거장을 와서 뤼 드 센Rue de Seine 정거장에 내려서 아파트로 돌아왔다.

미란과 함께 파리에 사는 친구들에게 파리 도착을 알리는 전화를 걸었다. 먼저 베아트리스와 미셸, 안느, 오샤닌, 카트린 클레망 등 프랑스 친구들에게 전화를 하고 난 다음 K2, H, E 등 한국 친구들에게 파리 도착을 알렸다. 모두들 반갑게 맞아주었다. 잠시 쉬다가 8시 30분경에 마침 그 동네에 있는 한식당에 가서 저녁을 먹고 돌아왔다. 알포르빌은 별로 좋지 않은 평판을 가지고 있는 동네인데 2~3년 전부터 재개발되기 시작해서 새로운 아파트단지가 형성되고 있다. 내가 임시로 머무는 아파트 단지 부근에는 흑인과 아랍인들이 주민의 다수를 구성한다. 어둠이 내린 거리를 걸으면서 침침하고 일그러지고 답답한 분위기를 풍기는 동네 사람들의 얼굴과 마주쳤다. 식당에서 식사하는 한국 사람들의 모습에서나 식당 주인과 그 집 딸의 모습에서나 모두 외국 땅에서 힘들게 살아가는 모습을 느낄 수 있었다.

미란, 대인, 나 세 사람 모두 피곤한 몸에 우울한 마음으로 집에 돌아와서 일찍 잠자리에 들었다.

1월 27일 일요일

흐림

나는 갈 길 모르니

시차 때문에 새벽 4시에 잠이 깨서 따뜻한 차 한 잔을 마시고 다시 잠들어 오전 10시 30분에 일어났다. 어제 아침에 갔던 동네 빵집에서 바게트와 크루아상을 사가지고 왔다. 빵과 함께 사과를 먹고 오렌지주스와 커피를 마셨다. 창밖의 날씨는 계속 흐리고 구름이 많다. 이곳 알포르빌에 도착한 이후 파리 교외 낯선 동네의 일상생활에 적응하면서 생경하고 불편한 느낌으로 하루하루를 보내고 있다.

대인은 계속해서 휴대폰을 만지작거리더니 다시 자고 있다. 미란도 힘이 빠진 듯 침대를 벗어나지 못하고 있다. 전반적으로 힘들고 의기소침한 분위기이다. 우리 가족은 서울을 떠나 파리에 정착하는 전환기를 살고 있다. 아무것도 확실히 정해지지 않고 어떻게 일이 펼쳐질지 모르는 상태의 불안감을 안고 파리 생활을 시작하고 있다. 마음의 안정을 얻기 위해 비행기 수하물에 넣어가지고 온 찬송가를 펴보았다. 우연히 펴든 421장의 가사가 깊이 마음에 와 닿는다.

나는 갈 길 모르니 주여 인도하소서
맘이 심히 슬프니 나를 위로하소서
힘도 없고 약하니 나를 도와주소서

낯선 곳에서 새로운 삶을 시작한다는 것

아주 오랜만에 다시 일기를 쓴다. 파리에 도착한 이후 파리 교외의 알포르빌에 있는 마감 작업중인 공사장의 아파트에서 일주일을 지냈다. 그러다가 도시가스가 새는 사고가 나는 바람에 부랴부랴 파리 시내 마들렌 거리에 있는 아코텔이라는 단기 임대 스튜디오로 거처를 옮겼다. 그곳에 머물면서 파리에서 살 집을 찾으러 다녔다. 그러다가 3주 만에 적당한 아파트를 구했다. 그런데 3월 말경에야 입주가 가능하다고 했다.• 그래서 파리의 좁은 방 하나에서 세 식구가 힘들게 지내느니 우리가 잘 아는 프로방스의 아를로 가서 지내다 오기로 했다. 따뜻한 남쪽

• 이후 아를을 비롯하여 프로방스의 작은 마을에 체류한 경험을 바탕으로 『프로방스에서의 완전한 휴식』(문학동네, 2011)을 출간했다.

나라로 가서 지내는 게 마음 편하고 경제적으로도 이득이었다. 아를의 원형경기장 앞에 있는 아파트를 빌려 한 달 이상을 보내고 나서 3월 26일 지금의 아파트에 입주했다. 한쪽이 거리와 면하고 있어서 다소 소란한 1층이지만 거실과 부엌, 침실이 갖춰져 있고 방이 하나 더 있다. 거실을 분리해서 두 개의 방으로 쓸 수 있는 구조다. 그런대로 세 식구가 각자 자기 일을 하며 살 수 있는 아파트다.

◇◇◇

낯선 곳에서 새로운 삶을 시작하는 일은 힘들다. 살던 곳을 떠나 새로운 장소에 이주하여 뿌리내리는 적응 과정은 아주 실제적이고 구체적인 생존과 일상생활에 관련된 일들을 해결하는 작업으로 시작한다. 한국에서 가지고 살던 온갖 짐 가운데서 버릴 것은 버리고 보관할 것은 보관하고 꼭 필요한 것만 골라서 배편으로 부치는 일에서 시작하여, 낯선 땅에서 살아갈 집을 구하고 침대와 옷장, 책상과 의자, 갖가지 가전제품, 밥그릇과 수저를 비롯해 온갖 살림살이들을 새로 장만하는 일, 그리고 체류증과 온갖 증명서들을 만드는 사무적인 일들, 자식이 다닐 학교를 알아보는 일, 예전에 알았던 프랑스 친구들, 유학 시절 알고 지내던 한국인 친구들과 다시 인간적 관계를 맺는 일, 새로운 친구들을 만드는 일, 매일 다니게 될 동네의 빵집과 슈퍼마켓을 찾아내는 일, 파리의 지하철과 버스 노선을 익히는 일, 텔레비전의 주요한 프로그램과 라디오 방송의 주파수를 기억하는 일, 새로 산 책상과 의자에 익숙해지는 일, 일상의 산책로와 단골

카페를 정하는 일, 새로 이사 온 집의 습기와 온도와 소리와 주변 풍경에 익숙해지는 일, 프랑스 사회의 새로운 분위기를 파악하는 일 등 무수히 많은 일들이 모두 변화와 적응을 요구한다.

그래도 베아트리스가 아는 부동산 중개업자를 통해 저렴한 가격에 살 만한 아파트를 구한 건 행운이었다. 3월 25일 그 중개업자에게 열쇠를 받아서 빈 아파트에 들어갔다. 그날 아침 아를로 가기 전에 주문해놓았던 이케아IKEA의 조립식 가구들이 도착했다. 그것들을 조립해서 적당한 자리에 배치하자 비로소 파리 하늘 아래서 살 수 있는 거처가 마련되었다. 파리 16구의 외젠 마뉘엘 거리Rue Eugène Manuel 18번지, 세 칸짜리 아파트 1층의 맨 구석방에 내 책상과 의자 그리고 책장을 배치했다. 지금 그곳에서 글을 쓰고 있다. 앞으로 이곳이 내가 책을 읽고 글을 쓰는 장소가 될 것이다.

◇◇◇

지금 시각은 오전 11시 45분. 내 방의 창문 밖에서 새소리가 들려온다. 이곳에 와서 느끼는 가장 큰 일상의 변화 가운데 하나는 아침에 새소리를 들으며 잠에서 깨어난다는 것이다. 반들거리는 검은색 깃털에 노란색 주둥이를 가진 티티새, 불어로 메를르merle라는 이름의 자그마한 새가 부르는 노랫소리는 봄이 왔음을 알려준다.

어제 4월 4일은 미란의 생일이었다. 오후에 집에서 멀지 않은 불로뉴 숲에 가서 아래쪽 호수(락 엥페리외르Lac Inférieur)의 섬에 배를 타고 건너갔다. 선착장에 내려 그 옆에 있는 통나무

식당(샬레 데 질Le Chalet des Îles)에서 커피 한 잔을 마시고 걸어서 섬을 한 바퀴 돌았다. 호수 근방에는 햇빛과 새로 돋아나는 나뭇잎들과 새소리와 호수에서 뱃놀이하는 사람들이 어우러져 평화로운 장면을 연출하고 있었다.

◇◇◇

집에 돌아와서 미란은 크리스틴 므니에의 세미나에 갔다. 저녁에는 팡테옹 광장에서 각자 흩어졌던 세 식구가 만나 학생 시절에 가끔씩 다니던 중식당에 가서 미란 생일 기념으로 저녁식사를 함께했다. 식사 후에 대인은 혼자 집으로 가고 미란과 나는 생루이 섬을 산책하고 돌아왔다.

◇◇◇

오늘 아침에는 아주 반가운 편지가 왔다. 대인이가 우리가 사는 동네의 중학교에 편입되었다는 소식이다. 16구에 있는 장송 드 사이 중학교나 외젠 들라크루아 중학교 둘 중의 한 학교에 4월 중에 배정될 것이라는 소식이다. 대인은 요즘 파리 오페라 좌 근처에 있는 AAA라는 어학원에 프랑스어를 배우러 다니고 있다. 부모를 따라 파리에 와서 친구도 없이 혼자서 매일 지루한 생활을 하고 있는데 학원에서도 별로 지적 자극을 받지 못하고 있는 것 같다. 학교에 가면 좀 나아질 것이다.

4월 8일 월요일 오전 11시 10분

적응과 소명

아침 7시에 깼다가 다시 잠이 들어 8시 30분에야 일어났다. 내일 아침부터는 잠이 깨면 좀 피곤하더라도 그냥 일어나서 활동을 시작해야겠다. 미란이 바게트를 사와서 함께 먹었다. 오렌지주스에 쇼콜라를 곁들이고 커피를 마신 뒤 내 서재에서 공부를 시작했다.

프랑스 땅에 발을 내디딘 지 두 달 반이 되었지만 이곳 아파트에 들어온 지는 겨우 열흘밖에 안 되어서 아직도 이런저런 처리할 일들이 많이 남아 있다. 인터넷 설치, 텔레비전 케이블 누스Noos 설치, 필요한 가구와 그릇 사기, 세탁기 전화 진공청소기 등 가전제품 설명서 읽고 제대로 사용하기 등이다. 게다가 보험 가입, 기자증과 체류증 발급받기 등 서류 처리할 일들도 남아 있다.

내 방의 창문을 통해서 바깥 풍경을 볼 때마다 매일 작은 행복을 느낀다. 동숭동에 있던 크리스찬 아카데미에서 일할 때 창문 앞에 두 그루의 은행나무와 정원의 풀밭이 보였는데, 지금 나의 방 앞에는 멀리 다른 집의 벽에 붙어 있는 아이비 덩굴이 보이고 그 앞에 서 있는 나무 한 그루도 시야에 들어온다. 돌과 벽돌 그리고 시멘트와 유리뿐인 도시에서 한 그루의 나무가 서 있고 그곳에 새들이 날아와 앉아 있는 모습을 볼 수 있고, 그 새들이 불러주는 노래를 들을 수 있음은 얼마나 다행한 일인가?

어제 일요일 아침에는 센 강변의 케도르세에 있는 파리 미국 교회American Church in Paris에 갔다. 집을 나와 센 강변을 따라 계속 걸어갔는데 에펠탑이 있는 샹드마르스를 지나서도 한참 더 걸어야 했다. 생각보다 멀었다. 바람을 맞으며 자동차들이 쌩쌩거리며 달리는 강변을 걷는 것이 그리 유쾌한 일은 못 되었다. 게다가 11시 예배에 늦지 않으려고 마음이 급한 상태에서 걷다보니 힘이 들기까지 했다. 결국 십오 분 늦게 교회에 입장했다. 부활절 다음 주일이라 성찬식이 있었다. 지난주 일요일 부활절에는 불로뉴 비앙쿠르의 샤토 거리에 있는 반석교회라는 한인 교회에 갔다. 그곳에서도 성찬식이 있었다. 일요일 아침에 서둘러 버스나 지하철을 타고 멀리 있는 교회를 가는 것보다는 걸어서 동네에 있는 교회를 다니는 것이 더 좋겠다는 생각이 들어서 미란과 함께 동네 교회를 알아보기로 하였다. 그런데 미란이 오늘 아침 빵 사러 가는 길에 코르탕베르 거리에서 개신교회Église Réformée를 발견했다고 한다. 오후에 한번 찾아가볼 생각이다.

오래된 벽의 담쟁이.

나의 방 앞에는 멀리 다른 집의 벽에
붙어 있는 아이비 덩굴이 보이고
그 앞에 서 있는 나무 한 그루도
시야에 들어온다.

◇◇◇

그저께 토요일 저녁에는 K2부부가 우리집에 와서 함께 저녁식사를 하고 이야기를 나누었다. 두 사람은 우리 가족이 1993년, 1995년, 1997년 이렇게 세 번에 걸쳐 프랑스에 여행 왔을 때 많이 도와주었고 이번에도 처음에 정착하는 데 지원을 아끼지 않았다.

◇◇◇

대인이가 동네 중학교에 들어가서 다행이지만 앞으로 어떻게 될지는 미지수다. 그 아이를 한국 문화와 프랑스 문화 두 문화를 통합하여 양쪽 나라 모두에 기여할 수 있는 복합형 인간으로 자라게 돕는 일이 아버지로서 나의 과제다. 그것은 관심과 정성을 요구하는 일이다. 어설픈 프랑스인이 되거나 모자란 한국인이 되지 않고 양쪽 모두를 왔다갔다할 수 있는 통합적인 인간, 유연성 있는 인간은 한쪽 문화에만 속한 사람보다 폭넓은 시야와 창조적 능력을 갖출 수 있을 것이다.

◇◇◇

오랜만에 쓰는 일기라서 쓸 내용이 많다. 파리에 사는 한국인 친구들이 내가 한국에서 이런저런 활동을 제법 많이 했는데 서울을 떠나 다시 파리로 온 이유를 궁금해한다. 나로서는 아무 일도 하지 않고 조용히 숨어 지내기 위해 파리에 왔지만 결국은 할 일을 찾아야 할 것이다. 중요한 문제는 타인의 시선이나 의견에 휘둘리지 않고 내가 이곳에서만 할 수 있는 일을 찾아야 한다는 것이다. 앞으로 남은 인생에서 내가 할 수 있는 일이 무엇인가를 분명히 하고 그 일을 위해 많은 정성을 쏟고 정진하여 열매를 맺어야 한다. 나의 과거를 재해석하고, 나의 소명이 무엇인지 정확히 알고, 나의 능력과 상단점을 고려하여 삶의 목표를 향해 육체적, 정신적, 영적 에너지를 집중시켜야 한다. 그러기 위해서는 매일 명상과 요가, 기도와 성찰을 게을리하지 말아야 한다.

지금 내가 글을 쓰고 있는 이 방에서 많은 일이 일어날 것이라는 예감이 든다. 아파트의 안뜰을 향해 난 유리창을 통해 이제 막 잎사귀를 힘겹게 내밀고 있는 나뭇가지를 바라보면서 이곳 파리에 새로운 생활 터전을 잡고 뿌리를 내리기 위해 힘쓰고 있는 나와 우리 가족의 모습을 생각한다. 날이 갈수록 날씨가 점점 더 따뜻해지면서 잎사귀가 무성해질 것이다.

◇◇◇

이 글을 쓰고 있는 중간에 우편배달부가 왔다 갔다. 프랑스텔레콤(전화국)에서 보낸 ADSL 모뎀이 왔는데 210유로를 내라고 한다. 미란이 신청한 듯한데 직접 와서 설치해주는 것이 아니라 그냥 우편으로 배달해주는 모양이다. 우편배달부에게 어떻게 된 사정인지 물어보니 자기는 모르니까 전화국에 직접 알아보라고 한다. 모든 것이 한국과 달라서 처리하는 일마다 답답하고 힘겹게 느껴진다. 외국에 사는 일이 다 그런 것이리라.

◇◇◇

조금 전에는 대인이가 내 서재로 와서 학원에 간다고 인사를 하고 나갔다. 이번 주일까지만 프랑스어 학원에 다니고 다음주부터는 학교에 들어갈 준비를 해야 한다. 어젯밤에는 늦게까지 『꼬마 니콜라』 프랑스어판을 가지고 대인과 함께 공부했다. 프랑스어 실력에서 비교적 빠른 향상을 보이고 있지만 열심히 노력하는 기색은 보이지 않는다. 프랑스어 공부보다는 『반지의 제왕』 같은 한국어 책을 읽거나 한국에서 가져온 CD를 듣는 데 더 많은 시간을 할애한다. 프랑스 중학교에 편입하면 현장에서 프랑스 아이들과 직접 부딪치면서 많은 것을 빨리 습득할 수 있을 것이다. 아이들이 가야 할 길을 스스로 발견하기 전에는 부모의 지도와 격려가 꼭 필요하다. 부모의 역할은 자라는 나무가 튼튼하게 뿌리내릴 수 있도록 도와주는 일이다.

◇◇◇

오늘 오후에는 점심식사를 하고 나서 프랑스 공영 라디오 방송국Maison de Radio France에 갈 예정이다. 그곳에 있는 외신기자 클럽에 기자증 발급을 위해 필요한 서류를 제출할 예정이다. 파리 미국도서관과 프랑스 국립도서관의 회원증을 만들어놓고 한 달이 넘도록 한 번도 가지 못하고 있다. 파리에서 아를로 갔다가 다시 파리에 돌아와 이곳 아파트에 정착하는 과정에서 크고 작은 일에 시달리다보니까 아직까지 안정된 생활의 리듬을 찾지 못하고 있다. 아직 한 달은 더 있어야 조금씩 생활의 리듬이 생길 것이다. 물론 '생활'이란 단지 먹고사는 일이 아니라 자기

할 일을 찾아 의미 있는 작업을 하는 생활을 말한다. 그러나 먹고사는 생활의 리듬 없이는 소명의 삶의 리듬도 생길 수 없다. 정신적 삶을 위한 물질적 기반을 안정화시키는 작업이 당분간 계속되어야 할 것이다. 그러니까 당분간은 새로운 삶에 적응하기 위한 기초 생활의 긴장이 계속될 것이다.

오십을 바라보는 나이에 삶의 뿌리를 다른 곳으로 옮겨 심는 작업이 편안하게 이루어질 수는 없을 것이다. 그래도 지금까지 여러 가지 처리할 일들이 예상보다 훨씬 잘 진행되고 있어서 그저 감사한 마음이다. 새로운 상황에서 나 자신을 다시 추스르고 정리하여 지금까지와는 다른 새로운 삶을 살 수 있기를 기도할 뿐이다.

5월 16일 목요일

맑고 화창

나무가 주는 위안

어제에 이어 오늘도 매우 화창한 봄날씨가 계속되고 있다. 어제 오후에는 파리 외곽 순환버스를 타고 14구 주르당 거리의 국제학생기숙사와 그 맞은편에 위치한 몽수리 공원을 산책하고 돌아왔다. 20년 전인 1982년 6월 하순 어느 날 유학생의 신분으로 처음 파리에 도착했던 날 처음 가보았던 그 공원을 다시 걸어보니 감개가 무량했다. 당시 자주 가던 포르트 도를레앙 쪽으로 난 공원 입구로 들어가는데 그곳에 있던 '샬레 뒤 파크Chalet du Parc'라는 이름의 카페가 식당으로 바뀌었다. 옛날에는 밖이 환하게 보이는 유리창으로 된 아담한 카페였는데 지금은 밖으로 공간을 넓히고 어지럽게 실내장식을 한 그렇고 그런 식당이 되어 있었다. 다음번에 가면 누가 언제 이렇게 바꾸었냐고 물어보고 싶다. 공원 안으로 들어가니 옛날에 보았던 키가 큰

몽수리 공원의 언덕.

큰 연못이 내려다보이는 언덕 풀밭에는
많은 사람들이 편한 자세로 누워서
햇빛을 즐기고 있었다.

마로니에 나무들이 우람한 모습으로 늠름하게 서 있다. 옛 모습을 거의 그대로 간직한 나무들에게서 마음의 위안을 얻으며 공원을 산책하는데 수요일 오후여서 엄마와 함께 나온 아이들이 많았다. 공원 아래쪽에는 새로 어린이 놀이터를 만들어놓았다. 큰 연못이 내려다보이는 언덕 풀밭에는 많은 사람들이 편한 자세로 누워서 햇빛을 즐기고 있었다.

◇◇◇

산책을 마치고 르네 코티 거리 쪽으로 난 공원 출입구로 걸어 나와서 88번 버스를 타고 가다가 당페르 로슈로 역에서 내려서 다시 지하철 6번선을 타고 집으로 돌아왔다. 미란은 오후 6시에서 8시 사이에 파리 사회과학고등연구원École des Hautes Études en Sciences Sociales, EHESS에서 열리는 크리스틴 므니에의 세미나에 참석하고 뤽상부르 공원 앞의 메디시 거리에 있는 크리스틴의 집으로 종강 파티를 하러 갔다. 저녁식사 후에는 한국에서도 방영된 텔레비전 프로그램 〈대리교사 노박〉을 보고 대인과 '세계인권선언'에 나오는 단어를 공부하고 헤르만 헤세의 『무위無爲의 예술』이란 책을 읽다가 잠자리에 들었다. 라디오의 일기예보에 따르면 내일 오후에는 햇빛이 환하고 기온이 25도 정도까지 올라갈 것이라고 한다.

파리 국제학생기숙사 독일관
도서관의 책들.

파리 국제학생기숙사 스위스관
르코르뷔지에의 작품.

5월 17일 금요일

흐림

유배와 유보의 시기

파리에 와서 만나는 한국 사람들은 내가 프랑스에 온 이유를 궁금해한다. 겉으로 드러나는 이유가 분명하지 않기 때문이다. 경제적 동기에서 비롯된 이민도 아니고 정치적 박해로 말미암은 망명도 아니다. 그렇다고 공관이나 회사의 현지 직원으로 나온 것도 아니다. 형식상으로는 '시민의 신문' 파리 특파원의 신분으로 되어 있지만, 그것은 파리 체류를 위한 공식 직함으로 사용될 뿐 나에게 생활에 필요한 소득을 보장하는 직업도 아니고 나의 정체성을 구성하는 요소도 아니다.

파리에서 살아가는 나는 다른 사람이 잘 이해하지 못할 특별한 상황에 처해 있다. 소득이나 사회적 지위에 관계없이 나는 인식론적으로 특별한 위치에 있다. 이중의 이방인으로서 프랑스 사회를 있는 그대로 대상화하여 관찰할 수 있고 한국 사회를 비판적 거리에서 다시 생각해볼 수도 있다. 파리에 존재하는 중동과 아프리카, 서유럽과 동유럽 등 세계의 여러 문화권에 쉽게 접근할 수도 있다. 나는 하루 24시간 동안 완전히 자유롭다. 아니 자유롭도록 선고받았다. 매일 하루 24시간을 어떻게 보낼 것이냐를 결정하고 그것을 의미 있는 작업으로 연결시켜야 할 책임은 전적으로 내 어깨 위에 있다.

◇◇◇

나는 자발적으로 익숙한 상태를 벗어나 낯선 상황에서 살고 있다. 나는 의도적으로 나에게 익숙한 한국과 한국적인 모든 것으로부터 스스로를 단절시키고 있다. 그것을 '방법론적 단절'이라고 부를 수 있을 것이다. 그것은 새로운 삶의 방식을 찾기 위한 변신의 과정이다. 나는 망명자다. 강제적 망명이 아니라 자발적 망명이고, 정치적 망명이 아니라 정신적 망명이다. 파리 생활에서는 다른 한국 사람들부터 오는 외부적 자극이 거의 없다. 프랑스어라는 낯선 언어를 통해 새로운 정보를 받아들이고 그것을 기존의 정보와 종합하여 새로운 사고체계와 관점을 만들 수 있다. 방법론적 단절은 엄청난 고독이라는 심리적 대가를 치른다. 외롭고 동떨어져 있다는 느낌, 내면으로의 침잠, 남과 다름에 대한 과도한 자의식, 약간의 멜랑콜리, 경미한 우울증 등이 일상적인 마음의 상태다. 나는 주변인이다. 인종적으로도 언어적으로도 주변인이고, 사회적으로도 주변인이다. 파리에서 나의 주변성은 외국인으로서의 주변성에 사회적 활동에 참여하지 않는 데서 오는 주변성이 겹쳐져 있다. 한국에서는 시민단체와 방송 등에서 활동했지만 지금 여기에서는 아무런 사회적 역할이 없다. 지금 나는 유보와 유배의 시기를 보내고 있다. 그것을 새로운 모색과 창조의 시기로 만들어야 한다. 나의 의도적인 방법론적 단절과 주변인이 갖는 인식론적 특권을 잘 활용하면 무언가 새로운 것을 만들어낼 수 있을 것이다. 외로움, 고립 그리고 침묵과 정적 속에서 기존의 일상적 사고, 습관적 사고를 넘어서는 창조적 사고가 가능하다.

◇◇◇

내가 파리에 와서 쓰고 있는 책 가운데 하나는 나 자신을 깊이 들여다보며 분석하는 자전적인 글이다. 그렇다면 왜 나는 나에 대한 이야기를 쓰려고 하는가? 내가 벌써 자서전을 쓸 나이인가? 남에게 특별하게 이야기할 만한 것이 있는가? 앞으로 큰 변화가 올 가능성은 없는가?

사르트르는 장 주네의 전기인 『성聖 주네』 서문에서 '이야기story'를 다음과 같이 정의했다. 이야기란 "운명과 부딪쳐서 처음에는 불운을 겪지만 그에 맞서 점차 불운을 통제해나가는 자유"를 말한다. 그래서 천재성이란 하늘이 준 선물이 아니라 "한 사람이 절망적인 상황에서 발명해낸 길"이다. 그러니까 천재의 전기를 쓰는 작업은 그 사람이 어려움 속에서도 어떻게 자유에 이르게 되었는지를 자세하게 추적하는 것이라고 말한다.

나는 아직 새로운 길을 발명하지 못했다. 나는 우선 내가 왜 그리고 어떻게 해서 현재의 상태에 도달했는가를 분석하는 글을 쓰고 싶다.• 그것은 새로운 길을 발명하기 위한 준비 작업이 될 것이다.

• 이후 자전적 글의 일부가 『응답하는 사회학』(문학과지성사, 2015)에 실린 '패자의 윤리학'으로 발표되었다.

6월 13일 목요일 오전 10시 50분

서재에서

무위의 예술

오늘 오전에는 어제 저녁에 읽다가 만 헤르만 헤세의 『무위의 예술』(프랑스어판 제목 L'Art de l'oisivité)이라는 책을 다시 읽기 시작했다. 아농시아시옹 거리를 산책하다가 '퐁텐 서점'의 진열창에 나와 있는 그 책을 보고 살까 말까 일주일 동안 망설이다가 결국은 사기로 마음먹은 책이다. 한참 동안 망설이다 손에 넣은 책이라서 그런지 더 가깝게 느껴지고 소중하게 생각된다. 독일어에서 프랑스어로 번역된 이 책은 헤세가 1899년(22세)에서 1959년(82세) 사이에 쓴 40여 편의 에세이로 구성되어 있다. 책을 사온 날부터 매일 저녁식사 후 한가로운 시간에 정신의 휴식과 정서적 만족을 위해 한꺼번에 많이 읽지 않고 하루에 한두 편의 글만 읽는다. 최근에는 미란이 재미있다고 추천한 시어도어 젤딘의 『인간의 내밀한 역사』도 읽기 시작했다.

몽파르나스의 찬 서점Tschan Livrairie 진열창.

한참 동안 망설이다 손에 넣은 책은
좀더 가깝게 느껴지고 소중하게 생각된다.

저녁마다 대인이 학교 공부를 지도하느라고 자유롭게 책을 읽을 시간이 부족하다.

◇◇◇

요즘 들어서 미란이 파리의 하늘과 구름을 바라볼 때 생기는 자신의 느낌을 자주 이야기한다. 특히 거실에서 유리창을 통해 바라보는 하늘을 배경으로 구름이 움직이는 모습을 실감나게 이야기한다. 그래서 어제 저녁에는 헤세의 「저녁 구름」이라는 글을 읽었다. 그는 테신이라는 스위스의 산골마을에 있는 자신의 집 2층에 붙어 있는 테라스에서 저녁마다 구름을 바라보는 순간을 최고의 즐거움으로 생각하며 살았다. 그 시간에는 아래층의 모든 문을 다 잠가서 어느 누구도 그가 구름과 나누는 교감의 시간을 방해하지 못하게 했다. 어느 날 저녁 그는 이렇게 썼다.

> 하루가 끝나갈 즈음이면 나는 미동도 하지 않고 흘러가는 구름을 마냥 바라보며 앉아 있다. 그때 내 마음은 한없이 편하고 즐겁다. 나는 저 산 아래 있는 세상을 바라보며 세상 없이도 살 수 있다고 중얼거린다. 그곳에서 나는 행복하지 않았다. 나는 결코 세상을 위해서, 세상을 편들기 위해서 태어난 사람이 아니다. 나는 세상에 맞지 않았고, 세상살이는 나를 백배나 더 그렇게 만들었다. 그러나 세상이 나를 사라지게 하지는 못했다. 나는 아직도 분명하게 살아 있다. 나는 세상을 향해 고개를 들고 허리를 펴고 똑바로 서 있다. 나는 기업가도 아니고 권투선수

도 아니고 화려하게 성공한 영화배우도 아니지만, 열두 살의 나이에 내가 나 스스로에게 되기로 약속한 작가가 되었다. 그리고 나는 다른 무엇보다도 한 가지 사실을 분명히 알게 되었다. 그것은 세상이 작가에게 아무것도 기대하지 않는다면, 그래서 단순하게 침묵 속에서 주의를 기울여 세상을 관찰할 수 있다면, 세상은 우리들에게 숨겨진 보물을 제공할 수도 있다는 사실이다. 그런데 세상에서의 성공과 자신의 삶에 도취된 사람들은 그 보물에 대해 아무런 생각도 하지 않는다. 관찰할 줄 안다는 것, 그것은 세련되고 유용하며 때로는 매우 즐거운 예술이다.

물론 여기서 보물은 구름이 흘러가는 것을 포함해서 자연이 우리에게 주는 영감을 말한다. 헤세는 구름의 모습, 형태, 색채, 바람이 불어와서 갑자기 변하는 모습 등을 매우 정교하고 섬세하게 묘사하면서 구름에 대한 이야기를 시작한다. 어둠이 내리고 점차 구름이 보이지 않게 되면 헤세의 즐거운 저녁 예식도 서서히 막을 내린다. 그는 이제 아쉽지만 좋은 책이 그를 기다리고 있는 서재로 향한다. 헤세의 글은 나에게 많은 위안을 준다.

6월 14일 금요일
맑고 화창한 날씨

내 방에 햇빛이 들어오는 시간

어젯밤에는 평소보다 조금 일찍 12시 50분쯤 침대에 누웠더니 오늘 아침에는 평소보다 조금 일찍 8시 10분쯤에 일어났다. 오전 시간에는 건물 안뜰 쪽으로 난 나의 서재 유리창을 통해 햇빛이 들어온다. 파리의 아파트들은 길 쪽에서 보면 한국과 마찬가지로 일렬로 죽 늘어선 건물들의 연속인 것처럼 보이지만, 건물의 현관문을 열고 안쪽으로 들어가면 사실은 ㅁ자 모양을 하고 있어서 가운데 안뜰이 자리하고 있는 형태이다. 고급 아파트일수록 이 안뜰은 나무들이 잘 가꾸어져 있어서 주민들의 마음을 편안하게 해준다. 내가 사는 아파트의 안뜰은 무정하게도 시멘트로 덮여 있다. 1960년대 우리나라에서 시멘트가 널리 보급되면서 비가 오면 질퍽거리는 마당을 모두 시멘트로 발랐던 것처럼 말이다. 이 안뜰과 마주한 내 방에서는 다행히 건너편 건물의 안뜰에 심어진 키 큰 나무 한 그루의 일부분이 보인다. 그리고 망사르드식의 모양을 한 다른 집의 꼭대기층들이 보인다. 안타깝게 고사한 담쟁이 덩굴이 붙어 있는 또다른 아파트의 돌로 쌓은 높은 벽도 보인다. 아침이면 이곳저곳에서 새들이 노래하는 소리가 들린다.

◇◇◇

오늘 아침 이곳 사람들이 '볼레volet'라고 부르는 유리창의 덧문을 여니 꽃향기가 상쾌하게 날아들어온다. 우리집은 1층인데 바로 위층의 창가에 배치한 화분들에서 날아온 향기다. 이 화분들에서 마른잎과 꽃잎들이 떨어져 안뜰의 시멘트 바닥에 휘날리면 우리 앞집에 사는 건물 관리인 아주머니가 일주일에 두 번 정도 빗자루질을 한다. 이 아주머니는 프랑스의 식민지였던 튀니지에서 이민 온 사람인데, 우리가 처음 이사 왔을 때 쓰레기 처리 문제로 괜한 시비를 걸어서 조금 불편한 사이였지만 그동안 관계를 개선하여 지금은 서로 잘 지내고 있다.

내 방에 햇빛이 들어오는 시간은 그리 길지 않다. 어느새 햇빛은 창문 바로 앞에 놓은 3단 서랍장 위의 일부분만 비추고 있다. 오늘 날씨는 맑고 화창하다. 바람이 부드럽게 불어서 나뭇가지가 여유 있게 흔들리는 모습이 눈에 들어온다. 시인 김수영은 바람에 흔들리며 바람보다 먼저 눕고 바람보다 먼저 일어나는 풀을 노래했지만, 나는 요즈음 나뭇가지들이 바람에 흔들리는 모습을 바라보면서 마음이 편해지는 것을 느낀다.

파리 20구의 아파트단지.

고급 아파트일수록 안뜰은
나무들이 잘 가꾸어져 있어서
주민들의 마음을 편안하게 해준다.

◇◇◇

내 생애에 프랑스 땅에 처음 발을 디딘 것이 1982년 6월 15일이니까 내일이면 나의 첫 도불 20주년이 된다. 그리고 올해 1월 25일 다시 파리에 왔으니 6월 25일은 두번째 도불 5개월이 되는 날이다. 이제야 파리 생활에 조금 정신이 든다. 파리의 공기와 소리와 풍경에 익숙해지고 집안에 필요한 가구들과 도구들이 갖추어지고 생활에 필요한 물건을 사는 슈퍼마켓과 채소 가게, 식당과 카페, 도서관과 책방과 문방구 들을 알게 되었고 프랑스 친구들 그리고 이곳에 사는 한국 친구들과의 관계도 안정되었다. 무엇보다도 라디오와 텔레비전 방송을 훨씬 더 잘 알아듣고 신문도 수월하게 읽게 되었다. 이제야말로 머릿속에 물이 들어오면 저장할 수 있는 저수지 하나를 마련한 것 같다. 나의 관심을 끄는 정보들을 받아들여 분류하고 정리하고 해석하고 내 나름의 의미를 엮어 많은 글을 쓰고 싶다.

오늘 아침에 프랑스 퀼튀르 라디오 방송을 들으니 프랑수아 쳉이 나와서 이야기하고 있었다. 이 사람은 중국 출신으로 스무살 무렵인 1949년에 프랑스에 와서 살기 시작하여 어느 순간부터 프랑스어로 글을 써서 널리 인정을 받고 있는 작가다. 동유럽이나 라틴아메리카 사람들 가운데는 파리에 와서 지식인이나 작가로 자리잡은 사람들이 많지만 동아시아 출신은 거의 찾아보기 어렵다. 쿤데라는 체코 사람이고, 시오랑과 모스코비치는 루마니아 출신이고, 토도로프와 크리스테바는 불가리아 출신이고, 카스토리아디스는 그리스 출신이다. 동아시아 출신의 사람은 동유럽 등 서구 문화권에서 자란 사람이 프랑스 문화에 적응하는 것보다 훨씬 더 많은 노력을 해야 한다. 내가 아무리 노력해도 프랑스어로 자유롭게 글을 쓸 수 있을 것 같지는 않지만 프랑스어를 잘 알아듣고 잘 읽는 일은 점점 더 나아지고 있다. 앞으로 프랑스어로 자유롭게 글을 쓰는 한국 출신 작가나 지식인이 나올 수 있을까. 나같이 늦게 유학 온 세대는 불가능하더라도 다음 세대에는 그럴 가능성이 있다. 미국에는 강용흘, 김은국, 이창래 같은 한국 출신 작가들이 있지 않은가?

◇◇◇

요즘 내가 비교적 일찍 잠자리에서 일어나는 까닭은 순전히 프랑스 퀼튀르 라디오 방송을 듣기 위해서이다. 아침 8시 30분부터 〈지식의 길Chemin de la connaissance〉이라는 프로그램에서 이번주 내내 모녀 관계를 주제로 한 대담을 내보냈다. 오늘 아침에는 여성 정신분석학자가 나와서 세비녜 부인과 그의 딸 그리냥 부인 사이의 모녀 관계에 대해 이야기했다. 다음주 월요일부터는 2주일 동안 시인 루이 아라공의 여러 면모에 대해 이야기할 거라는 예고가 있었다. 지난주에는 '개인주의의 원점에서Aux origines de l'individualisme'라는 주제로 인류학자 르네 뒤몽의 인도 현지연구에서 시작해서 미셸 푸코로 이어지는 다양한 이야기들을 했다. 9시 정각에는 오 분 동안 뉴스가 나오고 이후 10시 30분까지 매일 다른 주제로 수준 높은 방송이 진행된다. 월요일에는 역사Les Lundis de l'histoire, 화요일에는 인류학La Matinée des autres, 수요일에는 도시와 건축Métropolitains, 목요일에는 과학Continent science, 금요일에는 철학Les Vendredies de la philosophie 그리고 토요일에는 알랭 핑켈크로트가 시사성 있는 주제를 놓고 대담하는 〈응답Répliques〉이라는 프로그램이 자리 잡고 있다. 매일 기라성 같은 프랑스의 학자, 지식인, 문화예술인 들이 나와 지식과 문화의 향연을 벌인다. 이런 수준 높은 공영 라디오 방송이 프랑스의 교양 시민을 만든다. 그래서 나에게 아침나절의 한 시간 반에서 두 시간 정도는 프랑스 퀼튀르 라디오 방송을 들으면서 공부하는 시간이다.

◇◇◇

금요일 오늘 아침은 철학 시간이었다. 가스통 바슐라르가 1948년에 '과학정신의 형성(1938년에 나온 그의 책 제목)'이라는 주제로 강연한 것들을 그의 육성 녹음자료를 재구성해서 들려주었다. 바슐라르가 문학적 상상력을 공기, 물, 불, 대지라는 네 개의 원소로 이론화한 내용을 김현과 곽광수가 한국에 소개했고 김화영이 바슐라르의 상상력 이론으로 카뮈의 작품을 분석한 책도 있지만, 그가 프랑스 과학철학의 개척자라는 사실은 거의 알려져 있지 않다. 오늘 아침 방송에서 바슐라르는 먼저 인식론적 장애물les obstacles épistémologiques의 극복이라는 문제를 다루고, 이어서 과학적 지식의 발전이 축적이 아니라 기존 지식의 재구성 과정이라고 주장했다. 그의 이러한 주장은 1960년대에 널리 알려진 토마스 쿤의 『과학혁명의 구조』보다 20년이나 앞선 이야기이다. 바슐라르는 과학이 가져온 폐해를 생각할 때 과학의 책임에 대해서도 생각해야 하지만 과학의 지속적 발전을 거부할 수 없다는 입장을 표명했다. 누구라도 인간 정신의 발전을 가로막을 수 없으며 움직이지 않고 고정된 상태에 머무르는 이성과 상상력은 있을 수 없다는 것이다. 지속적인 변화와 창조는 거부할 수 없는 인간 정신의 특징이다. 바슐라르는 합리성과 상상력의 두 세계를 오갔다. 인간의 상상력에 관한 연구를 한 철학자이자 문학비평가이면서 과학정신의 형성을 연구한 인식론자이자 과학사가인 바슐라르의 정신세계 양면을 함께 논의해야 한다. 방송에서 들은 1948년에 출간된 『대지와 의지의 몽상』 『대지와 휴식의 몽상』이란 책을 국립도서관BNF에 가서 찾아보아야겠다.

지난주에 이 프로그램은 루이 알튀세의 1960년대 녹음자료를 재구성해서 마르크스주의에 대한 그의 주장을 요약해서 들려주었다. 과거의 방송자료나 녹음자료를 재구성해서 들려주기 때문에 요즘 금요일의 방송에는 '자료archives'란 부제가 붙어 있다. 지나간 날의 육성자료를 체계적으로 보관하고 분류하여 적재적소에 활용하는 프랑스 라디오 방송국의 능력은 본받을 만하다.

6월 20일 목요일

자유를 얻은 대신 잃어버린 것들에 대하여

이른 아침에 소나기가 쏟아지더니 지금은 아주 맑은 날씨다. 비가 온 다음이라 공기는 매우 상쾌하다. 오후에 동네에 있는 란느라그 공원에 갔다. 그네터 앞에 있는 벤치에 앉아서 '르 몽드'지를 여기저기 넘기다가 재미있는 기사를 발견했다. 문화인 물란에 나온 여성 철학자 샹탈 델솔Chantal Delsol에 대한 기사다. 1947년 파리에서 태어난 그녀는 아이 다섯을 키우면서 박사 과정에 등록한 지 10년 만인 1982년에 학위 논문을 마쳤다. 그의 지도교수는 막스 베버 연구로 유명한 스트라스부르 대학의 쥘리앵 프로인트Julien Freund였다. 그녀는 우파 진영에 속하면서 우파 정치사상을 새롭게 재구성하고 있다. 새로운 우파사상을 만드는 그녀의 작업은 변화를 거부하는 보수적 우파를 불편하게 만든다. 그녀는 공화주의와 민주주의를 동일시하는 프랑스

물속의 에펠탑.

어린이들이 상상력을 발휘하여 파리의 상징, 에펠탑을 변형시킨 수많은 작품 가운데 하나이다.

우파의 생각을 거부한다. 국가의 강력하고 신성한 주권을 우선시하는 공화주의에 제동을 걸고 유럽이라는 큰 틀에서 프랑스의 정치를 새롭게 변화시켜야 한다는 게 그녀의 생각이다.

재미있는 것은 그녀가 철학사이면서 동시에 소설을 쓰는 작가라는 사실이다. 철학 논문으로 말할 수 없는 자신의 내면을 소설을 통해 표현하려는 것일까? 1993년에 나온 『밤의 아이 L'enfant nocturne』라는 그녀의 소설은 페미나 상을 받을 뻔했다가 한 표 차이로 낙선했다. 그녀의 두번째 소설 『넷Quatre』에 나오는 여성들은 좌파이거나 혁명가들이다. 그녀의 소설에 등장하는 남성들은 사회적으로 성공해서 지갑이 두툼해진 사람들로서 겉으로는 진지해 보이지만 결국은 현상 유지를 위해 보수화된 의식을 지니고 있는 사람들이다. 그녀의 소설에 나오는 모든 여성 주인공들은 모두 하나의 공통점을 가지고 있다. 소설 속의 여성들은 자신의 삶에서 자유를 쟁취한다. 그러나 그 여성들은 자유를 얻은 대신 어떤 방식으로든 남자를 잃어버린다. 왜 그런 것일까? "아마도 내 무의식이 그렇게 말하나봅니다"라고 샹탈 델솔은 말한다.

그녀는 68세대에 속한다. 그 세대의 경험이 그녀가 쓴 소설 속에 녹아들어 있을 것이다. 기사를 다 읽고 나서 눈을 들어 하늘을 바라보니 키가 큰 나무 가지들 사이로 멀리 에펠탑의 꼭대기가 보였다.

파리에서 민족주의를 생각하다

오늘 아침 파리 시간으로 오전 8시 30분에 시작한 한국 대 스페인의 월드컵 준준결승전을 시청했다. 대인은 파리 시청 앞 광장에 마련된 대형 스크린 앞으로 경기를 보러 나갔다. 여름휴가가 시작되는 6월의 마지막 주말인 어제 저녁에 열린 '음악축제 Fête de la musique'에도 많은 사람들이 길거리로 쏟아져나왔는데, 대인은 앙토니에 사는 친구 권이와 만나서 파리 시내를 누비다니다가 밤늦게 우리집에 와서 함께 자고 아침 일찍 한국에서 가지고 온 태극기를 등에다 걸치고 시청 앞으로 나갔다. 대인은 프랑스에 와서 자기가 한국인이라는 사실을 분명히 확인하게 된 모양이다.

나는 집에서 텔레비전으로 경기를 관람했다. 우리 팀이 공격받을 때면 그렇게 초조할 수가 없고 공격할 때는 어떻게 해서라도 꼭 한 골 넣어주기를 바라는 마음이 간절했다. 텔레비전 화면 앞에서 나도 모르게 모든 생각과 감정이 한 점으로 집중되어 꼭 이겨야 한다는 집념이 생겼다. 팽팽한 접전으로 연장전에서도 승부가 나지 않아서 한국팀이 승부차기로 겨우 승리를 거두었다. 가슴이 뭉클하고 뜨거워지면서 정말 감격스러웠다. 이것이 민족주의라는 원초적 감정인가보다.

스포츠는 인간의 공격성과 승리욕을 일정한 규칙 안에서 발산하게 해주지만 인간에 대한 살상이 일어나는 폭력적인 전쟁이 일어난다면 민족주의는 타오르는 불길에 기름을 붓는 위험한 감정이 아닐 수 없다. 올림픽이든 월드컵이든 국가 사이의 스포츠 경쟁은 민족주의 시대의 산물이다. 스포츠 민족주의라는 말도 있지 아니한가.

◇◇◇

텔레비전을 끄고 한참이 지나고 나서야 나는 이성을 되찾아 월드컵 경기가 나에게도 민족의식을 확인하고 강화시키는 도구임을 의식하게 되었다. 정치가들도 월드컵을 통해 표출되는 국민들의 민족 정서를 의식할 수밖에 없다. 어제 스페인의 세비야에서 모인 유럽연합의 정상들 가운데서도 독일의 슈뢰더 수상은 독일팀의 승리를 보고 기쁨을 감추지 못했고, 영국의 블레어 수상은 영국팀의 패배 앞에서 아쉬움과 섭섭함을 감추지 못했다. 규칙을 만들어놓고 국가대표팀들이 겨루는 스포츠의 세계는 국가 사이의 폭력이 없는 전쟁과도 같다. 결과는 모든 에너지를 집결시키고 투지를 불살라 꼭 승리해야 한다는 의식을 얼마나 오래 지속시키는가에 달려 있다. 한국팀의 승리는 실력은 좀 떨어지더라도 꼭 이겨야겠다는 강인한 의지와 '하면 된다'는 낙관주의에서 비롯된 부분이 많다.

◇◇◇

국제 스포츠 경기를 통해서 민족이라는 단위가 세계화 시대라는 오늘날에도 개인의 정체성을 구성하는 가장 중요한 요소임을 알 수 있다. 월드컵은 온 국민을 하나로 결집시키는 흥분된 상태를 만든다. 월드컵은 세네갈, 이탈리아, 프랑스, 일본, 아르헨티나, 브라질, 헝가리 등 세계 곳곳에서 수많은 사람들을 성과 계급과 나이를 넘어서 각기 자기 나라의 국기 아래 모이게 한다. 전 세계에 실시간으로 동시에 텔레비전으로 생중계되는 월드컵은 전 세계의 감정적 분위기를 고양시킨다. 승리한 팀의 나라는 열광의 도가니에 빠지지만, 패배한 팀이 속한 나라의 사기는 우울증으로 꺾인다. 많은 사람들이 열광 속의 기대감이 패배로 끝나면 기분을 풀 새로운 속죄양을 찾는다. 그래서 패싸움이 일어나고 기물 파괴가 생긴다. 이탈리아가 그렇고 프랑스의 경우도 그렇다. 월드컵에 출전한 나라의 국민이라면 자기 팀이 출전하는 경기를 보면서 어느 누구든 흥분할 수밖에 없다. 그렇더라도 여성보다는 남성이, 노인보다는 젊은이가 더 열광한다.

현실로부터 벗어나 승부에만 몰두하게 하는 일종의 집단적 열광 현상으로서의 월드컵은 순기능만 있는 것은 아니다. 다른 모든 것을 잊게 하는 스포츠 경기의 마취 효과는 과거에는 독재 권력과 파시스트 정권이 즐겨 사용한 정치의 수단이었다. 왜 프랑스나 한국이나 모든 뉴스 뒤에는 스포츠 뉴스가 뒤따라오는가? 오늘날에도 스포츠의 대중 마취 효과는 계속되고 있다. 다만 그것을 문제시하지 않고 당연하게 받아들이고 있는 것이다.

8월 18일 일요일 오후 3시 35분

깨진 꿈의 잔해 속에서 살아가기

오늘 아침 파리 미국교회에 갔다가 지난주 설교문을 받아왔다. 창세기 37장 1~28절을 주제로 한 설교였다. 나에게 많은 것을 생각하게 하는 설교문이어서 꼼꼼히 읽고 정리해둔다.

◇◇◇

인생을 살다보면 우리들의 꿈이 우리가 원하는 대로 실현되지 않는다는 것을 알게 된다. 설혹 꿈이 이루어진 경우에도 처음에 기대했던 것과는 사뭇 다른 방식으로 그 꿈이 실현되는 경우가 많다. 나는 중고등학교 시절부터 "소년들이여, 야망을 가져라!Boys, Be ambitious!"라는 말을 들으며 자랐다. 인생에서 성취해야 할 중요한 목표를 세우고 그 목표를 달성하기 위해 노력하는 것이 가치 있는 인생이라고 배웠다. 그러나 그 꿈이 달성되지 않았을 때 어떻게 해야 할지에 대해서는 아무 이야기도 듣지 못했다. 꿈을 달성하지 못한 사람은 오직 불행과 고통과 열패감을 느낄 뿐이다. 세상에 널리 돌아다니는 감동적인 이야기는 어려움을 극복하고 성공한 사람들에 대한 이야기들뿐이다. 한국에서 보았던 〈성공시대〉라는 텔레비전 프로그램은 사회 각 분야에서 어려움을 극복하고 성공한 사람들의 삶을 드라마로 구성해서 보여주었다. 1960년대 라디오의 인기 프로그램이었던 〈절망은 없다〉라는 프로그램도 어려운 환경에서 인생의 꿈을 이룬 사람들의 성공 이야기였다.

◇◇◇

어디에나 성공한 사람의 이야기는 많지만 목표를 달성하지 못한 실패한 사람들의 이야기는 듣기 어렵다. 그런데 사실 인생에서 꿈을 실현한 사람보다는 꿈을 이루지 못한 사람들이 훨씬 더 많을 것이다. 그러므로 삶의 진실에 접근하기 위해서는 꿈이 깨진 사람들이 그럼에도 불구하고 어떻게 삶의 의미를 재구성하는가를 눈여겨보아야 한다.

대통령이 되겠다는 꿈을 현실로 만드는 사람은 한 선거에 한 명뿐이고 나머지 후보는 모두 낙선자가 된다. 지난번 프랑스 대통령 1차 선거에서 극우파 정당인 '민족전선Front National'의 장마리 르펜 후보에게 예상 밖으로 패배하고 그것을 '청천벽력'이라고 표현하면서 정치 은퇴를 선언한 사회당의 리오넬 조스팽 수상은 자신의 삶의 의미를 어떻게 재구성하고 있을까? 수많은 젊은 부부들이 행복한 가정을 꿈꾸며 결혼 생활을 시작하지만 왜 그 가운데 3분의 1이 이혼으로 끝나고 마는가? 왜 수없이 입사원서를 제출해도 번번이 실패하는가?

인생을 살아가면서 소망하던 꿈이 이루어지지 않아 느끼는 실망과 환멸감, 그로 인해 생겨나는 인생의 굴곡을 어떻게 극복해나갈 것인가는 많은 사람에게 부여된 중요한 정신적 과제다. 어떤 사람은 꿈을 좌절시킨 차가운 현실 앞에 굴복하고 이제 더 이상 큰 꿈을 꾸지 않고 쉽게 실현할 수 있는 작은 꿈만 꾸며 살아간다. 그런 사람들은 "뱁새가 황새 쫓아가다가는 가랑이 찢어진다"는 말을 되뇐다. 깨진 꿈 앞에서 어떤 사람들은 실망을 넘어서 자포자기와 절망으로 치닫고 급기야는 삶을 스스로 마감하는 경우도 있다. 그러나 지구력이 있고 끈기가 강한 사람은 실패의 원인을 차분하게 분석하고 다른 꿈을 실현하기 위하여 새로운 방식으로 노력한다. 나치가 만든 아우슈비츠 가스실에서 부모를 잃은 프랑스의 정신과 의사 보리스 시륄니크는 지워지지 않는 정신적인 상처를 치유하고 다시 의미 있고 활기찬 삶을 시작하는 정신적-심리적 능력을 '복원력résilience'이라고 개념화하며 그런 사례들을 연구해 이론화하고 있다.

◇◇◇

세상의 모든 종교는 세속의 삶에서 추구하는 꿈이 실현되지 못하는 상황에서 비롯된 인간의 고통을 어떻게 다룰 것인가에 대해 이야기한다. 불교나 노장사상에 따르면 세상에서 성공과 실패에 얽매이는 것 자체가 어리석은 짓이다. 종교적 사고는 속세에서의 성공이 갖는 의미를 축소시키고 현실 너머 보다 초월적인 세상에서 삶의 궁극적 의미를 찾게 한다. 그렇다면 기독교는 인생의 꿈이 깨져서 고통받는 사람들에게 어떤 가르침을 제공하는가?

신은 인간에게 실패를 통해 무언가를 가르쳐준다는 해석이 있다. 꿈이 깨진 사람의 정신적 탐구는 "신이여 왜 저의 꿈을 좌절시키셨는지요?" "신이여 왜 제 꿈이 실현되도록 도와주시지 않으셨는지요?" 이런 질문들로부터 시작된다. 그러다가 "제 꿈이 너무 자기중심적이지 않았는지요?" "제가 너무 교만하고 자만하지 않았는지요?" 등의 질문으로 이동한다. 자기의 꿈이 실현되도록 도와주지 않은 신을 원망하는 태도에서 벗어나 화살표를 자신에게로 돌려 실패의 원인을 찾는 것이다.

꿈이 깨진 이유를 분석하는 과정에서 어떤 이는 심한 열패감과 우울증을 겪는다. 때로 신앙을 버리는 경우도 있다. 부정하고 부패한 세상에 실패의 원인을 돌리는 사람도 있다. 그렇게 부정한 세상을 고쳐야 한다고 주장하면서 사회개혁운동에 나서기도 한다. 그들은 신이 잘못된 세상을 고치는 일에 나서라고 자신의 개인적 꿈이 실현되도록 돕지 않은 것이라고 생각하면서, 억울한 일을 당한 다른 사람들을 위로하고 그들과 함께 선한 세상을 만들어나가는 일에 앞장선다.

◇◇◇

성서의 창세기에 나오는 요셉의 이야기를 읽다보면 '신의 의도와 목표, 신은 약속을 지킨다는 것을 믿을 수 있는가?' '신은 과연 존재하는가?' '신은 이 세상의 삶과 우주를 주관하시는 주권자인가?'라는 질문을 던지게 된다. 자만심은 젊고 유치한 자의 특징이다. 교만은 청춘의 광기이다. 요셉의 꿈은 형은 말할 것도 없고 부모보다도 윗자리에 서서 자기가 지배력을 행사하겠다는 것이었다. 게다가 그는 그 꿈을 말로 공표했다. 그러한 자만심과 교만함의 표현이 불행을 초래했다. 화가 난 형들이 공모하여 요셉을 이집트에 노예로 팔아버린 것이다. 요셉의 처지는 아버지로부터 가장 촉망받고 총애를 받는 아들에서 이방의 노예로 전락했다. 가족의 우두머리가 되겠다던 그의 꿈은 먼지처럼 사라졌다. 여기까지의 이야기 전개에는 아직 신이 나타나지 않고 있다. 인간의 광기, 교만, 질투, 시기, 욕망, 분노, 음모가 작용하여 요셉의 꿈이 깨진다는 인간적인 차원의 이야기다. 요셉에게는 슬픔과 환멸과 고통만이 있을 뿐이다. 신은 아직 나타나지 않고 있다. 그러나 어느 순간 요셉의 입에서 "신이여 어디에 계십니까?" "왜 이런 일이 저에게 일어나게 하시는 겁니까?" "신이여 왜 그렇게 멀리 계십니까?" "왜 이렇게 어려운 시기에 숨어 계십니까?"라는 말이 나온다. "신이여 어디에 계십니까?"라는 질문은 우리의 꿈이 담배 연기처럼 사라질 때만이 아니라 세상살이를 하면서 받아들이기 어려운 억울한 일이 생길 때마다 튀어나오는 질문이다. 전쟁, 경제위기, 테러, 에이즈와 성병, 가뭄과 홍수 그리고 기근으로 시달릴 때 우리는 "신이여 어디에 계십니까?"라는 질문을 던지지 않을 수 없다.

◇◇◇

그런데 진정한 신앙인이라면 세상에서 겪는 그 고통을 통해 근본적인 신의 메시지를 들을 수 있어야 한다. 신앙인은 욕심에서 빚어진 악을 반성할 수 있어야 하고 상처받은 자존심wounded pride을 내려놓을 수 있어야 한다. 그리고 자신을 어려운 상황에 처하게 만든 적과 화해할 수 있어야 한다. 수많은 고통과 내적 투쟁, 끝없는 절망과 안타깝게 낭비해버린 듯이 보이는 시간들을 통해서 통찰력을 얻을 수 있어야 한다. 요셉은 그런 과정을 거쳐 달라졌고 자신을 팔아넘긴 형들에게 "당신들은 나를 팔아넘겼지만, 신은 나로 하여금 당신들 그리고 더 많은 사람들의 생명을 구원하기 위해서 나를 이곳에 보냈다"라고 말할 수 있었다. 고통의 나날 속에서 요셉은 충실하게 약속을 지키시는 신의 존재를 알게 되었고 신의 부재 가운데서 신을 믿을 수 있게 되었다.

◇◇◇

꿈이 깨지고 세상사에서 막다른 골목에 들어섰을 때 우리는 두 가지 밧줄 가운데 하나를 잡을 수 있다. 첫번째 밧줄은 자기 자신의 잠재된 능력이다. 정확하게 사태를 판단하고 새로 걸어갈 길을 결정하는 일, 생존하기 위해서 방해 세력과 투쟁하는 일 등이다. 그러나 그러한 밧줄만으로는 정신적 육체적 고통의 무게를 지탱할 수 없을 때가 온다. 바로 그때 우리는 다른 밧줄이 있다는 사실을 기억한다. 신은 겉으로 보이는 것처럼 결코 부재하지 않고 존재한다는 믿음, 신은 우리들의 고통과 투쟁 곁

파리 5구 수도원 앞의 산책자.

신앙인은 욕심에서 빚어진 악을
반성할 수 있어야 하고
상처받은 자존심을
내려놓을 수 있어야 한다.

에서 우리와 함께 고통을 받으시며 언제나 신실하게 함께하신다는 믿음, 그리고 신은 그 고통의 짐을 자신의 짐으로 여기시고 그것을 대신 지고 그 고통을 통해 우리들과 세상 전체를 궁극적으로 선하고 의롭게 반드시기 위해 움직이고 계신다는 믿음이 우리가 붙잡아야 할 진정한 밧줄이다. 예수의 수난과 부활은 그러한 믿음의 상징이다.

신은 우리들의 깨진 꿈과 사라져버린 희망이라는 인간적인 경험 속에 늘 우리와 함께하신다. 우리는 이런 믿음을 통해서 깨진 꿈을 딛고 일어나 새로운 삶을 시작할 수 있다. 우리는 신이 주신 바 우리의 삶의 형상을 만들어갈 능력을 우리 안에 가지고 있다. 그리고 우리가 하는 일에 의미와 방향을 부여할 수 있다. 우리들의 삶은 우리 손에 달려 있다. 그러나 우리는 보이지 않는 신이 역사하도록 여지를 남겨놓아야 한다. 그래서 사도 바울은 눈으로 보고 걷는 것이 아니라 신념으로 걷는 것이라고 말했다.

믿음의 삶은 우리가 볼 수 없는 것을 믿으며 계속 앞으로 걸어나가는 삶이다. 신앙인은 깨진 꿈의 잔해 속에 발견해야 할 진정한 의미가 들어 있음을 믿는 사람이다. 언제 어디서나 우리의 손을 잡고 인도하시고 항상 사랑으로 존재하시는 신실하신 구주와 함께 살아가는 사람이 참된 크리스천이다. 이런 내용의 설교문을 찬찬히 읽어내려가다보니까 나도 모르게 뜨거운 눈물이 주르륵 흘러내렸다.

파리 13구 수녀원의 정원.

믿음의 삶은 우리가 볼 수 없는 것을 믿으며
계속 앞으로 걸어나가는 삶이다.
신앙인은 깨진 꿈의 잔해 속에 발견해야 할
진정한 의미가 들어 있음을 믿는 사람이다.

서재에서

8월 19일 월요일 낮 12시 20분

노르망디 노동자의 딸과 대인의 향수병

활짝 열어놓은 창문 밖으로 빗방울 소리가 들린다. 새벽녘부터 내리기 시작한 비가 이제 그칠 때도 되었는데 아직도 가느다란 이슬비로 계속 내리고 있다. 내가 공부하는 책상 맞은편의 유리창은 작은 마당을 향해 나 있다. 네 면이 모두 건물로 둘러싸인 마당은 1960년대 서울의 중산층들이 살던 개량 한옥에서 볼 수 있듯이 바닥 전체가 시멘트로 포장되어 있다. 거기에는 비 오는 날 흙자국으로부터 벗어나려는 인간의 의도가 담겨 있다. 그래서 우리 아파트 안마당은 나무 한 그루 없고 풀 한 포기 자라지 못하는 비자연적 상태에 있다. 다행히 담 너머 보이는 건너편 건물의 나무 두 그루와 건물 외벽에 붙어 있는 담쟁이 덩굴의 잎사귀가 내 마음에 위안을 준다.

파리 아파트의 유리창 덧문들.

동네 분위기는 매우 쓸쓸하지만
어떻게 보면 수도원 한가운데
들어와 있는 기분이 든다.

◇◇◇

8월 15일 성모승천일 이후 그때까지 남아 있던 동네 사람들마저 거의 다 여름휴가를 떠나 주변이 적막강산이다. 동네 분위기는 매우 쓸쓸하지만 어떻게 보면 수도원 한가운데 들어와 있는 기분이 든다. 평소에 동네 사람들이 모이는 장소인 카페 '르 파시Le Passy'까지 문을 닫고 휴가에 들어가니 동네는 마치 갑자기 사막이 되어버린 듯한 느낌이다. 지난 주일부터 기온이 계속 30도를 웃돌자 동네가 갑자기 진짜 사막처럼 느껴지기 시작했다. 오후에 동네 골목을 걷다보면 내가 마치 태양이 작열하는 사막의 길을 걷고 있는 낙타가 되어버린 것은 아닌가 하는 환상이 떠올랐다. 아무것도 보이지 않는 뜨거운 사막의 길을 걷고 있는 한 마리의 낙타. 아무도 없는 사막에서 길을 잃지 않고 목적지를 향해 묵묵히 걷고 있는 낙타의 모습은 가련하다.

◇◇◇

지난주부터는 그동안 다니던 미테랑 국립도서관도 파리 미국도서관도 가지 않고 하루종일 집에서 보내고 있다. 글을 쓰는 사이에 창문 밖에 내리던 비가 그쳤다. 백건우가 연주하는 라흐마니노프의 피아노 협주곡 2번이 귀에 들려오기 시작한다. 음악을 듣고 있자니 수많은 생각들이 꼬리에 꼬리를 물고 일어난다. 의식은 참 자유롭게 움직인다. 의식의 수면에 떠오르는 수많은 생각들, 시간과 장소를 넘나들고 아무 관련 없는 듯이 보이는 크고 작은 생각들이 물거품처럼 떠올랐다가 사라지는 이 현상은 과연 무엇인가? 아무 논리적 연결도 없이 떠오르는 그 생각의 파편들을 다 합치면 그게 나일까?

◇◇◇

지난 8월 9일과 10일, 1박 2일로 미란과 함께 같은 아파트 4층에 사는 이본의 노르망디 별장에 다녀왔다. 이본은 16구에 있는 기술고등학교의 수학 교사다. 그녀는 12년 전에 노르망디의 몽파르빌이라는 고향마을에 농장을 하나 사서 몇 년에 걸쳐 거의 손수 별장으로 개조했다. 지금도 여름 바캉스 기간이면 그곳에 가서 지내면서 별장 곳곳을 고치는 작업을 한다. 꽃밭을 만들기도 하고 타일을 붙이는 작업도 한다.

9일 아침 일찍 파리의 생라자르 역에서 기차를 타고 약 세 시간 만에 발로뉴라는 노르망디 지방의 작은 기차역에 도착했다. 이본이 차를 가지고 마중나와 있었다. 이본의 별장에 짐을 풀고 노르망디 앞바다에서 자란 해산물로 점심식사를 하고 가까이에 있는 몽파르빌 등대의 꼭대기까지 걸어올라가보았다. 노르망디 해변의 바다 건너에는 영국이 있는데 몽파르빌은 한때 영국과 프랑스를 오가는 여객선의 왕래가 많았던 항구다. 이곳은 2차대전 당시 연합군의 치열한 상륙작전이 벌어졌던 곳이기도 하다. 10일에는 이본의 자동차로 카트린 드뇌브가 주인공으로 나왔던 〈쉘부르의 우산〉의 촬영지인 셰르부르에 갔다. 길을 걷는데 갑자기 비가 내려서 서둘러 셰르부르의 해양박물관에 들어갔다. 그곳에서 프랑스가 자랑하는 핵잠수함 속에도 들어가보았다. 이번 여행에서 노르망디 가운데서도 코탕탱이란 지역의 자연과 역사 그리고 풍물을 알게 되었다. 그리고 무엇보다도 이본이 살아온 이야기를 많이 들었다. 노르망디 농민 출신 노동자의 딸로서 지방의 사범학교를 나와 파리에서 고등학교 수학 교사로 살아가는 이본의 삶을 통해서 2차대전 이후 프랑스 사회의 신분 이동의 구체적 사례를 접할 수 있었다.

◇◇◇

지난 8월 8일 밤, 대인이 갑자기 눈물을 흘리며 한국에 가고 싶다고 토로했다. 여름방학을 맞이하여 프랑스 생활에 빨리 적응하기 위해 우리 동네의 프랑스 개신교회가 조직한 보이스카우트 야영을 다녀온 다음날 생긴 일이다.

아직 프랑스어 실력이 서툰데 2주일 동안 프랑스 아이들과 어렵게 소통하면서 함께 지내다 왔다. 숲속에서 공동으로 취사를 하고 4미터 높이에 누각을 만들어 별을 보며 잠을 잤다고 한다. 집을 떠나서 프랑스 아이들과 함께 생활하다보니까 한국 생각이 간절해지면서 향수병에 걸린 모양이다. 그러나 힘이 든다고 중도에 멈출 수는 없는 일이다. 방학이 끝나면 다시 프랑스 아이들과 함께 프랑스어로 공부해야 하는데 한국에 다녀오면 프랑스 생활에 그만큼 적응이 늦어진다. 그래서 가족회의를 열어 이번 여름방학은 파리에서 공부하면서 지내고 내년 여름에 한국에 다녀오기로 결정했다. 대인에게 동굴 속에서 마늘과 쑥을 먹으며 인내심을 가지고 견디어낸 곰이 사람으로 변한 단군 신화 이야기를 해주었다.

◇◇◇

요즈음 아침저녁으로 명상, 기도, 요가 하는 시간이 사라지고 있다. 알맞은 교회가 없다고 집에서 함께 보던 가족예배도 건너뛰는 적이 많다. 미란과 파리 미국교회에 다시 나가기로 했다. 일요일 아침 11시 예배에 참석하기 위해 10시경에 집을 나섰다. 앙리 마르탱 거리에 있는 16구 구청 앞에서 63번 버스를 타고 교회에 도착하니 10시 30분이었다. 자리에 앉아 기도하고 주보를 읽었다.

우리들은 모두 주 예수 안에서 하나입니다.
선구자이자 진리이신 예수를 바라보며
인내심을 가지고 우리 앞에 놓인 경주를 달리게 하옵소서.
전능하시고 영원히 사시는 주여
우리 안에 당신에 대한 믿음을 키워주시고
당신이 말한 진리의 길 위를 달리게 하시고
영원한 기쁨의 왕관을 얻게 하소서.

We are all one in Jesus Christ.
Let us run with perseverance, the race that is set before us,
looking to Jesus, the pioneer and perfector of our truth.
Almighty and ever-living God,
increase in us your gift of faith
that we may run in the way of your truth,
that we may win the crown of everlasting joy.

'인생은 마라톤'이라는 말처럼 산다는 것은 길 위를 달리는 일이다. 어떤 길을 무엇을 바라보며 달리느냐가 문제다. 달리는 일은 고달프다. 믿음과 희망 없이는 계속 달리기가 힘들다. 진리의 길을 달리고 있다는 믿음과 '영원한 기쁨everlasting joy'을 얻으리라는 희망이 있어야 고난의 과정을 극복할 수 있다.

전원 생활에 대한 그리움

8월의 마지막날이다. 미란과 대인은 대인의 운동화를 사러 나갔다. 마들렌 성당 근처의 데카트론이라는 스포츠용품 백화점에 갔다가 마땅한 것이 없어서 샤틀레에 있는 상점으로 간다고 전화가 왔다.

어제는 그동안 파리에 와서 힘들게 정착하고 더운 여름에 도서관에 공부하러 다니느라 지쳐 있던 몸과 마음을 쉬기 위해 파리 근교의 퐁투아즈 마을에 다녀왔다. 원래는 오베르-쉬르-우아즈의 '고흐 마을'을 가기로 했는데 퐁투아즈에도 피사로 미술관이 있고 우아즈 강을 내려다볼 수 있는 오래된 성이 있다고 해서 그곳부터 가보기로 했다. 11시에 파리 16구에 있는 불랭빌리에 역에서 전철을 타고 퐁투아즈에 도착하니 12시가 넘었다.

역 앞에 있는 약국에서 길을 물어 우아즈 강변을 따라 올라가

다가 '파베 데 로슈Pavé de Roche'라는 식당에서 점심식사를 했다. 성으로 올라가는 언덕 초입에 위치한 작은 식당으로 들어서자 뷔페식으로 차려놓은 전식 테이블에는 다양한 샐러드와 생신 절임, 호박 요리, 치즈, 토마토, 타불레라고 불리는 좁쌀 요리 등이 가지런히 차려져 있었다. 로제 포도주를 시켜 마시면서 전식을 먹고 나서 본식으로 나는 생선 요리, 미란은 스텍 프리트를 시켰다. 럼주에 건포도를 섞어 오븐에 넣어 만든 앙티유식 후식과 함께 커피를 마시고 식당에서 나온 것이 2시였다. 무려 한 시간 삼십 분 동안의 식사였다. 식당에는 손님이 많아서 1시경이 되니까 자리가 다 차서 여러 명의 손님이 왔다가 그냥 갈 정도였다. 처음 가본 식당인데 손님이 많으면 잘하는 식당이라는 말이 맞는 모양이다.

식사를 마치고 천천히 성으로 걸어올라갔다. 아주 조용한 언덕길이었다. 성으로 올라가는 길에는 담쟁이 덩굴이 덮인 오래된 축대와 벽들이 이어져 있다. 조금 걸어올라가니까 금방 성이 나타난다. 높은 위치에 자리하고 있어서 중세에는 요새의 역할을 한 이 성의 입구에 '피사로 미술관'이란 표지판이 보였다. 피사로가 퐁투아즈에 17년을 살았다니까 이곳에 피사로 미술관이 있는 것이 당연하게 여겨졌다.

성으로 들어가니 바로 오른쪽에 미술관이 있다. 미술관으로 들어가기 전에 우선 정원을 산책하기로 했다. 왼쪽 아래로 조용히 흐르고 있는 우아즈 강을 내려다보며 서서히 걸었다. 몇 걸음 안 가서 아주 시원한 그늘을 만들고 있는 풍성한 나무 한 그루와 마주쳤다. 그 나무 밑에 아무도 없는 벤치가 놓여 있었다.

미란과 나는 그곳에 가서 앉았다. 얼마 후 미란은 아예 자리를 잡고 누웠다. 나중에 미란에게 이야기를 들으니 점심식사 때 마신 포도주 기운에 삼십 분 정도 나무그늘에서 낮잠을 자게 된 것이라고 한다. 그동안 파리에 와서 적응하느라고 힘든 생활을 계속했는데 세상의 모든 근심 걱정거리를 뒤로하고 여름날 오후 삼십 분 동안의 낮잠에 자신을 맡길 수 있는 여유를 즐겼으니 미란은 나름대로 의미 있는 여름 바캉스를 지낸 셈이다.

미란이 낮잠을 자는 동안 나는 그 옆에 앉아 우아즈 강을 바라보았다. 먼발치에서 흐르고 있는 강 위에는 두 개의 다리가 얹혀 있다. 왼쪽 다리로는 자동차와 보행자가 다니고 오른쪽 다리로는 기차와 전철이 다닌다. 한국에는 고흐 마을로 알려진 오베르-쉬르-우아즈라는 마을의 이름에 나오는 바로 그 우아즈 강이다. 오베르-쉬르-우아즈란 우아즈 강 위의 오베르란 뜻이다. 1870년대와 1880년대에 이곳까지 철도가 개설된 이후 파리에 사는 많은 화가들이 화구를 들고 이곳으로 몰려들었다. 우아즈 강변의 농촌과 전원 풍경은 빛을 찾는 젊은 화가들에게 예술적 영감을 불러일으켰는데 그 화가들이 바로 인상파 화가들이다. 1867년에 피사로가 퐁투아즈에 처음 자리를 잡은 이후 세잔이 이곳에 와서 100여 점의 그림을 그렸고, 1890년에는 고흐가 근처의 오베르-쉬르-우아즈에 와서 그림을 그리며 살다가 권총자살로 삶을 마감했다. 퐁투아즈를 비롯해 인상파 화가들의 삶의 흔적이 살아 있는 이곳 파리 북서쪽의 시골마을들은 옛날 모습을 거의 그대로 간직하고 있다.

아무 생각 없이 그저 우아즈 강을 내려다보고 있는데 모터보트를 꽁무니에 매단 자동차 한 대가 강변에 도착하더니 젊은 부부가 아이 둘을 데리고 차에서 내렸다. 그리고 남편이 자동차를 후진시켰다. 보트가 거의 강물에 닿을 위치까지 자동차를 후진시키고 나서 남편은 차에서 내려 보트를 강물에 띄웠다. 그런 다음 주차를 하더니 네 사람이 모두 보트에 올라탔다. 모터보트에 시동이 걸리고 배가 천천히 움직였다. 아이들의 웃는 얼굴은 햇살을 받아 환하게 빛났다. 배는 서서히 우아즈 강을 따라 흘러내려갔다. 한 가족을 실은 저 배가 어디까지 내려갈 것인지 궁금했다.

이런 생각을 하고 있는데 미란이 낮잠에서 깨어나 벤치에 등을 기대고 앉았다. 저쪽 벤치에 앉아 책을 읽고 있는 프랑스 아주머니는 그 자리에서 미동도 없이 독서삼매경에 빠져 있다. 나무그늘 아래서 시원한 바람을 맞으며 앉아 있으니 마음이 편해진다. 한참을 그렇게 앉아 있다가 정원을 한 바퀴 돌았다. 중세의 유적을 간직하고 있는 퐁투아즈의 오래된 동네가 보였다. 주위와 어울리게 알맞은 규모의 성당과 시청과 붉은 기와를 얹은 고색창연한 건물들 그리고 그 사이에 난 작은 골목길들이 눈에 들어왔다. 아주 오랜만에 파리를 떠나 멀리 온 느낌이었다. 불과 몇십 분 만에 파리 교외의 작은 도시로 오니 완전히 다른 삶의 분위기를 느낄 수 있었다. 다음번에는 루소가 『에밀』 『누벨 엘로이즈』 『사회계약론』 등의 주요 저서를 썼던 장소로 유명한 몽모랑시나 콩피에뉴 성 또는 랑부예 성, 말메종 등 파리 교외 유적지를 차례대로 찾아보고 싶다. 거의 5개월 동안을 파리라는 대도시의 성곽 안에 갇혀 살았더니 내 몸과 마음 그리고 영혼이 탁

거미줄의 옥구슬.

파리라는 대도시의 성곽 안에
갇혀 살았더니 내 몸과 마음 그리고 영혼이
탁 트인 전원을 그리워하고 있었나보다.

트인 전원을 그리워하고 있었나보다.

벤치에서 미란과 이야기를 나누다가 드디어 피사로 미술관에 입장했다. 입장료는 없다. 그런데 피사로 미술관에 피사로의 그림이 하나도 없었다. 다만 입구에 피사로가 이들에게 물려주었던 큰 옷장 하나가 덩그러니 놓여 있었다. 안내원이 피사로의 데생이 퐁투아즈 시청 옆에 있는 타베Tavet 미술관에 전시되고 있다고 가르쳐주었다. 피사로 미술관에는 19세기 말 퐁투아즈와 그 주변을 대상으로 한 다른 화가들의 풍경화가 전시되어 있었다. 우아즈 강변, 성당, 채소 시장, 마을축제의 장면을 담은 그림들이었다. 피사로 미술관은 타베 미술관의 별관 형식으로 1980년에 문을 열었다는데 원래 이 건물은 퐁투아즈의 부유한 의사의 저택이었다고 한다.

피사로 미술관 관람을 마치고 다시 언덕길을 내려와 왼쪽으로 돌아서니 바로 퐁투아즈 시청 광장이 나왔다. 시청 건물에는 시계탑이 있고 프랑스 삼색 깃발이 걸려 있고 꽃으로 장식된 베란다가 보였다. 쇠창살로 된 담장 옆에는 두 개의 오래된 가로등이 서 있다. 시청 앞 광장은 주차장으로 사용된다. 시청 바로 옆에 타베 미술관이라고도 불리는 퐁투아즈 미술관이 있다. 이 미술관은 건물 자체가 하나의 작품이다. 고색창연한 건물은 15세기 후반에 고딕 양식으로 지은 아주 희귀한 민간건축에 속한다. 미술관의 홍보담당자가 지금 특별전시되고 있는 빅토르 비농과 미술관 전반에 대한 자료를 건네주었다. 이번 빅토르 비농 특별전은 프랑스는 말할 것도 없고 미국, 스페인, 네덜란드 등 전 세계적으로 흩어져 있는 비농의 작품을 40점이나 모아 전시하고 있었다. 빅토르 비뇽의 그림을 보는 순간 이미 어디서 본 듯한 착각이 들었다. 그런데 빅토르 비뇽이라는 이름은 처음 들어보는 생소한 이름이었다.

그는 과연 어떤 화가일까? 이곳에서 특별전을 기획한 미술관장 크리스토프 뒤비비에Christoph Duvivier의 설명에 따르면 비뇽은 피사로와 친밀한 관계였고 피사로의 편지 속에 비뇽에 관한 언급이 여러 번 나온다고 한다. 편지에서 피사로는 비뇽의 그림을 높게 평가하고 그의 인간성을 칭찬했다고 한다. 그런데 비뇽은 성격상 남과 어울리기를 싫어했고 파리 화단의 사교 생활에서 멀리 떨어져 살았다. 그래서 그가 인상파 화가들의 공동 전시회에 네 번이나 출품을 했는데도 불구하고, 그의 회고전이 지금까지 한 번도 열리지 않았고 그를 다룬 비평서가 한 권도 나오지 않았다. 그는 인상파 화가들을 다룬 미술사에서 줄곧 침묵 속에 방치되었고 작품의 수준에 걸맞은 합당한 평가를 받지 못했다고 한다. 뒤비비에 관장은 흥분한 어조로 이러한 '부당한 저주malédiction injuste'를 바로잡기 위해 이 전시회를 기획했다고 한다. 실제로 미술관 2층 전체에 전시되어 있는 비뇽의 작품들을 바라보면서 그가 그린 작품의 수준은 여느 인상파 화가의 작품들에 뒤지지 않음을 한눈에 알아볼 수 있었다. 비뇽은 이론적으로 인상파 화가들의 주장에 동의했지만 나서서 그것을 강하게 표현하지 않았다. 그는 아방가르드(전위대)가 아니라 아리에르가르드(후위대)에 속하는 사람이었다.

나뭇잎이 다 떨어진 차갑지만 신선한 공기가 느껴지는 몇 점의 겨울 풍경화는 아마도 그의 독특한 성격을 반영하는 그림인

지도 모른다. 그는 결코 시골 풍경을 낭만적으로 미화하지 않으면서도 시적인 분위기를 자아내는 그림을 그렸다. 그의 화폭 속에는 인상파의 미학이 은근하게 드러나고 있지만, 그는 자기가 인상파에 속한다는 것을 밖으로 내세워 말하지 않았다. 그래서 미술사에서 인상파 화가들의 무리에 자신의 이름을 올리지 못한 모양이다. 그는 인생의 말년에 엄청난 빈곤 속에서도 계속 그림을 그렸다. 그가 그린 노르망디의 절벽과 해변의 모습은 그의 내면 풍경을 잘 보여준다. 동료 화가 르누아르가 그의 그림을 사주기도 했지만 그는 가난 속에서 삶을 마감했다.

◇◇◇

비농의 그림을 보고 한 층을 더 올라가면 바로 그곳에 피사로의 데생과 판화 작품들이 전시되어 있다. 농촌의 풍경과 농민들의 삶을 예리한 필치로 묘사한 피사로의 그림 가운데는 농촌 여성들이 일하는 장면이 많이 나온다. 퐁투아즈 미술관은 피사로의 유화작품을 딱 한 점 소장하고 있는데 파리 센 강에 정박하고 있는 배를 그린 풍경화다. 피사로의 본격적인 유화작품들은 파리의 오르세 미술관에 가 있다.

관람을 마치고 미술관 정원으로 나오면 검은색 추상조각작품 두 점을 만날 수 있다. 독일의 현대 추상작가인 오토 프로인트리히Otto Freundlich의 작품으로 1929년에 제작된 〈승천〉이라는 작품과 1933년에 만들어진 〈구성〉이라는 작품이다. 미술관 1층 전시실에도 그의 추상 회화와 콤포지션을 전시하고 있는데 그는 몬드리안, 칸딘스키 등과 함께 추상미술 초기에 활동한 작가다. 유대인으로서 히틀러의 압제를 피해 파리로 이주하였다가 가스실에서 숨을 거두고 만 이 작가의 작품을 유족들이 퐁투아즈 미술관에 기증했다. 퐁투아즈 미술관은 피사로의 작품을 중심으로 하는 19세기의 회화작품들과 프로인트리히와 장 아르프의 조각작품을 중심으로 하는 20세기 현대미술로 소장품을 늘려가고 있다. 빅토르 비농의 작품이 전시되고 있는 1층 전시실에는 장 아르프의 조각작품 석 점이 자리하고 있다. 석고로 만든 작은 크기의 새와, 새의 보금자리 그리고 인간의 창조라는 주제의 작품이 비농의 그림과 간신히 조화를 이루고 있다. 미술관 뒤편에는 퐁투아즈 주변에서 발굴한 예수상 부조를 비롯한 여러 석물들이 전시되어 있다. 파리 근교의 작지만 알찬 미술관이었다.

미술관 뒷마당을 한 바퀴 돌아 나오니 다시 정문과 만났다. 미술관을 나와 시청 앞 광장 카페의 테라스에 자리를 잡고 초록색 페퍼민트 시럽에 레모네이드를 섞은 디아볼로망트를 마시며 하늘을 바라보았다. 광장 노천카페의 좋은 점 가운데 하나는 하늘에서 구름이 움직이는 모습을 마음대로 바라볼 수 있다는 점이다. 미란과 루아요몽 수도원에서 열리는 음악회 등에 대한 이야기를 나누면서 여유롭게 즐기다가 매년 9월이면 바로크 음악제가 열리는 퐁투아즈의 대성당과 마르트루아 광장을 건너 처음 이곳에 발을 디뎠던 퐁투아즈 역으로 갔다. 이번에는 전철이 아니라 기차를 타기로 했다. 파리의 생라자르 역으로 도착하는 7시 11분발 기차를 탔다. 생라자르 역에 도착하니 7시 50분이었다. 오랜만에 여유를 되찾은 하루 나들이였다.

이름 속에 숨은 뜻

9월이 왔다. 며칠 전부터 아침저녁으로 시원한 바람이 분다. 동네 사람들도 다들 바캉스에서 돌아왔다. 오늘부터 모든 일이 새로 다시 시작된다. 어제 아침에는 파리 미국교회에서 예배를 보고 팡테옹 뒤에 있는 한림식당에서 점심식사를 했다. 그리고 뤽상부르 공원을 산책하고 나와 생쉴피스 광장 앞에서 63번 버스를 타고 집으로 돌아왔다. 생쉴피스 광장의 분수대는 시원스럽게 물을 뿜어대고 그 위로 비둘기가 날았다. 정거장 뒤쪽에는 언제나 그 자리에 변치 않고 있는 '카페 드 라 메리Café de la Mairie'와 종교적 의미를 담은 인형과 성물을 파는 조그만 상점이 있다. 그리고 오른쪽에는 신문과 잡지를 파는 가판대가 있다. 소비사회를 비판하는 소설 『사물들』을 쓴 소설가 조르주 페렉은 이 근방의 세 군데 카페에 앉아 "파리의 한 장소를 완벽하

카페테라스의 남자.

조르주 페렉은 생쉴피스 광장 주변의
세 군데 카페에 앉아 "파리의 한 장소를
완벽하게 묘사하려는 시도"를 했다.
관찰력을 키우기 위해서 나도 언제 한번
그런 작업을 해보고 싶다.

게 묘사하려는 시도"를 했다. 관찰력을 키우기 위해서 나도 언제 한번 그런 작업을 해보고 싶다.•

◇◇◇

어제 파리 미국교회의 크리스틴 블레어 목사가 한 설교의 제목이 자꾸 머릿속에 떠오른다. '너의 이름에 무엇이 들어 있느냐 What's in your name?'라는 제목의 설교를 들으면서 미란과 수복이라는 이름의 뜻을 생각해보았다. 먼저 미란美蘭, bel orchidée은 문자 그대로 아름다운 난초란 뜻이다. 난초는 매란국죽이라는 사군자의 하나로 예로부터 선비들이 가까이하고 소중히 여기던 식물이다. 그런데 난초는 매우 까다로운 풀이다. 물을 너무 많이 주어도 안 되고 물을 부족하게 주어도 안 된다. 너무 더워도 안 좋고 추워도 안 좋다. 조금만 방심하면 생장점이 있는 긴 잎의 끝부분이 시들고 갈라진다. 게다가 난초는 꽃을 피우기가 어려운 식물이다.

내가 직접 난초를 키워 꽃을 본 것은 딱 한 번뿐이다. 동숭동에 있던 크리스찬 아카데미 연구실의 창가 서랍장 위에 놓여 있던 그 난초는 햇빛을 많이 받고 자랐으며 클래식 음악을 많이 들었다. 나는 잊지 않고 때를 맞추어 물을 주었으며 잎사귀에 내려앉은 먼지도 정성스럽게 닦아주었다. 그래서였는지 언제부터인

• 이후 파리 15구 조르주 브라상스 공원 앞 카페의 테라스에 앉아서 쓴 관찰 기록이 『파리의 장소들』(문학과지성사, 2010)에 '브라상스 공원 앞의 파리 지앵들'이란 제목으로 실렸다.

가 서서히 꽃대가 올라오더니 어느 이른봄날 드디어 꽃잎이 나오기 시작했다. 서서히 피어나는 난초의 하얀 꽃은 우아하고 청초하고 고귀해 보였다. 오로지 초록색 잎만 달고 있던 난초에서 청아한 꽃봉오리가 열리는 장면은 가히 장관이었다. 그런데 난초의 고귀함은 그 자태보다는 향기에 있다. 은은히 퍼지는 난초의 향기는 순간적으로 상쾌함을 제공하다가 얼마 후 사라져버리는 요란한 향수와는 다르다. 난초 향은 서서히 그리고 은근히 우리의 후각에 신호를 보내 우리의 정신을 맑고 고귀하게 만들어준다. 그 봄날 자그마한 나의 연구실은 난초의 향기로 가득찼고 나는 아주 오랜만에 일상을 벗어나 새로운 정신적 단계로 들어선 듯한 느낌을 받았다.

◇◇◇

파리에 와서 미란과 함께 읽은 캐롤린 하일브런의 책에 나오는 "여자의 진정한 삶은 50부터 시작한다"는 구절이 기억난다. 여성들은 젊은 시절 가정사에 얽매여서 진정한 자아를 잊고 살지만, 아이들이 다 크고 남편이 안정된 지위를 차지하는 중년기에 들어서면 자기만의 시간과 공간을 갖게 되고 자신이 꿈꾸어왔던 삶을 실현할 기회를 갖게 된다는 것이다. 그 나이가 대체로 50이다. 서울에서 〈정수복의 세상 읽기〉라는 텔레비전 대담 프로그램을 진행할 때, 초대손님으로 나온 재미기업가 이종문 회장은 자신을 '늦게 핀 꽃late bloomer'이라고 소개한 적이 있다. 남보다 늦은 나이에 사업에 성공한 것을 그렇게 표현했다. 하일브런이 말하듯 50대에 들어서 진정 자신이 꿈꾸었던 삶을 실현하는 여성도 '늦게 피는 꽃'이라고 표현할 수 있을 것이다.

세상에 수많은 꽃이 있지만 각각 그 꽃모양이 다르고 꽃이 피는 시기도 다르다. 꽃은 봄에만 피지 않는다. 봄, 여름, 가을, 겨울, 사철 꽃은 피고 진다. 나만 봄과 여름에 피는 꽃이 수적으로 많을 뿐이다. 국화는 서늘한 가을에 피고 매화는 추운 겨울에 핀다. 각각 자기가 지닌 특성에 따라 서로 다른 시기에 꽃이 피는 것이다. 가을이나 겨울에 피는 꽃은 봄이나 여름에 피는 꽃에 비해 훨씬 더 고귀하고 상쾌한 느낌을 준다. 숨막히는 듯한 열기가 가시고 선선한 바람이 불어오기 시작하는 가을의 시작을 알리는 길가의 코스모스를 바라보면 마음이 신선해진다. 이렇듯 여성의 삶은 50에 끝나는 것이 아니라 그때 새로운 단계로 들어설 수 있다. 난초는 어렵게 그리고 늦게 피는 꽃이다. 그러나 그러기에 더 고귀하고 아름답다. 난초는 그 은은한 향기를 널리 퍼뜨려서 사람들의 마음에 감동을 주고 그들의 상처받은 마음을 달래주는 꽃이다. 난초는 세상의 속된 경쟁을 넘어서 서로가 서로를 감싸안고 더 높은 정신적 가치를 지향하도록 인도하는 꽃이다. 일찍 화려하게 피는 꽃은 뭇사람들의 시선을 받고 사랑의 대상이 된다. 그러나 그런 꽃은 쉽게 시들고 그러고 나면 가치를 상실한다. 난초는 화려하기보다는 조용히 피는 꽃이다. 요란하지 않고 은은하게 피는 난초의 꽃향기는 사방으로 멀리 퍼져나간다.

◇◇◇

철이 들기 시작하던 언제부터인가 나는 수복壽福, longue vie

heureuse이라는 내 이름을 별로 좋아하지 않았다. 내 이름 속에는 세상에서 복을 많이 받고 오래 살라는 부모님의 염원이 담겨 있다. 그런 현세 지향적 가치가 내 삶의 지향성과는 어울리지 않는다고 생각했다. 고등학교 시절 임국희라는 유명한 DJ가 진행하는 라디오 프로그램에 청취자로서 전화 연결을 했을 때 내 이름에 대한 이야기가 나와서, 이 세상에서의 행복이라는 동양적인 가치를 표현한 이름이라고 말한 적이 있다. 수복이라는 글자는 결혼 혼수로 준비하는 베개 양쪽에 수로 놓여 있기도 하고 '백화 수복'이라는 이름의 청주도 있다. 수복이라는 이름은 세상의 행복을 추구하는 우리의 전통적 가치와 이어져 있다.

그런데 나는 청소년 시절부터 나의 이름과 다르게 전통적 가치를 거부하고 새로운 가치를 추구했다. 나는 자의식이 형성되던 고등학교 시절부터 '한국적'이라고 불리는 것들이 너무 싫었다. 나는 언제나 지금 여기에서 진행되는 삶에 숨막혀했다. 나는 가족의 울타리가 너무 답답했고 학교생활이 너무 지루했다. 나는 산다는 것의 의미를 느끼지 못했다. '어떻게 살 것인가?'라는 질문보다는 '인간은 도대체 왜 사는가?'라는 질문을 머릿속에 담고 고교 시절을 보냈다. 그 질문은 아직까지도 가끔씩 불쑥 머리를 쳐든다.

나는 부당한 질서에 순응하고 싶지 않다. 내 사회학 연구의 중심 주제는 '사회운동'이다. 사회운동은 주어진 현재의 사회적 관계에 이의를 제기하고 새로운 사회적 관계를 구성하려는 집합적 노력이다. 나는 항상 기존의 그릇된 상태가 전복되길 꿈꾸고 지금과는 다른 삶, 다른 세상을 꿈꾼다. 나는 세상을 바람직

한 방향으로 바꾸고 싶고 구태의연한 삶에 변화를 일으키고 싶다. 나는 결코 진시황처럼 불로장생을 꿈꾸지 않는다. 나는 세상에서 잘 먹고 잘살고 부귀영화를 누리고 입신출세하기를 원하지 않는다. 그래서 수복이라는 내 이름은 나에게 어울리지 않는다고 생각했다.

복을 누리며 오래 살라는 뜻을 지닌 내 이름 속에는 2대 독자인 나의 아버지와 첫아들을 본 어머니가 지녔던 나에 대한 소망이 담겨 있다. 그렇지만 나는 보다 추상적이고 고상한 이름을 갖고 싶었다. 그런데 요즘 들어서 생각이 바뀌어가고 있다. 나이가 들었다는 표시인지 우리의 전통 가운데서도 찾아서 발전시켜야 할 좋은 점이 있다는 생각을 하게 되었다. '한국적'인 모든 것을 혐오하면서 서양의 비판적 합리주의와 개인의 인권에 기반을 둔 민주주의 그리고 개성을 존중하는 창조적 삶을 지향했던 내가, 유교와 불교와 도교라는 아시아 종교의 지향성 가운데 오늘날 인류가 처한 문명의 위기를 벗어날 수 있게 하는 정신적 가치가 있을지도 모른다고 생각하게 되었다. 그렇게 생각하게 된 과정을 여기에 다 적을 수는 없다. 다만 1990년대 초부터 환경운동에 관심을 갖고 생태사상과 대안적 삶을 모색하면서 인간과 자연의 관계, 인간과 인간의 관계, 자기 자신과의 관계에 대한 생각을 하게 되었고 그 과정에서 접하게 된 동양사상의 묘미를 조금 맛보았다고 말할 수 있을 것이다.

나는 유교의 형식주의와 위계질서에 대한 강조 그리고 무엇보다도 충효사상에 혐오를 느낀다. 1970년대 박정희 대통령이 만든 유신체제는 무엇보다도 수직적 질서와 일사불란, 총력안

보, 중단 없는 전진을 내세우면서 유교의 충효사상을 강조했다. 아마도 나의 전통 혐오는 '한국적' 민주주의를 내세운 유신 체제에 대한 거부와 이어져 더욱 증폭되었을 것이다.

사실 나는 청소년 시절부터 유교보다는 불교에 관심이 있었다. 그 무렵에 출간된 법정 스님의 책을 읽으며 산속에 홀로 사는 삶을 동경하기도 했다. 1989년 귀국 이후 대학 사회에서 겪은 좌절감 속에서 노자의 『도덕경』을 읽으면서 많은 위안을 받았고 노장사상에 관심을 갖게 되었다. 그러다가 안동의 도산서원을 비롯하여 몇몇 서원을 방문하면서 유교의 긍정적인 측면에 대해서도 생각해보게 되었다.

나는 동양사상의 공통분모는 자기 수양修養이라고 생각한다. 좁은 자기 욕심을 벗어나 자신을 좀더 큰 실체에 연결시키기 위한 지속적인 노력이 자기 수양이다. 우리의 일상적인 말 속에 들어가 있는 '닦을 수修'자가 얼마나 많은가. 수련, 수양, 수도, 수기…… 그리고 '도道'라는 말에도 관심을 갖게 되었다. 유도, 태권도, 검도 등의 무술에는 도를 추구하는 자기 수양의 측면이 있고 서도, 다도 등의 활동에도 도의 개념이 들어 있다. 그러나 우리 전통에서 긍정적인 측면을 보았다고 해서 내가 수복이라는 현세구복적인 이름을 있는 그대로 좋아하게 된 것은 아니다. 다만 내가 정신적인 고통 속에서나마 부모님의 지원 덕분에 물질적으로 비교적 안정된 삶을 살아온 것이라든가, 원하던 대학에 자리잡지는 못했지만 시민운동계와 방송계 등에서 나름대로 활동할 기회가 있었던 것, 주위에 좋은 뜻을 함께 나눌 수 있는 스승, 친구, 동료 들이 있다는 사실 등은 내가 그래도 복이 있다는 사실을 인정하게 한다. 나는 지금 파리에서 글을 쓰며 그 복을 누리고 있지 아니한가? 누구에게도 간섭받지 않고 전적으로 자유로운 상태에서 내 생각을 글로 쓸 수 있는 자유를 누리고 있지 아니한가?

그러나 아직 나의 생각은 좁고 나의 글은 내가 원하는 수준에 도달하지 못하고 있다. 나는 나의 생각을 좀더 발전시키고 체계화하고 감동적으로 설득력 있게 표현하고 싶다. 나는 그러기 위해서 어느 정도 오래 살고 싶다. 내가 쓰고 싶은 것을 다 쓰기 위해서는 여든 살 정도는 살기를 기대한다. 그러니 수복이라는 이름이 이제 와서 보면 나에게 어울리지 않는 것도 아니다. 다만 나는 개인적인 즐거움이나 권력, 이익, 명예를 추구하기 위해 복된 장수의 삶을 누리고 싶지는 않다. 아니 그래서는 안 될 것이라고 다짐하고 있다. 나는 아직도 내 앞길을 잘 추스르지 못하고 있지만 앞으로라도 나는 나 자신을 넘어서 세상을 올바르고 정의롭고 자유롭고 복되게 만드는 데 조금이라도 기여하는 삶을 살고 싶다. 그것이 진정 내 이름값을 하는 삶일 것이다.

◇◇◇

내친김에 아들 대인의 이름에 대해서도 생각해본다. 유학 시절 파리 14구의 보들로크 병원에서 1987년 1월 16일에 태어난 아들의 이름을 대인으로 짓게 된 데는 몇 가지 사연이 있다. 나의 아버지는 나보고 알아서 아들 이름을 지으라고 전권을 위임했다. 반면에 외할아버지와 외할머니는 몇 개의 이름을 보내 그 중에 하나를 선택하기를 원했다. 그 몇 개의 후보 가운데 최종적으로 '대인'을 선택한 까닭은 이름의 뜻이 당시 우리 부부의 생각을 반영했기 때문이다.

그 무렵 프랑스는 사회당이 집권하던 시절이었는데 1968년 5월혁명을 정치적으로 대변하는 미셸 로카르가 총리직에 있었다. 어느 날 텔레비전의 대담 프로그램에 그가 나왔다. 한 기자가 그에게 "사회주의를 한마디로 정의하면 무엇이라고 보십니까?"라는 질문을 던지자 그는 '그랑드 제네로지테grande générosité'라고 답변하였다. 그랑드 제네로지테란 커다랗고 후한 마음, 대가를 바라지 않고 타인에게 베푸는 미덕이라는 뜻을 담고 있다. 그것을 한자로 표현하면 대인大仁이 된다. 우리 부부는 그 당시나 지금이나 프랑스 정치 지형도에서 합리적인 토론이 가능하고 민주적인 가치를 존중하는 중도개혁좌파를 지지한다. 로카르는 그런 가치를 지향하는 정치인인데 그가 사회주의를 '대인'이라고 정의한 것이다. 그래서 우리 부부의 아들은 대인이라는 이름을 갖게 되었다.

한 가지 덧붙이자면 당시 나 스스로가 다른 사람을 배려하고 덕을 베푸는 일에 부족하다는 생각을 하고 있었기에 나의 아들은 나와 다르게 많은 사람들과 잘 어울리면서 서로 도와 큰일을 해나가길 바랐다고 할 수 있다. 그리고 나중에 안 일이지만 '대인'이라는 문자는 유교 경전의 하나인 『대학大學』에 나오는 글귀이기도 하다. 다행히 뜻도 좋고 발음하기도 좋은 이름 덕분인지 나의 아들은 친구들과 잘 사귀고 사회성과 사교성이 뛰어난 아이로 자라고 있다. 한국에서 중학교에 다닐 때는 같은 학년에 모르는 아이가 거의 없을 정도로 다른 아이들과 잘 지냈다. 프랑스에 오기 전에는 환송회도 많았고 친구들 사이의 우정을 기억하기 위해 자기들끼리 비디오 촬영까지 했다. 이곳 파리에 와서도 프랑스어에 서투르지만 그런대로 프랑스 아이들과 학교생활을 잘하고 있고, 여름방학에는 2주 동안 보이스카우트 활동으로 프랑스 아이들과 숲속에서 캠프 생활을 하고 돌아왔다. 이름값을 잘하고 있는 것이다.

◇◇◇

미란, 수복, 대인이 뜻을 함께 나누고 서로 격려하고 도우면서 앞을 향해 걸어나가는 삶이 이곳 파리에서 우리 가족의 삶이 될 것이다. 미란, 수복, 대인이라는 이름 속에 담긴 뜻이 서로 조화를 이룰 때 무언가 중요하고 가치 있고 의미 있는 일을 하게 될 것이다.

정신병과 창조성

라디오에서 펠릭스 가타리의 목소리를 들었다. 그는 질 들뢰즈와 함께 『앙티 외디푸스』란 책을 써서 유명해졌고 '욕망'에 관한 새로운 이론을 전개한 정신과 의사이자 철학자로 알려져 있다. 그의 강연 녹음자료를 프랑스 퀼튀르 방송에서 들은 것은 어제 저녁 8시이다. 원래 매주 금요일 오전 9시 5분에서 10시 30분까지 진행되는 〈금요일의 철학〉이라는 프로그램에서 오래전에 방송한 내용인데 여름철 휴가 기간 중의 재방송을 들었다. 강연 제목은 '욕망의 미시정치학micropolitique du désir'이었다.

인간을 종합적으로 이해하기 위해서는 마르크스주의 정치경제학에서 말하는 '생산양식'도 중요하지만 인간의 존재양식, 사고양식도 중요하다. 정신분석학도 그런 영역을 다룬다. 그런데 가타리는 프로이트가 비엔나의 부르주아들을 대상으로 발전시킨 정신분석학이 인간을 '무의식의 감옥에 갇힌 수형자'로 보는 것에 반대하여 인류학, 철학, 종교학, 문학 등을 넘나들며 인간의 창의성과 창조성을 설명하는 새로운 정신분석 이론을 구성하려고 했다. 프로이트의 정신분석학이 과학적 정신분석을 지향한다면 가타리는 미학적 정신분석을 지향했다.

노이로제 환자와 정신병 환자, 창조적 작곡가와 화가 들은 서로 어떻게 다른가? 정신병자와 천재들은 모두 현실의 틀을 벗어나고 싶다는 욕망을 공유한다. 그러나 정신병 환자의 사고와 의식이 세계와 단절되어 길을 잃고 헛바퀴를 돌고 있다면 창조적 천재들은 세상과 대화의 끈을 유지하면서 세상을 보는 방식, 세상을 표현하는 방식에 혁명적 변화를 일으키는 사람들이다. 보통 사람들, '정상적인' 사람들은 세상을 있는 그대로 받아들이고 거기에 순응하고 적응한다. 그러나 '비정상적'인 정신병자와 천재들은 현실에 강한 불만을 느끼고 현실의 가치, 규범, 관습, 전통, 규칙 등을 무시할 수 있는 사람들이다. 다만 정신병자들이 새로운 대안을 찾지 못하고 헛도는 삶을 사람들이라면 천재들은 자기 영역에서 새로운 대안을 창조한 사람들이다. 화가 반 고흐는 천재이면서 정신병자였다. 그는 그 둘 사이의 경계선 위를 오가던 사람이었다. 그런 내용을 방송으로 듣다보니까 "불가능한 것을 요구하고, 현실주의자가 되어라!"라는 68혁명의 구호가 생각났다. 실현 불가능해 보이는 이상을 추구하되 현실에 발을 디디는 치열한 삶을 살아야 현실의 변화가 가능하다.

9월 5일 목요일 오전 11시
서재에서

은둔과 망명

은둔은 지금까지 살아왔던 세속의 땅과 지금까지 관계 맺고 살아왔던 사람들을 떠나는 의도적이고 주체적인 행위이다. 은둔은 자신이 몸담고 살았던 곳에 대한 혐오일 뿐만 아니라, 자신이 지금까지 살아온 삶에 대한 절대적 부정이다. 부정에서 출발한 은둔은 또다른 긍정을 추구한다. 은둔은 단지 세상을 피해 다른 곳에 숨는 행위가 아니라 지금까지 세상에서 추구했던 것과는 분명하게 구별되는 다른 차원과 다른 단계의 삶을 지향하기 때문이다.

◇◇◇

세상에는 반드시 지켜야 할 규범과 꼭 해야 할 의무가 너무 많다. 그 주어진 임무를 수행하는 삶을 무의미하다고 생각하는 사람들 가운데 어떤 사람들은 진정한 삶의 의미를 추구하기 위해 은둔의 길을 선택했다. 그들은 은둔을 통해 세상과 우주와 삶의 근원적 의미를 추구했다. 그들은 일정 기간 동안 세속과 거리를 두는 삶을 살면서 새로운 삶의 의미를 발견하고 다시 세속으로 돌아가 그 뜻을 전했다. 그들에게 진리는 자기만을 위한 것이 아니라 모든 사람들과 함께 나누기 위한 것이다. 나는 지금 이곳에 혼자 있다. 파리의 한구석에서 은둔 생활을 하고 있다.

내게 '은둔'이라는 말이 매력적으로 들리기 시작한 것은 벌써 오래전의 일이다. 그랬기 때문에 내가 세속적인 세상의 삶에 적응하기를 거부하고 '자발적 부적응'의 길을 선택했는지도 모른다. 지금 나는 밖으로부터 오는 모든 소식을 의도적으로 차단한 채 나의 의식 깊은 곳으로 침잠하고 있다. 내 의식 깊숙이 자리잡고서 나를 움직이고 놀리고 불편하게 하는 아직 이름 붙일 수 없는, 오랜 세월 동안 침전되고 응고되어 딱딱해진 덩어리들을 찾아내고 그것들을 분해하면서 그 구성요소들을 점검하고 있다.

◇◇◇

지난주의 일이다. 파리 16구 구청 앞에서 63번 버스를 타고 생제르맹-데-프레에서 내려 영어서적 전문점 '빌리지 보이스Village Voice'에 갔다. '예술'로 분류된 서가를 훑어보는데, 노벨문학상을 받은 폴란드 출신 시인 체슬라브 밀로즈의 책 두 권이 눈에 들어왔다. 두 권 다 에세이였는데 그중 한 권의 제목이 '내가 있는 곳에서 시작하자면To begin with where I am'이었다. 서가에서 책을 꺼내 목차를 보니까 '망명에 대하여On Exile'라는 제목의 글이 들어 있다. 그 부분을 찾아 읽다보니까 다음과 같은 구절이 나왔다.

> 망명객이란 자신의 나라에서 불행했던 사람이다. 왜냐하면 그곳에는 행복이 없었기 때문이다. 망명객은 망명 온 나라에서 모든 것을 다 말할 수 있는 표현의 자유를 누린다. 그런데 거기에는 더이상 그가 하는 말에 귀기울여줄 자신의 동포들이 없다. 자신의 나라에서는 이야기를 들어줄 사람들은 있었지만 표현의 자유가 없어서 이곳으로 망명을 나온 것인데, 망명 온 나라에서는 이야기를 들어줄 사람이 없다보니까 더이상 무엇을 이야기해야 할지를 모르게 된다.

이것이 망명객의 패러독스이다.

◇◇◇

2차대전 종전과 더불어 동유럽 여러 나라들에서 스탈린주의자들이 권력을 잡고 일사불란하게 사회를 장악하고 통치해 나가자 비판적 지식인들이 설 자리는 점점 더 좁아졌다. 체제에 비판적인 인사들에 대한 배제와 숙청이 단행되었다. 지식인들은 권력을 정당화하고 그에 봉사하는 하수인 역할을 하거나 침묵을 지키거나 둘 중 하나를 선택할 수밖에 없었다. 밀로즈의 말대로 지식인들은 자유를 잃고 우리에 갇혀 '사로잡힌 마음captive mind'이 되었다. 러시아혁명 이후 1920년대와 1930년대 젊은 시절에는 진보적인 개혁사상에 경도되었고, 히틀러의 나치즘이 동유럽 나라들을 지배하던 1930년대 말에서 1940년대 중반까지는 '레지스탕스'라고 불리는 항독 운동의 투사로 활동했던 지식인들이 어떻게 해서 공산당의 붉은 깃발 아래 하나로 뭉쳐 권력을 향해 행진하게 되었는가? 이것이 밀로즈가 폴란드를 비롯한 동유럽 지식인들에게 던진 질문이었다. 그는 그런 비판적 질문을 계속하면서 폴란드에서 살아갈 수 없었다. 그래서 망명을 선택했다.

모든 망명은 최종적으로는 자발적인 선택이지만, 망명을 선택할 수밖에 없게 하는 외부적인 조건이 있다. 그것이 밀로즈의 경우에는 침묵과 복종을 강요하는 공산당 권력이었다. 지식인과 권력 사이에는 언제나 긴장이 있어야 하는데 공산주의 정권은 그런 긴장을 용납하지 않았기 때문에 반체제 지식인을 박해하기 시작했고, 밀로즈를 포함한 많은 동유럽 지식인들이 프랑스와 미국을 포함한 서방 세계로 망명하는 길을 선택했던 것이다.

◇◇◇

밀로즈는 5·18광주민주화운동이 일어났던 1980년에 노벨문학상을 받았다. 그 당시 나는 대학원에서 사회학을 공부하고 있었는데 『현상과 인식』이라는 학술지에 실린 은사 박영신 교수의 글 속에서 밀로즈라는 이름을 발견하고 어떤 사람인지 궁금했던 적이 있다. 밀로즈는 1970년대 이후 캘리포니아의 버클리대학교 슬라브문학과에서 가르치고 있었는데, 아마도 박교수가

1960년대 말에서 1970년대 초에 걸쳐 버클리에서 공부할 때 그에게 관심을 가졌던 모양이다.

밀로즈에 대해 알아볼 겸 그저께 파리 미국도서관으로 갔다. 파리에 도착한 지 얼마 안 된 지난 2월에 가족회원으로 등록한 이 도서관은 에펠탑 바로 옆에 위치하고 있어서 집에서도 가까운 편이다. 집에서 에펠탑을 바라보며 비르아켐 다리를 건너 그곳에 도착하는 데는 걸어서 이십 분 정도가 걸린다. 지난 8월 바캉스 기간에는 오전 10시에서 오후 2시까지만 문을 열었는데 9월이 되어 원래대로 저녁 7시까지 공부할 수 있게 되었다. 그곳의 서가에서 문학사전을 꺼내 그의 이름을 찾아보았다.

> **체슬라브 밀로즈**: 시인, 에세이스트, 소설가. 1911년 리투아니아 출생. 엔지니어인 아버지를 따라 시베리아에 살다가 폴란드에 정착. 가톨릭 학교에서 공부, 대학 시절 마르크스주의적 문학-정치 서클에서 활동, 1934년(23세) 파리에서 1년 동안 살면서 본격적으로 시를 쓰기 시작. 1930년대 폴란드의 아방가르드 시운동의 대표 시인 가운데 한 사람. 히틀러 치하에서 항독 서적 『부술 수 없는 노래Invincible Song』를 편집. 해방 이후 파리와 워싱턴의 폴란드 대사관에서 근무. 1951년 폴란드 정부와 절연하고 망명 결정. 이후 파리에서 10년 동안 체류한 다음 미국으로 가서 1970년 미국인으로 귀화. 버클리 대학 슬라브 문학 교수. 1980년 노벨문학상 수상. 저서로는 『포로가 된 마음』(1953), 『본래의 영역: 자기 정의를 찾아서』(1968), 『겨울의 벨소리』(1978) 등이 있다.

9월 6일 금요일

흐림

우연과 인연

세상을 살아가다보면 자기 뜻대로 되지 않는 일이 많다는 것을 알게 된다. 물론 목표를 세우고 그것을 달성하기 위해 끊임없이 노력하다보면 이루어지는 경우도 있다. 그러나 그 목표가 달성되기까지 예상치 않았던 일들이 많이 벌어진다. 내가 지금 이곳 아파트에 들어와 살게 된 경위도 그렇다.

지난 1월 26일 프랑스 땅에 발을 디딘 이후 우리 가족 최초의 그리고 최대의 과제는 세 식구가 살 집을 구하는 일이었다. 처음에 우리는 파리 교외의 알포르빌에 있는 아직 완성되지 않은 작은 아파트에서 일주일을 보냈다. 그러다가 마들렌에 있는 작은 임대 스튜디오에서 한 달을 보냈다. 그때 미란과 나는 좋은 학교가 많고 지식인들이 선호하는 파리 5구에 열심히 집을 구하러 다녔다. 부동산 중개소를 열심히 돌아다녀보았지만 성

파리 5구의 분수대.

삶은 많은 부분 인연에 의해서 이루어짐을 인정할 수밖에 없다.

과가 없었다. 그러다가 친구 베아트리스가 잘 아는 부동산 중개업자를 통해 지금 살고 있는 이 아파트를 보러 오게 되었다. 5구에 있는 부동산 중개소에 16구의 아파트가 나와 있는 것은 다소 예외적인 경우였다. 그런데 그 아파트가 옛날 유학생 시절 지도교수 알랭 투렌의 목요일 아침 강의가 매주 열렸던 투르 거리 44번지 바로 옆에 위치해 있었다. 아파트는 비록 1층에 위치하고 있었고 거실은 차도를 향해 있었지만 새로 수리한 지 얼마 안 되어서 깨끗하고 살 만했다. 다행히 침실과 서재는 안마당을 향하고 있었다. 거실 창문 앞으로 골목이 T자로 시원하게 뚫려 있어 햇빛이 잘 들어왔다. 파리에서 햇빛 비치는 아파트에 산다는 것도 복이다. 그렇다면 이 집에 들어오게 된 것은 우연인가? 그렇게 볼 수도 있을 것이다. 애초에 파리 부르주아들의 주거지로 알려진 16구에 집을 구할 생각이 없었는데 이곳에서 살게 된 것은 정말 우연이다. 나의 의도와는 무관한 것이다. 우연 말고는 어떻게 설명할 길이 없었다.

그러다가 우연이라는 말 대신에 인연이라는 말을 떠올렸다. 인연은 과거에 우리가 행했던 모든 행위들의 결과로 우리에게 나타나는 것이다. 나는 의식할 수 없지만 지금까지 살아온 수많은 인생의 경험들이 누적되어 오늘날의 나를 만들었고, 그것들이 나도 모르게 나를 일정한 방향으로 끌고 가고 있는 것은 아닌가? 물론 우연이나 인연을 믿는다고 해서 나 자신의 책임이나 주체의식을 버리자는 뜻은 아니다. 그러나 모든 것이 내 마음대로 내 의도대로 되는 것이 아니라 많은 부분 나의 예상 밖으로 무슨 일이 벌어질 수 있음을 인정할 수밖에 없다. 점쟁이

들은 좋은 일이 일어나리라는 예언을 "언제 어디에서 귀인貴人을 만날 것이다"라고 표현하는데 이러한 예언의 밑바닥에는 언제나 인연의 법칙이 작용한다. 그런데 인연의 법칙은 연쇄적으로 작용한다. 이 아파트에 들어와 살게 됨으로써 대인은 외젠 들라크루아 중학교를 다니게 되었고, 그곳에서 좋은 친구들과 선생님들을 만났으며, 미란은 이 아파트 건물 3층에 사는 이본이라는 친구를 사귀고 지난 8월에 미란과 나는 이본의 노르망디 별장에서 주말을 보내고 노르망디 코탕탱 지역과 인연을 맺지 않았는가? 이 아파트에 살게 되면서 전혀 생각하지 않았던 일들이 연이어 벌어지고 있는 것이다. 인간은 자기 삶의 주체이다. 그러나 삶은 많은 부분 인연에 의해서 이루어짐을 인정할 수밖에 없다. 그러니 인생을 주체적으로 살아가되 겸손하고 조심스러운 삶의 자세를 갖고 살아가야 한다.

9월 16일 월요일 오전 10시 55분
흐림

만성피로와 악몽

어젯밤에는 가스난방 장치의 온도를 조금 높였더니 아주 따뜻하게 잘 잤다는 느낌이 든다. 지난 주일에는 매우 피곤하다는 느낌이 들었는데 나의 피로감은 몇 주 전부터 계속되고 있다. 8월 내내 바캉스도 가지 않고 도서관에 너무 열심히 다녔던 모양이다. 무언가 의미 있는 일을 해야 한다는 압박감과 중압감 때문에 정신적인 피곤이 누적된 것 같다.

9월 들어서 머리를 식히기 위해서 월요일마다 파리 근교의 가볼 만한 곳을 다닐 계획을 세웠다. 그래서 지난 두 주간에 걸쳐 퐁투아즈와 오베르-쉬르-우아즈 두 군데를 다녀왔다. 두 주 전 월요일에는 퐁투아즈에 가서 점심도 잘 먹고 여유 있게 즐기다 돌아왔는데, 지난주 월요일 오베르-쉬르-우아즈에 가던 날은 춥고 바람이 심하게 불어서 제대로 즐기지 못하고 돌아왔다. 그날 돌아오는 길에 미란이 오베르 관광안내소에서 얻은 발두아즈 지역 전체의 관광정보를 담은 자료를 기차역 벤치에 깔고 앉았다가 그냥 놓고 와서 내가 약간 신경질을 냈더니 자기가 더 크게 화를 냈다. 그래서 파리로 돌아오는 기차에서 내내 심리적 긴장이 있었다. 오늘은 월요일이지만 날씨도 흐리고 힘이 들어서 그냥 파리에 있기로 했다.

◇◇◇

점점 시력이 감퇴하고 있다. 지난 금요일이 며칠인지 날짜를 보려고 책상 옆에 걸어놓은 달력을 보는데 숫자가 선명하게 들어오지 않았다. 한참을 바라보고 있으니 겨우 흐릿하게 보였다. 13일이었다.

그날 오전 내내 힘이 들어서 대인 방의 침대에 누워 프랑스 퀼튀르 라디오 방송을 들었는데 프랑스의 현상학, 극작가 에우제네 이오네스코와의 대담 등이 나와서 흥미 있게 들었다. 오후 3시쯤 미국도서관에 가서 공부를 시작하려는데 미란이 왔다. 베아트리스와 만나고 오는 길인데 한림식당에서 점심식사를 하며 많은 이야기를 나누었다고 한다. 베아의 아버지, 형제자매들 그리고 자녀들과의 관계 등에 관한 이야기를 나누었다고 한다. 프랑스 사람들이 다 그런 것은 아니지만 우리가 만나는 프랑스 사람들은 자기 자신을 투명하고 명료하게 인식하고 표현하는 것 같다.

◇◇◇

9월 14일 토요일에는 힘이 들어서 집에서 쉬다가 오후 3시 30분쯤에 걸어서 파리 미국도서관에 갔다. 도서관에서 T를 만나서 '수에즈운하 사건'에 관해서 쓰고 있는 논문을 지도해주기로 했기 때문이다. 에펠탑 부근 샹드마르스의 관광객들 사이를 가로질러 걸어가자니 조금 정신이 없었다. 도서관에서 책을 보고 있는데 조금 후에 T가 왔다. 근처의 '카페 드 샹드마르스'에 가서 디아볼로망트를 마시면서 수에즈 사건 당시 영국과 미국의 정책 차이에 대해 T가 써온 글을 놓고 어떻게 고칠 것인가를 이야기했다.

5시 30분 정도에 다시 도서관에 들어가서 비트겐슈타인에 대한 책을 보다가 6시 40분쯤 나와서 집으로 돌아왔다. 힘이 없고 몸이 축 처지는 느낌이었다. 인생을 살면서 힘이 넘치는 적은 거의 없었지만 요즘 들어 오십 줄을 바라보는 나이라서 그런지, 아니면 파리 생활에 적응하면서 살기가 힘들어서 그런지 기운이 떨어지는 느낌을 자주 받는다.

◇◇◇

미국도서관을 갔다 와서 힘이 없고 머리가 아파서, 저녁식사 후 조금 누워서 쉬다가 한 시간쯤 잤다. 자고 나서도 계속 머리가 아프고 기분이 안 좋아서 내 방에서 『단순함으로 가는 불교의 길』이라는 제목의 영어책을 읽었다. '듣기listening'에 대한 글이었다. 글을 읽고 마음을 안정시키고 난 다음 명상과 요가를 하고 나니 2시 30분이었다.

잠자리에 들었는데 계속 악몽에 시달렸다. 어두컴컴해서 누구인지 알 수 없는 검은 정체가 집의 문을 부수고 들어오려 해서 소리를 지르는데 소리가 나오지 않았다. 내가 아는 K목사와 K선배가 죽었다고 해서 소리 내어 울려고 하는데 눈물이 안 나왔다. 그러고 보니 얼마 전부터 계속 쫓기는 꿈을 꾸고 있다. 시험 시간이 다 끝나가는데 아직 문제를 다 풀지 못해 쩔쩔매거나, 수업 시간에 칠판 앞에 나가 수학 문제를 푸는데, 어떻게 할지를 몰라 허둥대는 악몽을 자주 꾼다.

미란은 내 꿈 이야기를 들으면 "또 그런 꿈이냐?"라고 말한다. 미란의 표현에 따르면 'at a loss'하는 꿈이라고 하는데 이런 종류의 꿈은 내가 결혼 후에 계속 꾸어온 것이다. 그러나 같은 종류의 꿈이라고 할지라도 어느 시기에는 많이 꾸고 어느 시기에는 잘 꾸지 않는 것은 당시의 심리적 상태에 달려 있을 것이다. 그렇다면 요즘 나의 심사가 그렇게 편치는 않은 모양이다. 이곳 파리에 와서 망명이니 은둔이니 대안적 삶이니, 방법론적 단절이니 자발적 소외니 하면서 사람들로부터 떨어져나오고, 세상으로부터 거리를 두고 살고 있지만 아직도 마음 깊은 곳에서 안정과 만족을 느낄 수 있는 삶의 양식을 만들어내지 못해서 불안하고 불편한 모양이다. 지금의 상태를 벗어나 새로운 삶의 길을 찾기 위해서는 나 자신의 영혼 깊은 곳에 자리잡고 있는 불안이나 불만족의 뿌리까지 내려가보아야 할 것이다.

◇◇◇

9월 15일 일요일 아침에도 겨우 일어나 서둘러 파리 미국교회의 11시 예배에 참석했다. 하루종일 계속 힘이 들고 머리가 아파서 고생했다. 미란은 예약해놓은 기차표를 찾으러 점심식사 후에 몽파르나스 역에 갔다. 17일부터 툴루즈에서 열리는 불어권 여성학대회에 참석하기 위해서다. 미란은 집에 돌아와서 조금 쉬다가 서울에 있는 친구의 친구가 파리에 왔다고 연락이 와서 다시 나갔다가 7시쯤에 돌아왔다. 그러더니 힘이 들어서인지 신경이 곤두서서 심하게 짜증을 냈다. 저녁밥은 대인이가 했는데 전기밥솥에 물을 너무 적게 부어서 고두밥을 먹었다.

식사 후에도 계속 일이 잘 안 풀렸다. 미란이 툴루즈 여성학대회에 가기 위해 명함을 만들어야 한다고 해서 3층에 사는 이본의 아들 쥘리앵이 와서 명함 만드는 소프트웨어 프로그램을 깔아놓고는 대인에게 만드는 방법을 가르쳐주고 갔다. 쥘리앵이 간 다음에 대인과 미란이 명함을 만들려고 애썼는데 지정된 자리에 인쇄가 되지 않아 결국 제대로 된 명함을 인쇄하지 못했다. 밤 11시까지 미란과 대인 두 사람이 서로 씩씩거리고 있길래 내가 나가서 두 사람을 진정시키고 겨우 잠자리에 들었다. 힘든 일요일이었다.

◇◇◇

파리에 적응하면서 생긴 지속적 긴장감과 무언가 의미 있는 일을 해야겠다는 초조감이 합쳐져 마음이 불편해지는 것 같다. 파리에 와서 지금까지 한 일을 생각해보면 우선 1월 25일부터 3월 25일까지 집을 구하느라고 안정된 생활을 하지 못했다. 그리고 4월 한 달 내내 사는 데 필요한 최소한의 가구와 집안 살림을 마련하느라고 부산했다. 파리 교외에 있는 이케아 조립가구점에 가서 적당한 물건을 찾느라고 아침부터 저녁까지 하루 종일을 보내고 온 날은 특히 힘들었다.

입주 이후 5월에는 가까운 친구들을 초청했다. 장 가족, 미셸 가족, 카트린 가족, 크리스틴 므니에 부부, K1 가족, K2 가족, E, Y PD 가족 등등이 우리집에 왔다 갔다. 지난 1월 25일 파리에 온 이후 프랑스 친구들과 한국 친구들 집에 초청받아 다녔다. 장네 집 한 번, 미셸네 집 두 번, 크리스틴 므니에 집 한 번, 카트린네 집 두 번, K1네 집 한 번, K2네 집 두 번, H네 집 한 번, 오샤닌 할머니 집 한 번, 아를에서 마리 조제네 집에 한 번 갔었고 노르망디 몽파르빌의 이본 별장에 1박 2일로 갔다 왔다. 그리고 6월에는 K3, K4, L 등 미란의 친구들이 왔다 갔고 7월에는 박영신 문은희 선생님 부부가 왔다 갔다. 8월에는 저녁마다 대인이 불어 공부 가르치느라고 힘들었다.

파리에 와서 지금까지 여유 있게 지낸 시간이 없는 것 같다. 느리고 단순하게 살려고 파리에 왔는데 계속 꽉 찬 생활을 하고 있다. 미란은 내가 서울에서와 거의 똑같이 여유 없는 생활을 하고 있다고 말한다. 요즘 나는 기운이 없고 가슴이 답답하고 머리가 아플 때가 많다. 조금 느슨하게 게으름을 피워야 할까보다.

9월 17일 화요일

맑음

"타인은 지옥이다"

미란이 오늘 아침 6시 20분 기차로 툴루즈로 떠났다. 언제나 처럼 여행 전날은 흥분 상태에서 잠을 자지 못하고 설치다가 새벽 5시에 일어나 '알로 택시'(콜택시)를 불러서 몽파르나스 역으로 떠났다. 어제 저녁에는 T가 케임브리지 대학에 제출할 영어 자기소개서를 가지고 와서 한 시간 삼십 분 동안 이야기하면서 함께 고쳤다. T가 돌아간 다음에 컴퓨터로 미란 명함과 내 명함을 만들어 프린트했다. 명함을 만들고 나니까 명함지갑이 필요해서 한국에서 쓰던 지갑을 찾다가 포기했다. 아마도 파리에 이사 오기 위해 짐을 쌀 때 서울에 놓고 안 가지고 온 모양이다. 오랫동안 쓰던 물건에 대한 애착 때문인지 아직도 서울에서 쓰던 검은색 명함지갑이 눈앞에 어른거린다. 무엇에 대한 집착이 사람의 마음을 괴롭게 한다. 사실 명함지갑이 꼭 필요한 것도 아니다. 없어도 그만이다. 그렇게 생각하니 마음이 조금씩 안정되었다.

◇◇◇

물건을 많이 거느리고 살면 편리하기도 하지만 그것을 관리하는 번거로움도 따른다. 그래서 서울을 떠나 이곳 파리로 올 때 최소한의 물건만 가지고 왔다. 단순하게 살기 위해서는 일단 살림살이가 간소해야 한다. 그런데 한국에서 가지고 온 물건들 가운데 내 마음을 복잡하게 하는 게 하나 있다. 내 방 벽장 속에 떡하니 앉아 있는 약 상자다. 상자 속에 든 저 많은 약들 가운데 실제로 우리 몸에 들어가서 병을 물리치는 제 역할을 다할 약이 얼마나 될 것인가? 어디 약뿐이겠는가. 집에 있는 물건 가운데 우리의 삶에 꼭 필요한 것은 얼마나 될 것인가? 옷장 속에 옷이 여러 벌 걸려 있지만 실제로 입는 옷은 5분의 1도 되지 않는다. 많은 옷들이 어쩌다 한 번 입히기를 기다리며 옷장 속의 공간을 차지하고 있고, 그 옷장은 방의 많은 부분을 차지하고 있다. 아무것도 소유하지 않는 삶이 아니라 불필요한 것을 갖지 않고 꼭 필요한 것만 가지고 사는 간소한 삶을 살려면 때로 불편함을 감수할 여유로운 마음이 있어야 한다. 그것이 법정 스님이 말하는 무소유의 삶이다.

서울을 떠나기 전 성북동 길상사에서 법정 스님을 만났던 생각이 난다. 그때 스님께서는 우리 부부가 함께 쓴 『바다로 간 게으름뱅이』를 읽어보시고 많이 격려해주셨는데 지금도 여전히 강원도 산속의 작은 집에서 홀로 조용히 정진하고 계실 것이다.

◇◇◇

새벽에 미란이 툴루즈로 떠나는 것을 배웅하고서 다시 침대로 들어갔다. 윗집에서 시끄럽게 발소리를 내는데도 게으름을 부리며 계속 침대에 누워 있었더니 별로 기분이 좋지 않았다. 내가 사는 아파트는 1904년에 지은 집으로 위층과 아래층 사이에 방음이 거의 되지 않아 층간소음이 심하다. 오전에 대인에게 불어를 가르치는 미르탱 선생님이 집으로 오기로 해서 집 전체에 진공청소기를 한 번 돌렸다. 파리에 온 이후 집안 청소는 내 몫이다.

집안 청소를 마치고 김영동의 명상음악 CD를 틀어놓고 천천히 눈을 감았다. 조용히 호흡하면서 마음을 가라앉혔다. 그랬더니 마음의 색깔이 서서히 떠올랐다. 회색이었다. 언제부터인지 모르지만 내 마음은 회색 껍질로 둘러싸여 있다. 때로 회색이 엷어지기도 하고 조금 진해지기도 하지만 여전히 회색이다. 그 껍질을 벗기는 게 명상의 목표다. 맑은 마음 투명한 마음을 만드는 일은 그렇게 쉬운 일이 아니다. 세상에 태어나면서부터 오랫동안 쌓여온 삶의 경험들이 내 마음에 칠해놓은 색깔을 일시에 바꿀 수는 없을 것이다. 현재 내가 처한 상황은 나의 의식에 어떤 영향을 미치고 있는가? 나는 지금 파리에서 무엇을 하고 있는가? 내 하루하루의 삶은 의미 있게 채워지고 있는가? 나는 나의 길을 찾았다고 할 수 있는가? 내 삶의 사명은 무엇인가? 내 삶의 의미는 무엇인가? 내 영혼의 갈증과 존재의 허기는 영원히 채워질 수 없는가? 이런 질문들이 끊임없이 머릿속에 떠오른다. 그런 질문들을 만들어내는 힘은 존재론적 불안인가 존재론적 불만인가?

◇◇◇

세상을 밝게 보는 낙관주의자들도 많지만 나는 언제나 세상을 불완전하고 문제가 많고 고통스러운 곳으로 보아왔다. 그러나 그런 세상을 버리고 떠나기보다는 세상을 더욱 투명하게 인식하고 그것을 바꾸어나가야 한다고 생각했다. 나의 역할은 바로 그러한 변화의 방향을 탐구하고 시민들과 함께 공적인 의견을 만들어나가는 일이라고 생각해왔다. 그리고 그런 생각은 지금도 변함이 없다. 그러나 그런 삶이 내 삶의 모든 것이 될 수는 없다. 내 삶의 본질적인 의미에 대한 질문이 계속되고 있기 때문이다.

나는 결코 안락하고 안정된 삶을 원하지 않는다. 그러나 내가 나를 들여다볼 때 아직도 현실적이고 세속적인 외부 평가의 기준을 완전히 넘어선 것 같지는 않다. 조금 더 깊숙하게 나 자신을 들여다보고 싶고 좀더 넓게 세상을 보고 싶다. 그러기 위해서 명상, 기도, 요가를 중심으로 아침과 저녁의 수련 생활을 좀 더 열심히 해야겠다. 다석 유영모 선생의 말처럼 '제나'에서 '얼나'로 새로 나기 위해서는 끊임없이 정진해야 한다. 영원한 생명을 얻기 위해서, 자기로부터 벗어나 망아의 경지와 열반의 경지에 오르기 위해서 정신 수련을 계속해야 한다.

◇◇◇

수련을 마치고 책상 앞에 앉았는데 전화벨이 울렸다. H였다.

대인이가 불어 배우기도 바쁜데 제2외국어로 스페인어를 하기가 어려워 한국어로 대체하려는데 인증 문제가 있어 미란이 전화를 해서 물어보았던 모양이다. H는 한국 대사관의 교육담당관을 한번 만나보라고 권했다. 나는 아직 대인의 학교에서 한국어가 제2외국어로 인정되는지 확인이 되지 않고 있어서 그것을 확인하고 난 다음에 만나도 늦지 않을 것이라고 말했다. H는 그래도 미리 만나서 교육관 얼굴을 익혀두는 것이 좋지 않느냐는 의견을 내놓았다. 내 생각에는 구체적으로 문의할 사항이 있을 때 만나는 것이 피차간에 시간도 절약되고 효과적일 듯하다. 이런 내 삶의 방식이 사회생활에서 어려움을 겪게 하는지도 모른다.

나는 무엇을 부탁하기 위해서 상대방의 비위를 맞추고 눈치를 보는 상황은 의식적으로 피한다. 사르트르는 "타인은 지옥이다"라고 말했다. 너무 다른 가치와 지향성과 사고방식을 가진 사람들과 형식적으로 만나는 일은 정말 불편하다. 자유롭게 생각을 나눌 수 없는 자리는 지루하고 따분하고 피곤하다.

나의 길은 조용히 세상을 관찰하고 내 속을 깊이 들여다보면서 다른 사람들이 눈여겨보지 않는 것들에 눈길을 주고, 대안적 가치와 삶의 방식에 천착하여 그것을 글로 표현하고 삶으로 사는 것이다. 나의 입장을 더욱 분명히 하고 흔들리지 않는 자세로 계속 자신을 넓히고 심화시키는 일이 내가 가야 할 길이다.

◇◇◇

대인이가 미르탱 선생님과 프랑스어 공부를 마친 모양이다.

대인은 다시 학교로 돌아가서 학생식당에서 친구들과 함께 점심식사를 하고 오후 수업을 하고 돌아온다며 나갔다. 나는 9월 19일 파리에 도착할 예정인 한국 시민단체 방문단의 파리 프로그램 준비를 하고 있다. 한국과 아무 관계 없이 지내고 있지만, 오기 전까지 관계하던 시민운동단체의 요청이라 거부할 수 없었다. 그래서 방문단이 파리에 오면 프랑스 환경단체 한 군데와 파리 16구 구청을 방문하도록 사전 교섭을 하고 있다. 오늘 오후 2시 30분에 프랑스 환경단체 사람과 만나 프로그램을 협의할 예정이다.

9월 24일 화요일 오후 12시 20분

감정 폭발의 심리학

오늘 아침에는 아주 늦게 일어났다. 너무 일찍 일어났다가 다시 잤다. 어젯밤에는 대인에게 프랑스 역사를 가르치고 난 다음에 머리가 아프고 힘이 없어서 진통제 애드빌 한 알을 먹고 라디오를 듣다가 11시경에 평소보다 일찍 잠자리에 들었다. 아침 6시경에 잠이 깨서 뒤척이다가 일어나서 한 시간 이십 분 정도 명상과 요가를 했다. 대인이 일어나서 부엌에서 아침밥을 챙겨 먹고 있었다. 라디오를 켜니 독일 선거에 관한 이야기가 흘러나왔다. 1968년 5월 프랑스 학생운동의 지도자였던 다니엘 콘벤디트가 나와서 대담을 하고 있었다. 거실에 있는 미란의 책상에 앉아서 라디오를 듣다가 추운 기운이 들어서 다시 침대로 기어 들어갔다.

침대에서 이어폰을 끼고 라디오를 듣다가 다시 잠이 들어서 미란의 성화에 놀라 일어났다. 9시 30분이었다. 오늘이 대인의 불어 과외 선생님이 오는 날이라고 갑자기 후다닥거리며 요란하게 일어났다. 그냥 조용히 일어나면 될 일인데 왜 그렇게 마음의 안정이 없는지 모르겠다. 대인의 불어 선생님이 대인의 학교 수업이 없는 시간에 집에 오는데, 내가 집에서 작업하기 때문에 불편함이 있는 것은 사실이다. 그렇지만 조용히 일어나서 준비하면 될 일이지 왜 몸이 힘들어서 쉬고 있는 사람의 마음을 뒤집어놓고 어질러놓는지 모르겠다. 내가 그런 말을 했더니 미란은 답답해서 집에 못 있겠다며 불만을 폭발시킨다. 아침에 일찍 일어나서 어디를 나가야지 집에 이렇게 있는 것은 참을 수 없이 답답하다고 한다. 그리고 내가 아침부터 저녁까지 하루종일 공부만 하고 신경을 곤두세워 라디오를 듣기 때문에 자기도 덩달아 긴장된 생활을 하게 된다는 것이다. 그러면서 내가 무엇이든 지나치게 많이 하려고 하니까 이곳저곳이 아프다는 일방적 진단을 내린다. 그 말이 맞는지 틀린지는 둘째 치고라도 갑자기 감정을 실어서 폭발적으로 자신의 생각을 전달하는 것은 성숙하지 못한 태도이다.

미란은 언제나 그래왔듯이 모든 일에 일단 감정적으로 대응하면서 싫고 좋은 느낌을 강하게 표현한다. 상대방이 준비되어 있지 않은 상태에서 일방적으로 감정적인 비난을 해대면 상대방은 거기에 적절히 대응할 수가 없다. 갑자기 감정적으로 고양된 비난을 받게 되면 거기에 이성적으로 대처할 수가 없다. 감정적으로 고양되어 있는 상태라서 상대방의 이야기를 들으려 하지 않는 사람과는 합리적인 대화를 통해서 문제를 정의하고 그것에 대한 공동의 해결책을 찾아나갈 수가 없다. 누구라도 감정적으로 퍼부음을 당하게 되면 일단 기분이 나빠지고 머리가 뜨거워질 수밖에 없다. 이런 상태가 되면 마음을 가라앉히면서 상대방을 진정시킬 수 있는 여유를 상실한다. 그래서 자기도 모르게 감정적으로 대응하게 된다. 한 번 열을 내고 나면 기분이 나빠지고 머리가 아프고 우울해진다. 20년을 같이 살았어도 미란의 감정적 폭발에는 적절하게 대응할 수가 없다.

◇◇◇

이런 식의 소모적 상호작용 패턴을 벗어날 수 있는 방법은 무엇인가? 첫째, 평소에 문제가 되는 것들을 차분하게 서로 이야기할 수 있는 시간을 많이 갖는다. 둘째, 자신의 감정을 스스로 통제하고 조정할 수 있도록 요가, 명상, 기도의 시간을 충분히 갖는다. 셋째, 상대방을 이해하고 존중하며 감정적인 비난을 함부로 퍼붓지 않도록 조심한다. 상대방의 기분을 상하게 하고 심리적 고통을 주게 되면, 그것은 부메랑처럼 자신에게 다시 돌아온다는 것을 명심해야 한다.

감정적 폭발은 심리적 미성숙의 표현이고 스스로 마음의 안정을 찾을 능력이 없음을 말한다. 두 사람 다 성숙한 인간으로서 모든 문제를 합리적으로 처리해갈 수 있는 능력을 키워가야 한다. 그런데 그러한 감정적 폭발emotional outburst은 미란의 개인적 특성인가, 여성적 특성인가? 흔히 여성들은 남성에 비해 감정적인 반응이 빠르고 사태를 전체적으로 파악해 대응하는 능력이 떨어지는 반면에 미세한 일에 예민하게 반응한다고 한다. 이런 특성은 인류의 역사에서 오랜 기간 동안 남성은 수렵이나 채취 등의 일을 하기 위해 널리 밖으로 돌아다니는 일을 했던 반면에 여성은 안정된 장소에 머무르며 출산과 양육, 농작물 재배 등의 일을 담당했던 성별 분업 때문에 생겨난 것인지도 모른다. 그러나 문제는 남성과 여성의 차이를 따지는 일이 아니라 폭발적 감정을 적절하게 다스리고 서로 상대방을 배려하면서 상황을 합리적으로 처리해갈 수 있는 능력을 키우는 일이다. 남성과 여성의 차이를 넘어서 타인을 성숙한 자세로 대하기 위해 무엇을 어떻게 해야 할지 더 생각해보아야겠다.

내면의 요새

10월이 왔다. 가을바람처럼 시원한 마음을 갖고 싶은데 마음이 편치가 않다. 머릿속에 과다한 정보와 지식이 복잡하게 얽혀 있는 것 같다. 이질적인 책 속의 다양한 내용들이 함께 섞이면서 머릿속이 소화불량 상태가 된 것 같다. 그것들을 정리해보니까 다음과 같다.

우선 집에서 읽는 책으로는 파리 미국도서관에서 빌려온 영성에 관한 두 권의 책, 『단순함으로 가는 불교의 길The Buddhist Path to Simplicity』『평화를 살기Living Peace』『장자』, 프랑스의 엘리트 교육에 관한 『엘리트 조련하기Le Dressage des élites』, 주한 프랑스 대사관의 세르주 공사가 선물로 준 『문화 충격, 프랑스편Culture Shock! France』 등이 있다.

둘째로 최근 비르아켐 다리 건너에 있는 파리 일본문화원에 다니면서 서가에서 이책 저책 관심 가는 대로 꺼내 읽다가 일본 문화에 본격적인 관심을 갖기 시작했다. 요즘 일본문화원 도서관에서 읽은 책들은 다음과 같다. 일본의 선불교에 관한 책들, 도젠, 이시다, 벨라의 『도쿠가와 종교』 재판 서문, 서양철학에 선불교를 결합시킨 일본 나름의 현대철학으로 1930년대에 기초를 다지고 현재까지 이어지는 니시다 기타로 등 교토 학파의 책들, 일본의 사회운동에 대한 책들, 하이쿠 형식의 시들, 일본의 현대음악 작곡가 도루 다케미쓰에 대한 책, 나카네 지에의 책, 구로사와 감독에 대한 책, 일본 판화집 등이다.

셋째로 에펠탑 옆에 있는 파리 미국도서관에서 읽은 책들은 다음과 같다. 문학, 사회과학, 역사 분야의 저널들, 버지니아 울프, 토니 모리슨, 앨리스 워커, 에밀 시오랑, 체슬라브 밀로즈 등의 문학작품, 여성학 사전, 유토피아 문학 사전, 종교학 사전, 생활철학에 대한 책 등이다.

넷째로 파리 13구의 프랑스 국립도서관에서는 뒤르켐, 모스, 아롱, 투렌, 부르디외 등 프랑스 사회학자들의 저서와 에리히 프롬, 카렌 호나이 등의 정신분석학자들의 책을 비롯하여 윌리엄 제임스의 저서와 버지니아 울프의 전기 등을 뒤적였다.

다섯째로 뒤랑 여성도서관에 다니면서 프랑스 여성사, 프랑스 여성운동사, 시몬 드 보부아르, 엘렌 식수, 뤼스 이리가레, 줄리아 크리스테바 등 페미니스트 이론가들의 저서를 찾아보았고 마리 드 프랑스, 마담 라파예트, 조르주 상드, 콜레트, 마르그리트 뒤라스 등에 대해서도 공부했다. 카렌 호나이, 멜라니 클라인, 헬렌 도이치, 프랑수아즈 돌토 등 여성 정신분석가들에 대해서도 알아보았다.

여섯째로 파리에 온 이후 라디오를 즐겨 들었다. 프랑스 퀼튀르 방송에서 매일 아침 9시 5분~10시 30분의 정규 프로그램을 열심히 듣고 일요일 저녁 7~8시 사이에 〈내면의 요새Fort Intérieur〉도 빠지지 않고 듣는다. 그리고 프랑스 앵테르 방송에서는 토요일 오전 9시에 〈기업이 가는 길La rue des entreprise〉을 듣는다. 저녁에 심심하면 라디오 몬테카를로RMC에서 브리지트 레르가 진행하는 '성 상담' 프로그램을 들어보기도 했다. 프랑스 뮈지크와 라디오 클라시크 두 개의 고전음악 방송도 듣고 일요일이면 프레캉스 프로테스탕트라는 개신교 방송도 듣는다. 텔레비전 방송으로는 TF1의 13시와 20시 뉴스, FR3의 금요일 8시 50분~10시 사이에 바다를 주제로 하는 장수 프로그램 '탈라사Thallasa', LCI 방송의 일요일 오후 6시 30분~7시 30분 사이의 '대배심원단Grand Jury'이라는 명사 초청 토론 프로그램을 열심히 보고 있다. 전체적으로 텔레비전 시청보다는 라디오 청취 시간이 훨씬 더 많다.

◇◇◇

무언가 의미 있는 일을 해야 한다는 강박관념 때문인지 나는 파리에 와서 너무 많은 지식과 정보들을 머릿속에 꾸겨넣고 있다는 생각이 든다. 이런 수많은 내용들이 머릿속을 어지럽게 꽉 채우고 있으니 머리가 견디질 못해 아픈 모양이다. 시간이 지나면 그냥 사라져버릴 정보들을 나의 관심에 따라 정리해서 글로 남기겠다는 생각 때문에 중요한 내용들은 수첩을 가지고 다니며 적고 있다.

파리에 온 지 8개월이 되어간다. 그동안 머릿속으로 들어온 지식과 정보는 많은데 그것을 아직 나의 작품으로 만들지 못하고 있다. 앞으로는 새로운 지식과 정보의 입수도 중요하지만 그것을 어떻게 정리해서 글로 쓸 것인가를 더 많이 생각해야 한다. 며칠 전에 읽은 카프카의 일기에 나오는 한 구절이 생각난다.

> 나는 아직까지 결정적인 것을 쓰지 않았다. 나는 아직도 두 팔을 벌린 채 떠내려가고 있다. 앞으로 내가 해야 할 일은 엄청나다.

자유롭게 부유하는 지식인

오늘 아침에도 프랑스 퀼튀르 방송을 들었다. 먼저 여성 역사학자 아를레트 파르즈가 어느 사진작가와 나누는 대화를 들었다. 일상적인 것에서 특별한 장면을 찾는 사진작가는 자기의 생각이나 느낌을 말로 전하지 않는다. 사진작가의 작업은 현실의 한 장면을 포착해서 사진으로 표현하는 침묵의 작업이다.

이어지는 프로그램에는 파리에서 태어났지만 일찍 동유럽으로 이주해서 그곳에서 자란 작가가 자기가 살아온 이야기를 들려주었다. 그는 "나는 아주 일찍 기차를 탔다"는 말로 삶의 이야기를 시작했다. 어린 시절 그 떠남의 기억이 무의식 어딘가에 남아 있어 항상 어디로 떠나야 할 것 같은 충동을 느끼며 산다는 것이다. 그는 거처를 옮기며 사는 자신의 유목민적 삶의 단초가 어린 시절에 생긴 것은 아닌지 모르겠다고 말했다. 나도 세상에 태어난 지 백일이 지나기도 전에 기차를 탔다.

요즈음 나는 내 처지 때문인지 자기가 태어나고 자란 나라를 떠나 다른 나라에 와서 새로운 삶을 사는 사람들에게 관심이 많다. 츠베탕 토도로프, 로지 브라이도티, 지그문트 바우만도 그런 사람들이다. 토도로프는 불가리아 출신으로 프랑스인이 되어 활동하는 지식인이다. 그는 자신의 삶에 대해 이렇게 말했다.

> 나는 나라와 언어 그리고 학문 영역의 경계선을 넘나들었고 본질적인 것과 상투적인 것 사이의 경계선, 일상적인 것과 숭고한 것 사이의 경계선을 넘나들었다. 철의 장막은 내가 가장 덜 좋아하는 어떤 것이다.

로지 브라이도티는 이탈리아에서 태어나서 오스트레일리아에서 자라고 프랑스에서 교육받고 네덜란드의 대학에서 가르치는 여성학자로 모국어가 없고 번역어만을 갖고 사는 여성 지식인이다. 지금 살고 있는 공동체를 떠나 이방의 공동체에서 새로운 정체성을 구성하는 사람, 그러나 그곳에서 언제 다시 다른 곳으로 떠날지 모르는 영원한 방랑자로서의 유목민이 다문화 시대와 세계화 시대의 지식인상이 아닐까?

사회학자 지그문트 바우만은 경계선이 흐려지고 정체성이 변하는 시대, 세계화 시대, 다문화 시대, 후기 근대성의 시대에 걸맞은 지식인상으로 '해석자interpreter'라는 상을 제시했다. 이제 지식인은 더이상 상황을 정의하고 누구나 따라야 할 원칙을 제시하는 '입법자legislator'가 아니라 보통 사람들이 주어진 상황을 해석하고 이해하는 데 도움을 주는 '해석자'가 되어야 한다는 것이다. 그런데 입법자가 아니라 해석자가 되기 위해서는 하나의 고정된 공동체에 뿌리내린 지식인이 아니라 여러 공동체를 두루 돌아다니는 유목민적 삶의 경험이 필요하다. 서로 다른 여러 사회에서 살아보아야 고정된 생각의 틀에서 벗어나 유연한 사고를 할 수 있다. 그래야 민족주의나 지역주의, 연고주의나 인종주의 같은 특수주의적 가치관에서 벗어나 보편적으로 수용될 수 있는 '해석'을 내놓을 수 있기 때문이다. 나치 치하를 피해 영국으로 망명한 헝가리 출신의 지식인 칼 만하임이 말한 '자유롭게 부유하는 지식인freely floating intellectuals'이 궁극적으로 추구한 것도 유목민적 지식인상이 아니었을까?

◇◇◇

프랑스 여성학자들의 주요 관심사가 무엇인지 궁금해서 오전 내내 미란이 툴루즈에서 열린 프랑스 여성학대회에서 가지고 온 자료들을 들추어보았다.

오늘 선생님 두 사람이 결근해서 수업이 없다고 대인이 10시 30분경에 집으로 돌아왔다가 점심식사를 하고 1시 50분경에 다시 학교로 갔다. 프랑스 공립학교의 교사들은 합당한 이유가 있으면 한국에 비해 훨씬 자유롭게 결근을 한다. 점심식사를 하면서 대인과 신해철의 음악성에 대해 다소 논쟁적인 토론을 했다. 그랬더니 미란이 정신없다면서 대화의 주제를 바꾸라고 요구했다.

오후 2시에서 4시 사이에 불로뉴 숲의 작은 호수를 한 바퀴 돌고 나와 라뮈에트의 가판대에서 '르 몽드'지를 한 부 사서 란느라그 공원 벤치에 앉아 읽다가 돌아왔다. 집에 아무도 없었다. 미란은 대인 학교의 과학 선생님과 면담 약속이 있어서 간 모양이다. 잠시 후 전화벨이 울렸다. 16구 구청의 시민단체연합인 클리스CLIS에서 온 전화다. 대인이 구청에서 운영하는 저녁 시민학교 프랑스어반에 등록했다가 수준이 너무 낮다고 생각해서 취소했는데 그렇지 않다는 내용의 전화였다. 상중하 3단계로 나뉜 반에서 제일 높은 수준의 반으로 들어가면 괜찮을 거라는 담당자의 전화였다.

4시 30분경에 대인이 학교에서 돌아왔다. 나는 재스민 차를 마시면서 다시 툴루즈 여성학대회 자료를 읽었다. 자료를 읽다가 세상의 불평등과 차별, 정의롭지 못함으로 억압받은 자들에는 여성만이 아니라 노인, 외국인, 노동자, 장애인, 아이들, 동물, 유대인, 흑인, 아시아인 등 상황에 따라 수없이 많다는 생각을 했다.

10월 10일 목요일

파리 16구 아파트 서재에서

인문사회과학의 수준을 어떻게 높일 것인가?

신문에 실린 프랑스 인문사회과학의 미래에 대한 기사 하나가 나의 관심을 끌었다. 세계적으로 알려진 프랑스의 지식인 츠베탕 토도로프가 '르 몽드'지 2002년 10월 8일자에 기고한 글이다. 인문학과 사회과학을 넘나드는 토도로프의 작업은 번역을 통해 한국에도 널리 알려져 있다. 그가 쓴 기사를 읽으면서 떠오른 생각을 정리해둔다.

프랑스 고등교육제도의 특징은 모든 사람을 위한 일반 대학과 엘리트 양성을 위한 그랑제콜로 분리되어 있다는 점이다. 대학 밖에 있는 '국립과학연구센터CNRS'라는 대규모 연구소에서 중요한 연구가 이루어진다는 점도 프랑스의 특징이다. 물론 CNRS와 대학 사이에 학문적 교류가 있지만 두 조직 체계는 제도적으로 완전히 분리되어 있다. 대학은 연구도 하지만 주로 교육에 치중하고 CNRS는 연구만 전담하는 기관이다. CNRS는 2만 6천여 명의 전임 연구원을 고용한 공룡조직으로 인문사회과학과 자연과학을 포함하는 국가의 연구기관이다.

그동안 이 거대 연구기관의 비효율적 운영에 대한 비판이 많았는데, 비판의 핵심은 연구원들이 월급만 받아먹고 좋은 연구 결과를 내놓지 못한다는 것이다. 연구원들이 너무 많은 자유를 누리는 반면 통제가 약하기 때문에 부수입을 위한 다른 활동에 종사하는 사람이 많으며 연구 결과에 대한 평가 체계도 약하다는 비판이 있어왔다. 그러므로 CNRS의 행정 책임자들은 연구원에 대한 통제와 평가 방법을 고심하지 않을 수 없었다.

그런데 토도로프는 개별 연구자에 대한 감시 감독이나 평가의 문제가 아니라 프랑스의 인문사회과학이 'French Theory'라는 이름으로 1970년대와 1980년대에 걸쳐 세계 지식인 사회에서 행사했던 영향력을 회복할 수 있는 방법에 대해 문제를 제기하고 있다. 프랑스의 학자와 연구자들이 세계적인 수준에서 연구 성과를 진작시킬 수 있는 방법은 무엇인가를 고민해야 한다는 것이다.

토도로프의 문제 제기에 응답하여 CNRS의 인문사회과학 분야의 행정을 총괄하는 장마리 옹베르Jean-Marie Hombert는 프랑스 인문사회과학이 두각을 나타내기 위한 몇 가지 방안을 제시했다. 연구 과정에서는 공동 연구와 종합과학적 접근을 촉진하고 연구 결과의 확산을 위해 학술지 게재와 인터넷을 포함한 새로운 정보 매체의 사용을 적극 추진하는 것이다. (이러한 정책의 방향은 프랑스만의 것이 아니고 미국이나 한국을 포함한 모든 나라가 추진하고 있는 정책 방향이다.)

이에 대한 토도로프의 반응은 무척 비판적이다. 비판의 핵심은 다음과 같다. 인문사회과학 분야의 연구에서 공동 연구의 중요성은 인정한다. 여러 사람이 모여 논의하는 것은 정보를 교환하고 새로운 문제의식을 갖는 데 중요한 도구가 될 수 있다. 그리고 연구 결과에 대해 여러 사람의 평가를 들어보는 것도 다음의 연구를 위해 중요하게 작용할 수 있다. 그러나 연구의 시작과 연구의 끝 사이에 있는 연구의 중간 과정에는 공동 연구가 불가능하다. 왜냐하면 공동회의실도, 실험실도, 어떤 제도도 그 자체가 생각하는 주체는 아니기 때문이다. 생각하는 주체는 언제나 개인이다. 연구는 홀로 고립된 고독한 개인의 침묵 속에서 진행된다. 고립과 고독과 침묵 속에서 사색하고 연구하는 개인 없이 여러 사람이 모여 회의실에서 토론만 계속한다고 좋은 연구가 나오는 것은 아니다. 고독한 개인이 침묵 속에 수행하는 연구 과정의 중요성은 인문사회과학만이 아니라 자연과학에도 해당된다. 1962년에 노벨화학상을 받고 케임브리지 대학의 분자생물학연구소(이 연구소는 DNA의 구조를 밝힌 왓슨과 크릭을 비롯해 8명의 노벨상 수상자를 배출했다) 소장을 역임했던 막스 페루츠는 다음과 같이 말했다.

> 과학에서 창의성이라는 것은 계획되거나 조직될 수 없는 것이다. 그것은 개인의 재능으로부터 자발적으로 분출되는 것이다. 실험실은 그러한 창의성이 발현되도록 촉진하는 역할만 할 뿐이다. 창의성을 진작시키기 위해서는 위계적 조직구조, 관료적

규율, 불필요한 서류 작업들을 최소한으로 줄여야 한다.

새로운 발명의 가능성이 불필요하고 잡다한 요구에 짓눌릴 경우 출현의 기회를 잃어버릴 수도 있다. 조직은 발명의 주체가 아니다. 오직 생각하는 개인만이 발견하고 발명하는 창의성의 원천이다.

여러 학문들 사이의 교류를 촉진하는 학제적 접근이나 다학문적 접근도 마찬가지이다. 서로 다른 분과 학문에 속한 연구자들이 한자리에 모인다고 해서 다학문적 접근이 저절로 이루어지는 것은 아니다. 다학문적 접근은 서로 다른 학문 분야를 병렬시키는 작업이 아니다. 여러 학문이 상호침투하여 각각의 학문 내부에서 변화를 일으키는 작업이 진정한 다학문적 접근이다. 그런데 기존의 지배적 이론이나 개념을 해체하고 새롭게 문제를 제기하고 새로운 개념을 만들어내는 작업의 주체는 결국 연구자 개개인이다. 연구자가 고립과 고독과 침묵 속에서 그동안 익숙해진 자신의 사고방식을 완전히 다른 사고방식과 대면시키면서 사고의 변화를 일으키는 과정이 없는 한 서로 다른 여러 영역의 연구자들이 한자리에 모여보았자 그것은 여러 학문 분야의 집합장소가 될 뿐이다.

물론 인문사회과학은 자연과학과 다르다. 인문사회과학자들은 자연과학자들에게 필수적인 복잡하고 값비싼 실험 장비들을 필요로 하지 않는다. 역사와 사회를 관찰하는 특별한 기계적 장치는 없다. 인문사회과학자는 자신의 삶을 통해 경험하고 관찰한 내용을 자신의 기억 속에 체화하며 연구를 진행한다. 인간과 사회에 대한 새로운 개념이나 작업가설은 그런 개인적인 연구 과정을 통해 만들어진다. 연구의 진전은 자신의 습관적 사고방식을 바꾸는 일이다. 그것은 존재방식의 변화를 요구한다. 마르셀 모스의 제자이면서 레지스탕스 운동에 참여했던 여성 인류학자 제르멘 티옹은 "우리들의 연구는 객관적인 조사라는 밝은 햇빛과 개인적 경험이라는 희미한 햇빛을 어떻게 잘 결합시키느냐에 달려 있다"고 말했다.

중요한 연구를 한 다음에는 그 연구 결과를 확산시키는 문제가 있다. 인문사회과학에서는 인터넷 매체가 책을 대체할 수 없다. 책은 자료의 집적이 아니라 개인적 사색의 결과이다. 사르트르와 레몽 아롱, 클로드 레비스트로스와 롤랑 바르트, 푸코와 데리다, 폴 리쾨르와 루이 뒤몽, 에드가 모랭과 피에르 부르디외가 전 세계적으로 영향력을 행사한 것은 인터넷이나 학술지에 글을 올렸기 때문이 아니라 그들의 저서가 여러 나라 말로 번역되었기 때문이다.

여기서 저술 활동 즉 글쓰기의 문제가 제기된다. CNRS의 행정 책임자들은 전문적 '모델화'를 강조하는데 이러한 작업은 일반 교양인은 물론이고 다른 분야의 연구자들도 학문적 대화에서 배제시킨다. 연구 결과는 다른 분야의 연구자들과 일반 교양층이 쉽게 접근하고 이해할 수 있는 방식으로 써야 한다. 위협적인 전문용어와 수식과 통계표로 가득찬 연구물은 같은 분야 사람들 사이에만 통용되는 암호와 같은 것이다.

인간과 사회를 다루는 인문사회과학의 지식은 일반 시민에게 알기 쉽게 전달되어야 한다. 그래야 시민들이 인간과 사회를 성

센 강변의 굳게 닫힌 부키니스트 상자.

지식 시장에서 점점 더 돈이 되고
돈을 벌게 하는 주문형 또는 하청형
연구물들이 주류를 형성한다면
인문사회과학의 미래는 어둡다.

찰하고 변화를 모색할 수 있다. 모델화를 통해서 정확성과 엄밀성을 높일 수는 있지만 연구의 깊이는 모델화를 통해서 이루어지지 않는다. 아무 깊이 없는 연구의 내용은 아무리 모델화를 해도 깊이를 가질 수가 없다. 연구의 깊이와 심오함은 모델화와 표준화의 이름으로 손상시킬 수 없는 핵심적인 사항이다.

인문사회과학에서는 연구비가 결정적으로 중요한 문제가 아니다. 엄청난 비용의 실험 장치를 요구하는 자연과학과 달리 인문사회과학자들의 연구를 지원하는 데는 많은 돈이 필요하지 않다. 개인용 컴퓨터와 충분한 자료를 갖춘 좋은 도서관, 약간의 컴퓨터 기술 지원, 국내외 학술회의에 참석하는 비용 지원, 그리고 외국의 학자들을 초청할 수 있는 비용 지원이면 충분하다. 현장연구에 필요한 경비를 지원하고 연구 결과를 책으로 출판할 수 있도록 지원한다면 인문사회과학 연구자는 만족할 것이다. 연구를 통해 돈을 벌겠다는 의도 없이 순수하게 좋은 연구를 하고 싶다는 인문사회과학 연구자에 대한 도움은 그 정도면 충분하다.

학술진흥정책의 핵심은 학문적 업적의 생산량을 증가시키는 것이 아니라 질을 높이는 방향으로 이루어져야 한다. 그런데 질의 제고는 쉽게 눈에 보이지 않는다. 한 번 발표되고 나면 아무도 읽지 않는 학술논문을 양산하기보다는 세계 학계에 기여할 수 있는 명저가 나올 수 있도록 장기적인 계획을 세워야 한다. 세월이 지나도 사라지지 않고 자기 분야는 물론 다른 분야의 학자들과 교양 시민들에 의해 널리 읽히는 저서가 탄생할 수 있는 조건을 만들어주는 것이 인문사회과학 분야의 좋은 학술정책이다.

지식 시장에서 점점 더 돈이 되고 돈을 벌게 하는 주문형 또는 하청형 연구물들이 주류를 형성한다면 인문사회과학의 미래는 어둡다. 시대의 흐름과 유행을 반영하는 인기 작가나 일회용 '패스트 싱커들fast thinkers'의 저작이 베스트셀러가 되어 영향력을 행사하는 상황도 인문사회과학의 발전이라고 보기 어렵다. 그렇다고 특정 정당의 선거공약이나 특정 정권의 정책을 만드는 연구, 특정 기업의 경영전략을 연구하는 것도 인문사회과학의 발전이라고 보기 어렵다. 인간에 대한 폭넓고 새로운 이해와 인간사회의 역사와 문화에 대한 깊이 있는 통찰력을 제공하는, 그래서 인간과 사회에 변화를 가져올 수 있게 하는 연구의 증진이야말로 인문사회과학의 발전이라고 말할 수 있을 것이다. 대학과 연구소의 존재 이유는 바로 그런 지식을 생산하고 가르치고 전파하는 것이다. 그것은 프랑스나 한국이나 다 마찬가지이다.

유목민으로 살아가는 영구혁명의 삶

나는 지금 내 인생에서 두번째 파리 생활을 하고 있다. 1982년에 파리에서 유학 생활을 시작한 뒤 6년 반 만인 1989년에 귀국하여 13년 동안 서울에서 살다가 2002년 다시 파리에서 새로운 삶을 시작했다. 내 주위의 많은 사람들이 서울을 떠나 파리로 가려는 나의 의도를 잘 이해하지 못했다. 그렇다면 서울에서 하던 일을 다 그만두고 파리로 온 동기는 무엇인가?

그것은 망명의 욕구다. 정치적 망명이 아니라 정신적 망명이고 강요된 망명이 아니라 자발적 망명이다. 그런데 더위가 가시고 선선한 바람이 느껴지면서 파리 생활만이 아니라 내 삶 전체를 되돌아보니 내가 어떤 의미에서는 망명객이면서 동시에 유목민에 가깝다는 생각을 했다. 문득 지금까지 살아온 내 삶의 역정歷程이 내가 속했던 곳을 버리고 새로운 곳을 찾아 떠나온 삶이라는 생각이 들었다.

◇◇◇

유목민은 언제라도 거처를 옮길 수 있으며 지금 자기가 속한 공동체나 집단을 벗어나 다른 곳으로 떠날 수 있는 마음의 준비가 되어 있는 사람이다. 그야말로 법정 스님의 책 제목처럼 어느 곳에도 매이거나 집착하지 않고 '버리고 떠나기'를 실천할 준비가 되어 있는 사람이 유목민이다. 그래서 오랫동안 내가 나를 규정하기 위해 생각해왔던 자발적 소외, 아웃사이더, 이방인, 비판적 지식인, 창조적 소수, 자유로운 방랑객, 은둔자, 세속의 수도사 등의 개념에 유목민이라는 개념을 추가하게 되었다.

◇◇◇

지난 10월 4일 파리 13구 톨비악 거리에 있는 마르그리트 뒤랑 여성도서관에서 로지 브라이도티의 『유목민적 주체Nomadic Subjects: Embodiment and Sexual Difference in Contemporary Feminist Theory』를 빌려서 읽기 시작했다. 미란이 지난 7월 툴루즈에서 열린 불어권 여성학대회에 갔다가 그녀의 주제 강연을 듣고 와서 나에게 알려준 여성 철학자다. 미란이 평소에 잘 알고 지내는 프랑수아즈 콜랭이라는 벨기에 출신 여성 철학자의 정신적 딸이라고 한다. 로지 브라이도티는 이탈리아에서 태어났고 오스트레일리아에서 자랐으며 프랑스에서 교육받고 현재는 네덜란드 우트레히트 대학의 여성학과에서 가르치고 있다. 여러 문화권을 떠돌며 살아온 다문화적 실존적 상황이 그녀로 하여금 유목민에 대한 철학적 생각을 발전시키게 하였다. 그녀는 유목민으로서의 삶을 자신의 실존적 조건이면서 동시에 이론적 선택이라고 말한다. '유목민적 주체'는 세월이 가고 상황이 변해도 변하지 않는 인간의 속성이 있다고 보는 본실주의essentialism에 대해 근본적 비판을 가한다. 자신이 누구인가는 자기가 태어난 장소나 시기, 자기가 속한 집단에 의해 결정되는 것이 아니라 자기의 결단을 통해 스스로 만들어갈 수 있다는 입장이다.

◇◇◇

자기가 원래 뿌리내리고 살던 곳을 떠나는 사람들 가운데 이민객과 망명객 그리고 유목민을 구분해볼 수 있다. 먼저 이민객은 어느 주어진 나라에서의 삶이 지탱하기 어렵거나 더 나은 삶의 조건을 찾아 다른 나라를 선택하고 그곳으로 가서 뿌리를 내리고 새로운 삶을 시작하는 경우이다. 이민의 동기에는 경제적 어려움과 더불어 정치적 억압이나 전쟁의 위험 같은 것이 있다. 아프리카나 아시아의 가난한 나라 사람들이나 전쟁중인 나라의 사람들이 경제적으로 안정되고 전쟁의 폭력으로부터 벗어난 안전한 나라를 찾아 떠나는 것이 이민이다. 세계화가 가속되면서 유럽과 북미의 선진국들로 불법 이민의 행렬이 이어지는 것은 그리 놀랄 만한 일이 아니다. 산업화와 도시화가 진행되고 도시에서의 생활 수준이 농촌보다 높아지면서 농민들이 땅을 버리고 도시로 이주하는 현상에서 이민의 원형을 발견할 수 있다. 국내의 이농 현상이 국경과 언어와 문화권을 넘어 이루어지는 것이 이민 현상이다.

힘들고 불리한 상황적 요인이 이민을 부추기지만 이민을 떠나겠다고 최후의 결정을 내리는 것은 이민객 자신이다. 그러나 망명의 경우는 그와 다르다. 망명은 자기가 뿌리내리고 살던 본국에서 불가피한 이유로 떠밀려 외국으로 나온 상황이기 때문에, 본국의 상황이 바뀌지 않으면 자기가 원하더라도 다시 돌아갈 수 없는 상태의 삶이다. 망명의 주요 이유는 정치적인 것이다. 정치적인 억압을 받아 위험에 처한 사람이 신변의 안전이 보장되는 다른 나라에 임시로 뿌리를 내리고 사는 삶이 망명 생활이다.

이민이 주로 경제적 동기에서 비롯된 것이라면 망명은 대체로 정치적 저항 행위에서 비롯된 것이다. 그래서 이민객이 새로운 땅에 영원히 뿌리내리고 살려는 동기를 가지고 있다면, 망명객은 어쩔 수 없어 뿌리내리고 살지만 언제든지 모국의 상황이 달라지면 귀국할 마음의 준비를 하고 있는 사람들이다. 자기가 태어나서 자란 곳이 아니라 다른 나라에 뿌리내린다는 점에서 이민객과 망명객의 공통점을 찾아볼 수 있다.

그러나 유목민은 다르다. 유목민은 결코 어느 한곳에 뿌리내리지 않는다. 어느 한곳에 정착하지 않고 영원히 떠도는 자가 유목민이다. 자유를 구가하는 유목민에게는 안정된 거처가 없다. 유목민은 떠돌이의 삶을 살면서 알게 된 다양한 요소를 섞어 자신을 만드는 잡종 인생의 창조자다.

◇◇◇

'나의 정체는 무엇인가?' '나는 누구인가?'라는 문제에 대한 답은 보통 부모 형제, 나이, 성별, 국적, 출생지, 종교, 직업, 출신학교, 주거지 등으로 이루어진다. 흔히 나는 누구의 아들이고 누구의 형이며 한국 사람이고 어느 학교를 나왔고 어떤 직업을 가지고 있고 어느 종교를 믿고 있으며 어느 동네에 산다고 말하면 내가 누구인지를 말하는 것이라고 생각한다. 그러니까 정체성은 자기 마음대로 정의할 수 없는 것이며 이미 주어진 당연한 것으로 생각한다. 그러나 브라이도티는 정체성이라는 것이 고정되어 있고 지속적 특성을 가지고 있다는 생각에 도전한다. 내가 누구인가라는 문제에 대한 답은 고정된 것이 아니라 달라지고 변화할 수 있다고 생각한다. 세계화가 이루어지고 유럽연합이 확대되면서 국경을 넘어 이동하는 사람들이 늘어나고 있다. 그에 따라 한 사람의 정체성이라는 것도 삶의 조건이 달라지면 새롭게 정의될 수 있다.

브라이도티는 자신의 정체성을 '유목민'이라는 이미지로 형상화한다. 유목민이라는 정체성은 고정된 정체성을 거부하고 언제나 변화의 과정에 있는 정체성becoming identity을 의미한다. 유목민은 언제나 하나의 정체성에서 다른 정체성으로 변화하고 이동할 수 있는 능력을 가진 유연한 주체이다. 유목민으로서의 정체성을 가진 사람은 그가 이미 지나온 장소가 남긴 경험의 흔적 위에 새로운 장소에서 겪은 경험을 추가하여 늘 새로운 정체성을 만들어나간다. 새로 더해진 요소가 기존의 요소와 화학 반응을 일으켜 새로운 정체성을 구성한다.

◇◇◇

'유목민적 주체'라는 개념은 이미 굳어진 기존의 범주들과 경험의 수준들을 넘어서 새로운 사고와 새로운 삶이 가능한 자유로운 실험의 공간을 열어준다. 그것은 결코 공략할 수 없는 성처럼 견고하게 세워진 이론 체계가 아니다. 유목민 주체는 이미 그어진 경계선들을 흐릿하게 만들지만 경계선을 넘나들게 하는 다리까지 불태워버리지는 않는다.

유목민으로서의 삶은 사회적으로 코드화된 사고와 행위양식에 안주하는 것을 거부하는 비판의식을 동반한다. 그렇다고 유목민으로 살아간다는 것이 지리적으로 세계를 떠돌아다니는 여행가로서의 삶을 말하는 것은 아니다. 수많은 나라와 문화권을 이동하며 여행하는 사람이 자신이 오랫동안 지켜온 고정된 습관을 거의 그대로 유지하는 경우도 많다.

유목민으로서의 삶은 지리적으로 세계 여러 곳을 떠돌아다니며 사는 삶이 아니라 어느 한곳에 살면서 만들어진 고정된 관습을 지속적으로 전복시키는 삶을 말한다. 그것은 중심이나 헤게모니라는 개념을 철저히 해체하고 '원래의 자리originary site'라든가 '고유한 정체성authentic identity'이 있다는 생각을 거부한다. 그것은 하나의 경험틀에서 다른 경험의 틀로 이동할 수 있는 능력이며, 서로 다른 것들을 이어서 새로운 것을 만들어내는 능력이다.

유목민으로서의 삶은 항상 과정의 삶이지 종착지에 도달하여 뿌리내리는 삶이 아니다. 유목민으로서의 삶은 재생산이나 모방의 삶이 아니라 타자와 이질적인 요소들에 대한 감정이입을 통하여 서로 다른 것을 연결시키는 삶이다.

유목민으로서의 삶은 항상 스스로를 창조적으로 변화시키는 삶이다. 나를 나 스스로 만들어가는 과정이다I am my own way of making myself. 그것은 대안적 형태의 주체가 만들어질 수 있는 공간을 만드는 삶이며 새로운 사고와 행동의 가능성을 열어주는 폭발적 잠재성을 안고 있다. 그래서 교조적이고 관성적인 사고로부터 벗어나 자유와 생기와 아름다움을 지닌 사고를 가능케 한다.

◇◇◇

유목민에게는 모국어가 없다. 유목민은 상이한 문화권을 이동하며 살아가기 위해 필연적으로 여러 개의 언어를 말하는 사람이다. 여러 개의 언어를 말하면서 언어권 사이를 시시때때로 이동한다. 유목민은 자신이 어떤 말로 꿈을 꾸고 어떤 언어로 사랑하고 어떤 말로 환상을 만드는지를 모른다. 그의 꿈에는 여러 개의 언어가 병렬적으로 나타나기도 하고 겹쳐서 나타나기도 한다. 여러 언어권을 넘나드는 현대의 유목민은 차이에 민감하게 반응할 줄 알고 그것들을 창조적으로 연결시킬 줄 아는 사람이다.

하나의 고정된 모국어가 없는 유목민에게는 오직 계속적인 번역과 자리바꿈과 변화하는 상황에 대한 적응의 연속만이 있을 뿐이다. 그는 결코 어느 한곳에 뿌리내리지 않기 때문에 한곳에 뿌리내려 변하지 않는 절대적 입장을 회의적으로 바라본다. 고정된 입장을 상대적이며 비판적으로 바라보는 유목민은 건강한 회의주의자다. 유목민의 의식은 기본적으로 비판적일 수밖에 없다. 한곳에 뿌리내리고 정주하는 붙박이들에게 유목민은 불안하고 불편한 존재일 수밖에 없다.

◇◇◇

유목민은 필연적으로 다양성을 강조하지만 결코 상대주의나 인식론적 무정부주의에 빠지지 않는다. 허무주의나 무의미 상태에 빠지지도 않는다. 존재론적 공백 상태인 허무주의와 무의미의 상태에서는 삶을 지속시킬 수가 없다. 이질적 요소를 하나로 통합시킬 능력을 키우지 못하면 유목민의 의식은 분열되고 혼돈에 빠질 것이다. 이질적인 요소를 자기 방식으로 통합시킬 때 자기만의 의미 있는 삶을 창조하게 된다. 유목민은 다양성 속에 익사하지 않고 서로 다른 성질의 요소들을 끌어모아 연결시켜 새로운 작품을 창조하는 사람이다. 유목민의 삶에서 우리는 흩어진 레고 조각들을 연결하여 새로운 형태를 만드는 어린아이의 모습을 볼 수도 있고 부서진 파편들을 하나의 형태로 조합하여 새로운 모습을 만드는 조각가의 모습을 발견할 수도 있다.

◇◇◇

칼 만하임의 '자유롭게 부유하는 지식인' 개념이 어느 한 지점에 뿌리내리는 고정된 입장과 지속적 정체성을 거부하는 유목민적 지식인 개념과 이어질 수 있다. 유목민은 여기에 속하지도 않고 저기에 속하지도 않기 때문에 고정된 정체성에 대해 의문을 제기할 수 있는 인식론적 입지를 지닌다. 유목민은 지금 자기가 살고 있는 사회에 대한 비판적 거리를 확보하고 있기 때문에 언제나 자유롭고 창조적인 사고를 할 수 있다. 만하임이 사회계급적 입장에서 한곳에 뿌리를 내리지 않고 자유롭게 부유하는 지식인을 이야기했다면 브라이도티는 문화권과 언어권을 넘나들며 떠돌아다니는 지식인을 말한다. 하지만 두 사람 다 고정된 입장과 정체성이 아니라 끊임없이 자기 자신의 정체성을 비판과 성찰의 대상으로 놓을 수 있는 위치를 강조하고 있다.

◇◇◇

"나는 생각한다. 그러므로 나는 존재한다"라는 데카르트의 기본 명제는 근대 서양 사고의 원형으로 자리잡아 데카르트 이후의 지식인들은 모든 것을 명확하고 명징하게 표현하려고 애썼다. 명확한 사고를 강조하는 지식인의 글쓰기는 인간의 심성 저 밑바닥에 깔린 감정과 감응의 정서적 차원과 다양한 요소를 배합하는 의미 구성적 차원을 배제시키는 글쓰기를 학문적 글쓰기의 표준으로 만들었다. '유목민으로서의 지식인'은 새로운 생각을 표현할 수 있는 새로운 글쓰기를 고민해야 한다. 로지 브라이도티는 개성 있고 놀라움을 자아내는 생생한 문체로 철학과 문학, 과학과 예술을 종합하면서 대학 체계 내의 기존의 글쓰기 관습에 도전하고 있다. 이미 그어진 경계선을 자유롭게 넘나들며 새로운 글쓰기를 시도하는 그녀는 논리 중심적 접근의 한계를 인식하고 로고스와 파토스를 결합시키는 글쓰기를 지향한다. 과학적 합리성 모델과 예술적 창조성 모델을 결합시키기 위해 노력한다. 유목민으로서의 글쓰기는 고정된 정체성이 제공하는 안정성과 지속성을 해체하는 작업이며 하나의 공통언어로 의사소통하는 공동체가 주는 존재론적 안정 상태를 깨는 창조적 일탈 행위다.

◇◇◇

우리는 지금까지 성별, 인종, 나이, 사회계층, 종교, 직업 등으로 스스로를 정의하고 타인을 정의해왔다. 그러한 방식의 자기 인식과 타자 인식은 심리적 안정과 사회적 질서를 가능케 했지만 동시에 선입견과 고정관념과 지배적 규범을 강화시키는 역할을 해왔다. 이제 경계선이 흐려지고 온갖 구별의 담이 낮아지고 서로 다른 사람들이 만나 살아갈 수밖에 없는 세상이 만들어지고 있다. 흔히 다른 것은 공포를 낳는다. 그러나 변화하는 세상은 나와 다른 타자를 깊이 있게 이해하고 그것들을 내 것으로 흡수하여 새로운 나를 만들 수 있는 능력을 요구하고 있다. 다른 것을 거부하지 않고 감정이입을 통해 서로 소통하고 교류할 수 있는 새로운 감수성의 형성을 요구하고 있다. 그러한 감수성과 감정이입 능력을 통해 우리는 이질적 문화와 이질적 사람들 사이의 연대와 협력의 기초를 만들고 인류애의 실현이라는 보편적 목표를 위해 헌신할 수 있게 된다. 고정된 정체성이 주어진 것이라면 유목민으로서의 정체성은 주체적 선택 행위다. 유목민으로서의 삶은 스스로를 끊임없이 변화시키는 영구혁명의 삶이다. 나도 그런 삶을 살고 싶다.

10월 16일 수요일 아침

삶을 변화시키는 경청의 시간

마르크스는 중요한 것은 세상을 해석하는 일이 아니라 세상을 바꾸는 일이라고 말했지만, 먼저 새로운 해석이 있어야 새로운 세상을 만들 수 있다. 내가 이곳 파리에 와서 주로 하는 일은 세상을 새롭게 해석하는 일이다. 책을 보거나 사람을 만나거나 신문을 보거나 라디오를 듣거나 간에 나의 관심을 끄는 것은 세상을 어떻게 보고 이해해야 하며 세상에는 어떤 문제가 있으며 그것을 해결하는 방법은 무엇인가를 묻고 있다. 이곳 파리에 와서 세상을 바라보는 나 자신도 들여다보고 있다. 나를 하나의 사례로 삼아 인간 삶의 실존적 조건과 삶의 궁극적 의미를 묻고 있다. 밖의 세계를 바라보는 비판적 시각과 자기 안을 파고드는 성찰 사이에 적절한 균형을 이루어야 한다. 이곳 파리에 온 이후 비판적 시각과 성찰적 자세를 자극하고 강화시키는 메시지들을 너무 쉽게, 너무 많이 만나고 있다. 신문 한 장을 펴들어도, 라디오 스위치를 켜기만 해도 생각을 자극하는 정보들이 내 머릿속으로 봇물처럼 쏟아져들어온다.

◇◇◇

지금 나는 오십이 가까워지는 나이에 이상한 나라의 앨리스가 되어 파리의 이곳저곳을 신기한 듯이 돌아다니고 있다. 어른에서 다시 어린아이가 되어 세상을 다른 방식으로 보고 표현하는 법을 익히고 있다. 파리에 도착한 지 벌써 8개월이 가까워지고 있다. 요즘 프랑스어를 듣고 이해하는 능력이 크게 향상되고 있음을 느낀다. 물론 아직도 나는 나의 프랑스어 능력에 답답함을 느낀다. 생각을 만들고 표현하는 것이 나의 본질적인 작업이라면 지금 나는 전환기에 있다. 내가 꿈꾸는 것은 내가 해왔던 생각들을 더 심화시키고 그것을 통해 사고의 질적인 도약을 이루는 일이다. 나는 내 생각에 변화를 가져오고 싶다. 프랑스어의 사고방식과 표현방식을 더 친밀하게 만들고 싶다. 하나의 언어가 세상을 인식하고 이해하고 표현하는 방식이라면 프랑스어에 더 친숙해지는 것이 새로운 사고방식을 갖게 되는 일이다.

◇◇◇

어젯밤에는 중국 출신 시인이자 소설가이자 철학자인 프랑수아 쳉의 『대화Dialogue』라는 책을 읽었다. 1949년 열아홉 살이라는 젊은 나이에 프랑스어를 전혀 못하는 상태에서 파리에 도착한 그는 "밤과 낮으로" "몸과 영혼"으로 프랑스어를 껴안고 살아서 프랑스 사람보다도 프랑스어를 더 사랑하고 더 잘 구사하는 사람이 되었다. 그래서 그는 지난 6월 아시아 출신의 프랑스인으로서는 처음으로 프랑스어를 갈고닦는 역할의 사령탑인 '아카데미 프랑세즈'의 종신회원으로 선출되었다.

『대화』에는 문인으로서는 최대의 영예라고 할 수 있는 자리에 오른 그의 프랑스어를 향한 사랑 이야기가 들어 있다. 여기서 '대화'란 프랑스의 언어, 사상, 문화와 중국의 언어, 사상, 문화 사이의 대화를 말한다. 책을 읽으면서 어떻게 프랑스와 중국이라는 두 나라의 언어와 사상과 문화가 한 사람의 삶을 통해 융합되고 조화를 이루는가를 알 수 있었다. 프랑수아 쳉처럼 중국어와 프랑스어라는 이질적인 두 개의 언어로 인식한 세상을 하나로 종합하여 자기만의 글을 쓰는 작업은 문화융합의 시대에 요구되는 창조적인 작업이다.

◇◇◇

파리에 온 이후 라디오 방송을 많이 듣고 있다. 그저께는 하루에 무려 여섯 시간이나 프랑스 퀼튀르 방송을 들으면서 보냈다. 미란은 어떻게 그렇게 오랜 시간 동안 라디오를 껴안고 살 수 있느냐고 의아해한다. 그에 대한 답은 쉽고 간단하다. 남의 이야기를 들으면서 자기의 생각을 만들어갈 수 있는 능력이 있으면 지루하지 않게 남의 이야기를 오랫동안 들을 수 있다. 그렇게 되려면 우선 남의 이야기를 잘 들을 수 있어야 한다. 그것은 언어 능력의 문제이면서 동시에 말하는 사람을 깊이 이해하고 싶다는 관심과 호기심으로부터 시작된다.

경청, 잘 듣는 일은 다른 사람의 머릿속과 가슴속으로 들어가 보는 일이며 그 사람의 영혼과 교감하는 일이다. 타인의 이야기를 들음으로써 자신의 정신세계를 풍요롭게 확장시킬 수 있는 듣기야말로 가장 높은 듣기의 경지라고 할 것이다. 그렇게 주의 깊게 들은 내용은 자기 속에서 어떤 변용의 과정을 거쳐 언젠가는 자신이 살아가고 말하고 글쓰는 일에 영향을 미칠 것이다. 읽기를 좋아하는 사람의 마음속에는 언젠가 자기 나름대로 무엇인가를 쓰고 싶다는 욕망이 자리잡고 있다. 그렇다면 듣기를 좋아하는 사람의 마음속에는 언젠가 자기 생각을 자신만의 방식으로 말하고 싶다는 욕구가 자리잡고 있을 것이다.

◇◇◇

이번주 내내 오전 10시 30분에서 11시 사이에 프랑스 퀼튀르 방송의 〈음악의 길Chemin de la musique〉이라는 프로그램을 들었다. '귀를 기울여à l'écoute'라는 제목으로 인간이 소리를 듣는 행위에 대해 마련한 특집 프로그램이다. 소리를 듣는 일은 집중력을 요구한다. 일정 시간 조용히 앉아 어떤 소리를 들으려면 소리를 통해 이미지와 생각을 만들 수 있는 능력이 있어야 한다. 그렇지 않으면 듣는 일이 재미가 없고 의미가 없어 중간에 그만두게 된다. 그렇다면 "삶을 변화시키기 위한 듣기의 특별한 장소lieu privilégié d'écoute pour changer la vie"는 어디일까? 그것은 자기 자신의 생각으로 가득차 있는 머리를 "공空과 무無의 상태로 되돌아가게 하는retour au vide et au néant" 침묵의 장소다. 아무것도 들리지 않는 곳에서 무엇인가를 들을 수 있는 능력, 그것이 진정 최상의 듣는 능력일 것이다. 생텍쥐페리는 『어린왕자』에서 중요한 것은 눈에 보이지 않는다고 말했지만 보이지 않는 곳에서 무언가를 보는 능력, 들리지 않는 곳에서 무언가를 듣는 능력, 그것이야말로 지금 이곳 유한의 세계를 넘어 무한의 세계로 들어서는 길이 될 것이다.

◇◇◇

창밖에는 비가 내리고 있다. 나는 이 비가 그리 오래 내리지는 않을 것임을 안다. 이곳 파리의 비는 지루하게 오래 내리지 않는다. 잠깐 오다 그치는 지나가는 비가 대부분이다. 비가 내려 땅을 적시고 나무를 적시고 내 마음을 적신다. 메마른 것들에게 다시 물기가 스며들게 하는 빗줄기. 그 빗소리를 들으며 나는 고요히 생각에 잠긴다.

비 온 다음의 뤽상부르 공원.

비가 내려 땅을 적시고 나무를 적시고
내 마음을 적신다. 메마른 것들에게
다시 물기가 스며들게 하는 빗줄기.
그 빗소리를 들으며 나는 고요히 생각에 잠긴다.

창밖에 빗방울 떨어지는 소리

10월 21일 월요일 오전 11시 50분

아버지의 권위와 새로운 인본주의

어제 저녁에는 파리 동쪽 뱅센 숲 옆의 생모리스라는 동네에 사는 K2부부의 집에 저녁식사 초대를 받아서 다녀왔다. 우리 부부와 그 집 부부는 1980년대 유학생 시절 파리 교외의 그리니라는 동네에 살면서 친구가 되었다. 그래서 어제도 과거의 그리니 시절과 현재의 파리 생활 체험을 함께 나누었다. 우리들이 이야기를 나누는 동안 대인은 두 살 아래인 그 집 아들과 전자오락 게임을 했다.

◇◇◇

미란은 며칠째 어깨와 목 주위의 근육이 굳어져서 힘들어하고 있다. 내가 미란의 어깨를 안마하다가 원래부터 약한 지점을 잘못 눌렀다고 한다. 미란의 얼굴이 힘들어 보일 때마다 내가 잘못해서 그랬다는 자책감이 든다. 미란은 오늘 아침 일찍 일어나 대인의 아침식사를 차려주고 나서 요가를 하더니 지금은 우체국에 편지를 부치러 가고 없다.

◇◇◇

청소년과 함께 사는 일은 힘들다. 아버지 역할과 친구 역할을 동시에 해주어야 한다. 친구처럼 친근하게 지내면서도 아버지로서의 권위가 있어야 한다. 요즈음 미란은 나보고 아버지 역할을 잘못한다고 비판하고 있다. 자식에게 무조건 비위를 맞추는 일도 올바른 방법이 아니고 무조건 통제하는 방식도 불가능하다. 상호모순적인 두 요소를 어떻게 통합하고 배합하느냐가 관건이다.

16세의 청소년과 함께 산다는 것, 그것도 다른 나라에 와서 함께 사는 일은 힘들다. 자식도 한 사람의 인격체로 대해야 하지만 자식은 지도하고 인도해야 할 교육의 대상이기도 하다. 그 두 순간이 때로 혼동되어서 문제가 된다. 청소년기는 저항과 반항을 통해 자아를 형성하는 시기이다. 자기 자신을 확인하고 싶어하는 시기이며 외적인 격려와 인정이 필요한 시기이다. 그러나 자극과 비판 또한 필요하다.

나로서는 나 자신의 삶을 일관성 있게 살면서 자식에게 일정한 방향을 제시하려고 해왔다. 그러나 결국 선택은 각자의 몫이며 자식의 인생은 스스로 만들어가야 하고 그에 대한 책임도 스스로에게 있다. 어머니는 자식과 친밀한 관계를 맺지만 어머니도 자식과 동격이 아니다. 어머니도 자식에 대해서 권위를 가져야 하고 자식은 그 권위를 존중해야 한다.

청소년은 아직 성인이 아니기 때문에 부모의 지도가 필요하다. 모든 지도에는 도덕적 권위가 필요하다. 부모가 권위를 가지고 지도해야만 청소년은 자기 마음대로 하는 것이 아니라 부모의 생각을 받아들이고 거기에 비추어서 자신의 행동을 수정할 가능성이 있다. 부모가 권위를 상실할 때 친구와 또래 집단의 영향력이 커진다. 그러다보면 청소년들은 자기들만의 기준으로 그때그때 행동의 방향을 바꾸며 미래를 위해 살지 않고 오늘 여기의 즐거움만을 추구하는 자신의 삶에 무책임한 인간이 될 수도 있다.

모든 억압적인 권위는 비판받아야 마땅하지만 교육을 위한 부모의 도덕적 권위는 존중되어야 한다. 청소년에게 모든 것을 다 맡기고 허용할 수는 없다. 그들에게는 아직 인도자로서의 진정한 어른이 필요하다. 민주적인 어른의 권위는 새로운 사회를 만들어나갈 수 있는 책임 있는 주체의 형성을 위해서도 필요하다. 부모의 권위가 사라지고 교사와 교수의 권위가 사라질 때 교육은 불가능하다. 억압적 권위주의는 사라져야 하지만 상호간의 대화를 전제로 한 민주적 권위는 더욱 필요한 시점이다.

◇◇◇

요즘 읽고 있는 츠베탕 토도로프의 『의무와 즐거움Devoirs et Délices』, 교육부 장관 뤽 페리의 『성공한 삶이란 무엇이냐?Qu'est ce qu'une vie réussie?』, '르 몽드'지의 편집장인 에드비 플레넬의 『세상의 발견La Découverte du Monde』은 세 권 모두 휴머니즘을 말하고 있다. 토도로프는 고전적이며 동시에 현대적인 인본주의를 말하고, 뤽 페리는 동양사상적 요소가 가미된 영성적 인본주의를 주장하고, 플레넬은 국경을 넘어서는 코즈모폴리턴 인본주의를 펼치고 있다. 사르트르는 1950년대에 실존주의는 휴머니즘이라고 말했는데 1960년대 이후 인간 주체보다는 구조의 결정성을 강조하던 레비스트로스의 구조주의가 프랑스 지성계에서 강세를 누렸다. 그런데 이제 다시 구조주의에 대한 비판이 일어나고 휴머니즘이 대세가 되고 있다.

피에르 부르디외의 사회학이 사회적 위치에 따라 인간의 삶이 결정되는 측면만 보여주었지 주어진 상황에서 자유의지를 가지고 변화를 추구하는 주체적 측면을 잘 보여주지 못했다는 비판이 있다. 푸코도 만년에 가서는 전기의 구조주의적 입장을 떠나 인간의 주체성을 강조하는 방향으로 사유의 변화를 겪었다. 오늘날은 모든 것이 변하고 있는 상황이고 새로운 것이 만들어지고 있는 불확실성의 시대이다. 그런 상황에서 인간의 주체적 역할을 강조하는 휴머니즘이 다시 나오고 있다. 1960년대 중반에 시작된 구조주의 열풍은 2차대전 이후 '영광의 30년'이 불러온 경제적 안정과 정치적 질서라는 시대적 분위기의 지적 표현이었다. 모든 것이 구조화된 듯이 보였고 안정된 듯이 보였던 시대에는 반복되는 구조의 법칙을 밝히는 비판적 사고가 필요했다. 질서를 설명하고 억압적 구조의 메커니즘을 까발리고 폭로하는 비판적 작업이 필요했다.

그러나 이제 비판과 해체의 작업을 넘어서 다시 재구성과 창조의 작업이 필요한 시기가 되었다. 그러니까 사상사적으로도 인간의 주체적 역사 창조 능력을 강조하는 사상이 다시 나오지 않을 수 없다. 그러나 오늘의 휴머니즘은 과거의 휴머니즘을 반복하는 것이 아니라 달라진 상황에 맞는 새로운 휴머니즘을 추구한다. 오늘의 상황은 영성을 강조하고 새로운 삶의 의미를 추구하며 편협한 도덕적 강요를 벗어나 동양적 인본주의의 요소를 도입하면서 세계화된 상황에 맞게 국경을 넘어서는 전 지구적 차원의 보편적 인본주의를 요구한다. 유목민적 사고와 아시아적 지혜를 결합한 새로운 인본주의가 등장하고 있다.

10월 24일 목요일 오전 9시 59분
흐림

망명객과 유목민

이번주 들어서 매일 아침 날씨가 흐리다. 하늘에는 검은 구름이 드리워져 있고 간간이 비가 내린다. 어제 오후부터 만성절 바캉스가 시작되었다. 미란은 대인과 함께 전자제품 종합매장인 프낙FNAC에 디지털카메라를 사러 갔다. 그래서 오전 내내 혼자 조용히 지냈다.

◇◇◇

며칠 전부터 여성 철학자 로지 브라이도티의 『유목민적 주체』를 읽고 있다. 그녀는 자신을 망명객이 아니라 유목민으로 정의한다. 뿌리내리고 살던 나라에 살 수가 없어서 그곳을 떠나 낯선 나라로 와서 임시로 살고 있는 삶을 망명 생활이라고 한다면, 유목 생활은 어느 한곳에 지속적으로 뿌리를 내리지 않고 여러 곳을 전전하면서 자기를 만들어가는 생활이다. 망명자는 상황이 달라지면 언제라도 자기가 태어나고 뿌리내렸던 익숙한 나라로 돌아갈 마음의 준비가 되어 있는 사람이다. 그는 외국에 살지만 모국어를 잊어버리지 않는다. 언젠가는 떠나온 원래의 자리로 되돌아갈 것이기 때문이다. 비록 지금은 타국에서 타향살이를 하고 있지만 언젠가는 다시 고국과 고향에 돌아갈 날을 꿈꾸기 때문이다. 그래서 망명객의 삶은 기본적으로 비극적이다. 그의 삶에는 언제나 부족함이 있고 안타까움이 배어 있다.

망명객의 비극은 고국에 무사히 귀환함으로써 끝날 수 있다. 그러나 유목민은 애초에 돌아갈 곳이 없는 사람이다. 그는 어디에도 뿌리를 내리지 않고 경계선을 넘나드는 사람이며 언제든지 다른 곳으로 떠날 준비가 되어 있는 사람이다. 유목민에게는 모국어가 없다. 여러 개의 언어를 구사하는 유목민은 다른 문화에 쉽게 적응하는 능력을 갖추고 있다. 그는 본질적인 정체성을 가지고 있지 않다. 그에게는 고정된 소속감이 없다. 언제나 가방 하나에 최소한의 짐만 넣어가지고 떠날 준비가 되어 있다. 그의 정체성은 자기 스스로 만드는 것이지 어느 공동체에 소속됨으로써 저절로 주어지는 것이 아니다. 그는 새롭고 이질적인 요소들을 하나로 통합하여 자신의 정체성을 새롭게 만들어가는 사람이다. 그의 정체성은 항상 변화의 과정에 있다. 유목민은 우리 시대의 문화적 연금술사이다. 결코 어느 곳에도 뿌리내리지 않고 자유롭게 떠돌아다니는 보헤미안이다.

◇◇◇

그렇다면 지금 나의 파리 생활은 무엇인가? 나는 망명객인가 유목민인가? 유목민보다는 망명객에 가까운 생활을 하고 있다. 어떤 망명객인가? 나는 '정치적' 망명이 아니라 '정신적' 망명 생활을 하고 있다. 강요된 망명이 아니라 자발적 망명 생활을 하고 있다. 나는 한국에서 권력으로부터 정치적으로 박해를 받아서 파리로 온 것이 아니라 한국 사회가 주는 정신적 억압을 피해서 스스로 파리로 왔다. 나는 언젠가 다시 한국으로 돌아갈 생각을 하며 살고 있다. 그러나 나는 결코 한국에 돌아가는 것을 꿈꾸지 않으며 그렇기 때문에 파리에서의 생활이 비극적이지도 않다. 나의 파리 생활은 외롭고 쓸쓸하지만 최대한의 자유를 누리는 삶이다.

나는 이곳에 사는 동안 나의 옛 정체성을 해체하고 새로운 정체성을 만들고 싶다. 과거의 나를 지키기보다는 미래의 새로운 나를 만들고 싶다. 나는 파리에서 새로운 나로 다시 태어나고 싶다. 나는 하나로 고정되어 있는 나의 모습이 싫다. 나는 어느 한곳에 뿌리내리는 붙박이가 되고 싶지 않다. 나는 언제나 다른 곳으로 떠나는 꿈을 꾼다. 그런 점에서 나는 망명객과 유목민 사이에 있다. 나는 언제나 어느 하나의 범주에 속하지 않는 분류 불가능한 사람이다. 나는 유목민도 아니고 망명객도 아니다. 그렇다면 과연 나는 무엇이란 말인가? 나는 이것도 저것도 아니다. 이것이며 동시에 저것이기도 하다. 아무것도 아닐 수도 있다.

비

10월 25일 금요일

지식인, 세속의 사제들이 사는 법

어제 오후에는 프랑스의 공화국 이념을 위해 헌신한 위인들을 모시는 팡테옹에 다녀왔다. 원래 성당이었던 팡테옹 건물의 이마에는 "조국이 경애하는 위인들에게"라는 문구가 적혀 있다. 볼테르와 루소에서 시작하여 빅토르 위고와 에밀 졸라가 모두 팡테옹 지하에 잠들어 있다. 팡테옹은 18세기 이후 프랑스 지성사와 정치사를 수놓은 인물들의 영원한 안식처이며 프랑스혁명 이후 프랑스라는 근대국가를 대표하는 이념적 상징물이다. 자유롭고 평등하고 박애가 있는 사회를 만들기 위해 헌신한 지식인들의 유해가 안치되어 있는 팡테옹 지하묘지를 돌아보면서 지식인의 삶에 대해 이런저런 생각들을 떠올렸다. 1980년대 이후 사회운동에 참여했던 사람들이 새로 집권한 노무현 정권에 참여하는 것을 보면서 지식인과 권력의 관계에 대해 생각했다.

◇◇◇

19세기 말 에밀 졸라가 드레퓌스 사건 당시 '오로르Aurore'지에 「나는 고발한다」라는 글을 기고하면서 만들어진 근대적 '지식인' 개념에는 지식인과 정치권력 사이의 긴장 관계가 들어 있다. 근대적 의미의 지식인은 정치권력으로부터 독립적인 위치를 확보하고 정치권력에 대해 비판과 대안 제시의 역할을 수행하는 사회적 존재다. 정치권력이 지식인의 비판적 활동을 억압할 때 지식인은 정치권력에 도전하여 새로운 정치 체계의 수립을 도모하는 혁명가가 되기도 한다. 프랑스혁명에서 시작하여 러시아혁명을 거쳐 중국혁명과 쿠바혁명에 이르기까지 모든 혁명 과정에 지식인이 개입했다. 로베스피에르와 당통, 레닌과 마오쩌둥, 호치민과 체 게바라는 모두 혁명적 지식인이었다. 역사상 모든 혁명은 언제나 지식인과 민중이 결합하여 타락하고 무능한 정권을 몰아내고 새로운 정권을 수립하는 과정이었다.

혁명 이후 만들어지는 사회의 모습은 지식인과 대중이 결합하는 방식에 따라서 달라진다. 지식인이 대중을 지배의 대상으로 만들면 독재 체제가 형성되고 지식인이 대중을 참여의 주체로 유도하면 민주주의가 수립된다. 혁명의 초기 과정에서 지식인들은 기존의 정치 체제와 정치권력의 부패와 무능을 비판하면서 새로운 사회의 모습을 여러 가지 방식으로 대중에게 전파한다. 이른바 사상투쟁이다. 자유로운 비판이 허용되지 않는 억압적 정치 상황에서 지식인은 현실 타파를 목표로 하는 전위적 운동조직을 만들기도 한다. 그렇게 만들어진 전위조직은 사회 기층세력들에게 열정을 불러일으켜 그들을 혁명 과정에 참여하게 한다.

기존 권력과의 투쟁을 거쳐 구체제의 타파에 성공하면 지식인들은 스스로 권력을 장악하고 새로운 사회를 건설하는 일에 나선다. 권력의 비판자에서 권력을 장악하고 행사하는 자리로 이동하는 것이다. 지식인이라는 사회적 존재의 본래적 의미에서 비추어보자면 권력을 잡은 지식인은 더이상 지식인이 아니다. 권력을 가진 지식인은 새로운 지배자로 등장한다. 그들은 이제 비판적 지식인을 감시하고 억압하는 권력자로 변신한다.

20세기에 일어난 사회주의혁명은 지식인이 민중을 동원하여 스스로를 권력자로 만드는 '권력을 향한 행진'이었다. 냉전 시대에 동독, 헝가리, 체코, 소련, 폴란드 등 사회주의국가에서 일어난 반체제 지식인 운동은 새로운 억압세력으로 변신한 권력 지향형 지식인들에 대한 저항운동이기도 했다. 1989년 베를린 장벽의 붕괴 이후 사회주의혁명은 실패로 드러났고 혁명적 지식인상도 더이상 통용될 수 없는 낡은 지식인 모델이 되어버렸다.

◇◇◇

현존하는 정치 체제의 성격은 지식인의 정치참여 방식에 영향을 미친다. 전체주의 아래서는 혁명적 지식인상이 정당화되지만 민주적 정치 체제에서는 새로운 지식인상이 요구된다. 1980년대 이후 남미와 아시아 그리고 유럽의 변방에서 군부독재가 종식되고 민주화가 진행되면서 지식인의 정치참여 방식에 변화가 일어났다. 독재 체제나 권위주의 체제를 지지하던 어용 지식인들의 발언권은 약화되었고 사회운동에 참여하면서 민주주의를 주장하던 비판적 지식인들의 영향력은 증대되었다. 비판적 지식인들은 변화된 상황에서 새로운 역할을 모색하게 되었다. 그 가운데 일부는 비판과 대안 제시에 만족하지 않고 그 대안을 현실로 만들기 위해 정권에 참여했다.

정치가들에 의해 받아들여지지 않아 실현 불가능한 종이 위의 창백한 대안은 지식인에게 좌절감과 무력감을 느끼게 한다. 지식인의 정치참여는 개인적 야심과 권력욕보다는 자신이 주장한 대안을 현실에서 실현시키기 위한 사명감에서 비롯되는 부분이 크다. 세상을 자기가 옳다고 생각한 대로 바꾸기 위해 정치에 참여하는 것이다. 그런 지식인들은 일단 자신의 이론상의 대안을 구체화할 수 있는 기회를 모색한다. 정치지향적 지식인들은 개혁적 집권세력을 지지하는 입장에서 언론 활동을 통해 여론을 형성하고 정책 제안도 한다. 그러다가 장관이나 국회의원이 되거나 개혁을 위해 새로 만들어진 정부기구의 책임자로 발탁된다.

그들은 '세속의 사제'로서 권력을 비판하고 대안을 제시하는 지식인 본연의 직분에 만족하지 못하고 권력을 통해 세상을 바꾸는 일에 직접 뛰어든 사람들이다. 이들은 세상을 바꾸려면 정치 밖에서 비판만 할 것이 아니라 정치판에 직접 뛰어들어 법과 제도와 정책을 뜯어고쳐야 한다고 말한다. 그런데 문제는 비판적 지식인이 권위주의 체제 이후 민주적 방식으로 집권한 정치세력에 참여할 경우 지식인으로서의 자율성과 독자성을 상실한다는 점이다. 권력의 논리와 정치현실의 논리 앞에서 지식인의 논리는 빛을 잃을 수밖에 없기 때문이다.

지식인이 권력구조의 안에 들어가게 되면 사회 전체에 대해 독립적인 입장에서 자유롭게 이야기할 수 있는 보편성의 위치를 상실하게 된다. 정치참여를 선언한 지식인은 자기가 선택한 정치세력을 대변하고 선전하는 역할을 담당하게 된다. 그래서 시민들은 그의 의견을 그 자체로 받아들이지 않고 그 뒤에 있는 정치세력의 이해관계를 가지고 해석하게 된다. 경험적으로 보아도 그렇게 정치판으로 들어간 지식인들이 영향력을 발휘한 경우는 거의 없다. 정치세력은 지식인을 영입해 활용하다가 시효가 지나고 필요 없어지면 던져버리는 소모품으로 생각해왔다.

정치세력 안에서 지식인들은 자신의 전문 영역에서 쌓아올린 지적 권위를 행사하려고 하지만 정치판에서 잔뼈가 굵은 노련한 정치인들을 당해낼 수가 없다. 지식인은 권력에 참여함으로써 개인적 권력욕을 충족시킬 수 있을지는 모르지만 지식인으로서 자신의 이상을 실현시킬 가능성은 낮다. 정치판의 논리는 지식장의 논리와는 다른 방식으로 움직이기 때문이다.

◇◇◇

혁명을 통해 권력을 장악한 지식인이나 민주적으로 집권한 개혁적 정치세력에 참여하는 지식인은 모두 세속의 사제 역할인 지식인 본연의 임무를 버리고 환속한 사람들이다. 그렇다면 지식인이 정치에 참여할 수 있는 다른 방법은 없는가? 지식인이 혁명가나 정치인이 되지 않고 지식인으로서 자신의 사회적 자리를 지키면서 정치에 참여하는 방법은 없는가?

첫째, 표현의 자유가 보장되고 언로가 개방된 민주사회라면 공론장에서 비판적 여론을 형성하여 정치권력에게 영향력을 행사하는 활동이 가능하다. 공론장의 여론 형성 활동은 비정치적 또는 비제도적 정치 활동이다.

둘째, 정권에 참여하여 권력을 직접 행사하기보다는 시민들의 권리의식을 높이고 시민적 덕성을 키우는 시민정치교육도 지식인의 정치참여 방식이다. 민주시민교육을 통해 국가권력과 정치세력을 감시하고 통제할 수 있는 시민사회의 역량을 강화하는 일이다.

셋째, 구체적 삶의 현장에서 시작하는 삶의 정치가 가능하다. 시민사회의 지식인은 사회의 소수세력, 약자, 피해자 들을 정치적으로 대변하는 일을 담당할 수 있다. 노동자, 농민, 도시빈민, 이민객, 여성, 어린이, 노인, 흑인, 동성애자, 자연과 동식물 등 차별당하고 착취당하고 억압받고 고통받는 세상 모든 존재들의 아픔을 껴안고 그들의 권리를 대변하고 그들의 발언 능력을 높여주는 일을 할 수 있다. 그것은 세속적 '영광'의 길이 아니라 '고난'의 길이다.

이런 활동을 통해 지식인들은 정의롭고 공정한 여론을 형성하고 정치세력에게 시민사회의 의견을 전달한다. 소수의 약자들을 위한 정책 수립을 촉구하고 사회 전체의 입장에서 정의와 평화를 이루기 위한 가치관과 관습의 변화를 추구한다. 이때 지식인은 자신의 지식을 선용하는 '양심적 시민'이 된다. 권력을 얻기 위해 투쟁하고 권력을 사용하여 세상을 통치하는 '권력 정치power politics'가 아니라 권력을 비판하고 감시하는 '영향력의 정치politics of influence'가 지식인으로서 정치에 참여하는 정당한 방식이다.

◇◇◇

그런데 위에서 정치권력과 관련하여 밝힌 지식인의 세 가지 정치참여 방식은 빙산으로 말하자면 수면 위로 올라와 있어서 눈에 보이는 부분이다. 지식인을 성싹 지식인답게 만드는 것은 지식인 자신의 내면 생활이다. 지식인의 자기성찰성은 언제나 물밑에 가라앉아 있어 외부 사람의 눈에 보이지 않는다. 지식인의 역할은 단지 정치권력과의 관계에서만 형성되는 것이 아니다. 지식인의 본질적인 역할은 한 사회가 지향하는 일반적 가치와 규범, 윤리와 도덕, 그리고 지식인 스스로를 포함하여 사회 구성원 각자가 어떤 삶을 어떻게 꾸려나갈 것인가를 질문하고 답을 모색하는 데 있다. 지식인은 그런 활동을 통해 사회 구성원 전체의 성찰 능력을 증진시키는 역할을 담당한다.

전반적으로 교육 수준이 높아지고 시민 각자가 자신의 권리를 스스로 주장할 수 있게 된 상황에서 지식인은 이제 과거와 다른 역할을 담당해야 한다. 지식인의 인식론적 특권이나 우선적 발언권은 더이상 용납될 수 없다. 지식인의 이중성과 자기기만 그리고 배반을 너무 많이 겪어온 시민들은 이제 더이상 지식인에게 크게 기대하는 바도 없다. 그렇다면 지식인은 이제 사라져야 할 존재인가? 아니면 새로운 지식인상을 수립해야 하는가? 지식인이 지식인 본래의 역할을 수행하면서 새로운 지식인상을 수립하기 위한 길은 어디에 있는가?

◇◇◇

내가 생각하는 이상적인 지식인은 언제나 자기가 살고 있는 사회를 비판적으로 관찰하고 그 사회의 지적 도덕적 건강 상태를 진단하고 앞으로 나아가야 할 방향을 제시하려는 사람이다. 그런데 비판과 방향 제시의 임무는 지식인에게 누가 위임한 권한이 아니라 지식인 스스로 자신에게 부여한 임무이다. 지식인은 한 사회 속에서 권한은 하나도 없으면서 책임감은 크게 느끼는 모순적인 존재다. 현실사회에서 빛과 소금, 목탁의 역할을 하는 신부, 목사, 스님 들이 부분적으로 비판적 지식인의 역할을 담당하는 '종교적 지식인' 집단이라면 자유와 평등, 정의와 공평이라는 원칙으로 현실을 비판하고 나아갈 방향을 제시하는 지식인은 '세속적 사제'의 역할을 자임하는 사회적 집단이다. 그런 뜻에서 지식인은 한 사회의 양심세력이라고 할 수 있다.

지식인은 지배자와 권력의 입장에서 보았을 때 눈엣가시와 같은 귀찮은 존재가 되어야 한다. 우리는 한 사회 안에 그런 비판적 지식인이 숨쉬고 활동할 수 있는 공간이 얼마나 존재하느냐에 따라 권력의 속성을 진단할 수 있다. 나치즘이나 공산주의 정권 아래에서 자유로운 비판적 지식인이 활동할 공간은 거의 존재하지 않았다. 북한은 말할 것도 없고 사회주의적 시장경제를 지향하는 중국의 경우에도 아직 체제를 비판하는 지식인이 설 자리는 거의 없다.

◇◇◇

진정한 종교인이 일부 비판적 지식인의 역할을 담당하듯이 진정한 지식인은 '세속의 종교인'으로 살아간다. '종교적 지식인'들이 세상을 구원하기 위해 사회로부터 일정한 거리를 취하고 사찰이나 수도원에 은거하는 시간을 갖듯이, 지식인도 지식인의 사명을 잘 수행하기 위해 사회로부터 일정한 거리를 취할 필요가 있다. 현실사회와 적절한 거리를 유지해야 사회 비판과 더불어 자기성찰이 가능해진다. 종교적 지식인이 침묵 속에서 기도와 명상을 통해 이 세상을 넘어선 절대적 존재와 만남으로써 영적인 힘을 얻었듯이, 세속의 사제인 지식인들은 고립과 고독 속에서 자기성찰을 통해 현재의 사회를 넘어서는 새로운 사회를 꿈꾼다. 자기성찰과 자기비판이 없는 사회 비판과 정치권력 비판은 깊이가 없을뿐더러 개인적 권력욕으로 변질될 가능성이 높다.

◇◇◇

지식인은 본질적인 의미에서 자기가 사는 사회에 완전히 뿌리내리지 못하는 존재이며 언제나 일정한 정도로 소외감을 느끼며 살게 되어 있는 존재다. 지식인은 안전한 곳에 뿌리를 내리는 존재라기보다는 경계선을 넘나들며 자유롭게 이동하는 정신적 보헤미안이다. 그는 중앙에 고정된 주소를 갖기보다는 경계선 부근의 변방에 위치하기를 즐기는 자유로운 존재다. 그는 현대판 유목민이다. 그는 어디에서나 이방인이고 두 문화 사이의 문턱 위에 서 있는 주변인이다. 그는 모든 곳에 속하지만 어느 곳에도 속하지 않는 방랑하는 존재다. 지식인은 어느 곳에서도 완전한 편안함을 누리지 못한다. 지식인에게는 일과 삶이 분리되지 않는다. 그는 읽고 생각하고 말하고 쓰도록 운명 지워진 존재다. 운명은 벗어날 수 없다.

10월 26일 토요일
맑음

망명 지식인과
페미니스트
지식인

요즈음 지식인의 삶에 대한 생각이 나의 머리를 떠나지 않고 있다. 결국 내 삶의 방식이 지식인으로서의 삶이라면 지식인에 대한 탐구는 곧 나에 대한 탐구라고 할 수 있다. 파리에서 자발적 망명 생활을 하고 있는 나로서는 망명 지식인의 삶에 특별한 관심을 갖게 된다. 미국 학계를 중심으로 유행하고 있는 탈식민주의post-colonialism 담론에도 '망명'이라는 메타포가 중요한 자리를 차지한다. 지식인의 존재양식 자체가 자기가 사는 사회와 거리를 두는 자발적 소외의 삶을 요구한다면, 망명 지식인은 아예 자기가 뿌리내리고 살던 근거지를 떠나도록 강요받은 사람이다. 그는 낯선 곳에 살도록 선고받은 존재다. 그 이유는 그가 사는 사회의 지배적 가치를 따르지 않고 저항을 감행하여 권력에 의해 위험한 존재로 낙인찍혔기 때문이다.

지식인은 언제나 자기가 사는 사회를 비판적으로 바라보는데 그의 비판정신은 말과 글을 통해 밖으로 표출된다. 그런데 그의 비판정신이 권력 당국자들이 정해놓은 일정한 기준을 넘어서면 위험한 인물로 감시와 처벌의 대상이 될 수밖에 없다. 지속적인 경고와 회유에도 불구하고 비판적 활동을 계속할 경우 지식인은 결국 권력 당국에 의해 추방당한다.

종교개혁 당시나 프랑스혁명 이후 망명의 역사는 기존의 생각에 순응하지 않는 반항의 사상을 표현한 사람들의 역사다. 루터와 캘빈, 빅토르 위고와 에밀 졸라, 칼 마르크스와 하인리히 하이네, 톨리아티와 네루다가 모두 망명 지식인들이었다. 19세기 말 독일과 러시아에서 사회주의사상을 전파하다가 추방당한 지식인들이 파리와 런던으로 망명하였고, 스페인내전 당시 프랑코에게 추방당한 스페인 지식인들이 파리로 망명하였다면, 발터 벤야민과 아도르노, 프로이트와 토마스 만, 칼 만하임과 노르베르트 엘리아스는 히틀러의 나치 치하를 피해 파리, 런던, 뉴욕으로 망명했다.

구한말 한국의 근대적 선각자들은 독립운동을 하다가 만주와 상해, 블라디보스토크와 하와이로 망명했고, 해방 이후 사회주의적 성향을 지닌 지식인들은 월북을 단행했다.

2차대전 이후 동유럽에 공산 정권이 들어서면서 사상과 표현의 자유를 구속당한 지식인들은 파리와 런던을 비롯한 서유럽의 대도시로 망명했다. 파리는 전통적으로 망명 지식인의 온상이었다. 체코 출신의 쿤데라, 불가리아 출신의 토도로프와 크리스테바, 루마니아에서 온 에밀 시오랑과 세르주 모스코비치, 그리스에서 온 카스토리아디스와 풀랑자스, 아일랜드에서 온 제임스 조이스와 사뮈엘 베케트 등이 파리로 망명한 사람들의 보기다. 1960년대 이후 칠레, 아르헨티나, 멕시코, 콜롬비아, 브라질, 아르헨티나 등 라틴아메리카의 군부독재 정권이 들어서자 그에 항거하던 지식인들과 아프리카나 아시아의 군부 정권에 저항하던 지식인들도 서방세계로 망명의 길에 올랐다.

◇◇◇

세상에 태어나서 자라고 살던 땅에서 추방당하는 망명은 일단 지금까지의 삶과의 단절이고 기존 삶의 양식의 해체를 뜻한다. 그래서 망명은 자아의 분열과 혼돈감을 가져올 수도 있다. 익숙했던 과거와 단절을 경험한 망명객은 지금은 이국의 땅에서 살아가지만 언젠가는 다시 원래 살던 땅으로 돌아갈 날을 기다리는 존재다. 망명객은 그때가 언제일지 모르는 상태에서 하루하루를 살아간다. 망명 생활의 불확실한 미래는 안정된 정체성을 흔들면서 새로운 정체성 형성을 요구한다. 이렇게 볼 때 역설적으로 망명이라는 존재론적 상태는 지식인의 존재양식과 잘 부합하는 측면이 있다. 안전하게 중심부에 뿌리내린 존재가 아니라 주변부를 떠돌면서 중심부를 비판적으로 관찰하는 존재가 지식인이라면 망명객은 주변부와 경계선에 머물도록 선고받은 사람이다. 나라를 잃어버리고 이방을 전전하는 민족들 가운데 지식인이 많이 나오는 까닭이 여기에 있다.

이방인들은 현재 자기가 살고 있는 나라에 결코 완전히 통합되지 않는다. 그들은 언제나 자기가 살고 있는 사회에 동화되고 통합되는 듯하면서도 다른 한편 그 사회와 비판적 거리를 유지한다. 그래서 그들은 이중의 정체성을 갖는다. 예를 들어 프랑스의 유대인은 자신을 프랑스인이면서 동시에 유대인이라고 생각한다. 자기가 살고 있는 사회에 완전히 동화되지 않고 일정한 간격을 유지하는 심리적 상태는 그들로 하여금 자기가 사는 사회를 전체적으로 관찰할 수 있도록 유도한다. 그런 상태가 지배적인 사고방식과 다르게 사고할 수 있게 한다. 마르크스와 프로이트, 뒤르켐과 짐멜, 귀르비치와 레몽 아롱 등 많은 이론가와 사상가들이 유대인 출신이다. 팔레스타인 사람이면서 기독교를 믿고 미국 뉴욕에 살면서 팔레스타인 독립운동을 한 에드워드 사이드도 경계선 위의 지식인이었다. 사이드는 이미 만들어진 고정된 정체성이 아니라 자기 스스로 선택하여 새로운 정체성을 만들었다. 그래서 그는 고정된 서양과 동양의 시선이 아니라 그 둘을 넘나드는 새로운 관점을 제시할 수 있었다.

◇◇◇

정신분석학자들의 연구에 따르면 프란츠 카프카와 버지니아 울프 등 새로운 문학세계를 창조한 작가들은 우울증 환자들이었다. 때로 우울증을 동반하는 멜랑콜리 상태와 창조적인 작업 사이에 연관성이 있다는 말이다. 멜랑콜리의 심리적 상태에서 작가와 예술가들은 세상을 보통 사람들과 다르게 보고 다르게 느끼고 다르게 표현하는 것이다. 지속적인 긴장과 불안을 자아내는 망명이라는 삶의 존재 조건은 기본적으로 약간 우울한 심리적 상태를 갖게 한다. 망명객의 삶이란 미래를 위해 유보된

앵발리드 앞을 지나가는 버스 안에서.

망명객의 삶이란 미래를 위해 유보된 삶이고 언젠가 때가 되면 새로운 삶을 살기 위해 원래의 땅으로 돌아갈 준비를 하고 있는 어정쩡한 삶이다. 그러나 바로 그런 상태가 새로운 작품을 창작하기에 적합한 조건을 마련한다.

삶이고 언젠가 때가 되면 새로운 삶을 살기 위해 원래의 땅으로 돌아갈 준비를 하고 있는 어정쩡한 삶이다. 그러나 바로 그런 상태가 새로운 작품을 창작하기에 적합한 조건을 마련한다.

◇◇◇

수많은 사상가와 작가들이 자기가 살던 사회를 떠나 암스테르담과 런던, 파리와 뉴욕처럼 익명성과 자유가 보장된 도시로 자발적 망명의 길을 떠났다. 그 가운데서도 특히 파리는 이방인 작가와 지식인들이 새로운 삶과 새로운 작품을 위해 즐겨 찾는 도시이다. 파리의 공기는 작가들의 정신을 자유롭게 하고, 파리의 거리는 작가들에게 영감을 제공하고, 파리의 카페들은 작가들에게 무언가 쓰고 싶다는 열망을 불러일으킨다.

독일의 낭만주의 시인 하인리히 하이네는 파리에 망명하여 혁명사상을 키웠다. 그는 언제나 떠나온 독일에 대한 노스탤지어를 가지고 살았지만 결코 파리를 떠나지 않았다. 독일 사람들이 그의 시를 사랑했듯이 그는 멀리서 독일을 사랑했다. 그는 유대인으로서 '유럽 문명에 접근하기 위한 열쇠를 얻기 위해' 유대교를 버리고 개신교로 개종했지만 결코 독일에서 안정된 일자리를 찾지 못했다. 독일 사회의 권위주의적 분위기를 참을 수 없었던 그는 1831년 파리에서 이방인의 삶을 시작했고 1856년 파리에서 이방인으로 생을 마감하고 몽마르트르 묘지에 묻혔다.

젊은 시절 불면증에 시달리며 '절망의 정점에서' 자살 직전까지 갔던 에밀 시오랑은 루마니아를 떠나 파리에 정착한 이후 결코 루마니아로 돌아갈 생각을 하지 않았다. 오데옹 거리의 비좁은 아파트에 살던 그는 거의 매일같이 뤽상부르 공원을 산책하면서 허무주의적 아포리즘을 다듬다가 파리에서 세상을 떠나 몽파르나스 묘지에 묻혀 있다. 제임스 조이스가 『더블린 사람들』을 쓴 것도 더블린이 아니라 파리에서였다. 비판적 거리는 새로운 창조의 기회를 제공한다. 조이스에게 고립과 분리는 글을 쓰기 위해 필수적인 조건이었다. 자발적 망명 생활이 가져다준 침묵과 비판적 거리와 이중의 정체성 속에서 『율리시스』와 같은 그의 소설이 탄생했다.

망명 지식인은 고립과 고독 속에 있다. 망명 지식인은 우주선이라는 캡슐에 갇혀 대기권 밖으로 던져진 우주비행사와 같은 존재이다. 망명객에게 캡슐은 그의 모국어다. 그는 고립무원의 상태에서 모국어로 무언가를 쓰면서 불안과 고독을 이겨낸다. 그러나 어떤 경우에는 그 모국어를 버리고 망명지의 언어로 새로운 창작의 세계를 열어가는 지식인들도 있다. 새로운 언어로 글을 쓰는 행위는 과거의 정체성을 해체하고 새로운 정체성을 구성하는 일이다. 파리로 망명했던 작가들 가운데 하이네와 제임스 조이스가 각자의 모국어인 독일어와 영어로 글을 썼다면 에밀 시오랑과 베케트는 모국어를 버리고 프랑스어로 글을 썼다. 모국어와 단절하고 망명지의 언어로 글을 쓴 작가들은 과거와 단절하고 새로운 세계의 새로운 독자를 위해 새로운 작가로 다시 태어난 사람들이다. 나는 그렇게 되기에는 이미 너무 늦었다.

뤽상부르 공원의 가을.

오데옹 거리의 작은 아파트에 살던
에밀 시오랑은 거의 매일같이
뤽상부르 공원을 산책하면서
허무주의적 아포리즘을 다듬다가
파리에서 세상을 떠나
몽파르나스 묘지에 묻혀 있다.

◇◇◇

여성과 남성의 '평등'만이 아니라 '차이'를 강조하는 프랑스의 대표적 페미니스트 이론가 세 사람이 모두 망명 지식인이라는 사실이 재미있다. 줄리아 크리스테바는 불가리아 출신의 여성 이론가이고, 뤼스 이리가레는 벨기에 출신 여성 지식인이며, 엘렌 식수는 프랑스의 식민지였던 알제리 출신이다. 기존의 가부장적 지배 체제를 전복시키려는 엄청난 저항 에너지를 담은 페미니스트 이론 주창자들의 지적 에너지가 망명 상태에서 축적되고 표현되었다는 점을 눈여겨보아야 한다. 엘렌 식수는 '자발적 망명exile auto-imposé'의 길을 선택한 제임스 조이스에 대해 박사학위 논문을 썼다. 그녀 자신도 알제리에서 파리로 삶의 근거지를 옮긴 이방인 가운데 한 사람이었다. 어디 엘렌 식수뿐인가? 카뮈와 알튀세, 자크 데리다가 모두 프랑스의 식민지였던 지중해변 북아프리카 알제리 출신이었다. 그리고 『연인』의 작가 마르그리트 뒤라스는 인도차이나 식민지 출신이 아니었던가?

사실 파리에 사는 지식인들 가운데 파리 토박이가 얼마나 될 것인가? 사르트르와 푸코, 부르디외는 모두 파리가 아닌 지방 출신의 지식인들이다. 세계 모든 나라의 대도시가 다 그렇듯이 파리 역시 이방인들의 도시이다. 파리는 다른 나라와 프랑스의 지방에서 답답함을 견디지 못하고 자유와 새로운 삶을 찾아온 사람들을 포용하여 새로운 문화를 만들어내는 문화적 융합과 변용의 도시다.

◇◇◇

'유배'라는 말도 '망명'과 비슷한 이미지를 풍긴다. 그러나 유배지와 망명지는 다르다. 유배지가 탄광이나 시베리아의 유형지 또는 멀리 떨어진 바다 위의 섬과 같은 격리된 장소를 연상시킨다면 망명지는 많은 경우 대도시를 연상시킨다. "도시의 공기는 우리를 자유롭게 한다"는 말이 있듯이 도시는 아무리 통제하려고 해도 통제가 불가능한 자유의 영역이 남아 있는 공간이다. 도시는 자유의 공간이면서 동시에 반항과 창조의 공간이다.

다문화주의와 익명성 속의 삶, 넘치는 지적 문화적 자극, 수많은 호기심의 대상들, 새로운 사상과 예술 사조, 살롱, 박물관, 미술관, 공연장, 유흥의 장소들이 있는 파리와 같은 서구의 대도시는 망명 지식인에게는 이상적인 창조의 공간이다. 억울한 일을 당했을 때 인권과 민주주의의 원칙, 자유와 평등과 정의라는 보편주의적 원칙을 들이대며 말할 수 있는 곳이 서구의 대도시들이다. 그래서 많은 수의 망명 지식인들이 파리와 런던과 뉴욕을 망명지로 선택한다.

도시는 농촌에서는 느끼고 누릴 수 없는 자유를 제공한다. 물론 무제한의 자유는 없다. 그러나 도시는 억압에 저항하고 권력에 도전하는 자유를 누리고 지키려는 사람들의 공간이었다. 파리는 1789년 이후 오늘에 이르기까지 반항과 창조의 공간이었다. 파리를 비롯한 서구의 대도시는 망명객이 숨어 있을 장소와 숨쉴 수 있는 공간을 제공하고 말하고 표현할 수 있는 기회를 제공한다. 아무도 만나지 않고 조용히 은거할 수 있는 공간이 있으면서도 익명성 속에서 문화적 지적 자극을 받을 수 있는 곳이 어디인가? 폴란드 출신의 유대인 작가 조르주 페렉은 파리를 떠나서는 글을 쓸 수 없다고 말했다. 복잡한 도시 생활에 싫증난 파리의 지식인들이 파리를 떠나 조용한 시골에 가서 지내다가 얼마 있지 않아 지루함을 못 견디고 다시 올라온다고 하지 않는가? 그들은 파리가 정신없는 관광지가 되어버렸다고 불평하면서도 내심으로는 "그래도 살 만한 곳은 파리밖에 없어!"라고 생각한다. 파리의 지식인들은 세계 어느 곳을 가도 파리에서처럼 편안함과 자유를 느낄 수 있는 곳은 없다고 생각한다. 그렇다면 파리는 나에게 어떤 도시인가?

10월 28일 월요일

자기 안으로의 망명

오늘도 망명 지식인에 대한 생각을 계속해본다. 망명 지식인은 익숙하던 땅을 떠나 새로운 땅에서 삶을 시작하면서 낯설고 물선 느낌을 갖게 된다. 그는 새로운 생활에 적응하고 새로운 인간관계를 형성하면서 익명의 지식인으로 살아간다. 그런데 망명 지식인이 망명지에서 만나는 가장 큰 장애물은 언어 문제다. 모국어는 이제 더이상 통하지가 않는다. 그러나 새로운 땅의 언어는 어색하기만 하다. 모국어를 하듯이 망명지의 언어를 자유롭게 구사하지 못해서 답답함을 느낀다.

이런 상황에서 두 가지 태도가 나타날 수 있다. 첫번째 태도는 생활에 필요한 정도로만 외국어를 쓰면서 모국어 공동체에 속하는 이민객들과 어울려 살아가는 것이다. 외국에 살지만 모국어로 사유하고 모국어로 글을 쓰는 생활을 계속한다. 망명을 했지만 과거의 생활과 연속성을 유지하는 것이다. 두번째 태도는 망명지의 외국어를 제2의 모국어로 만들기 위해 노력하는 것이다. 이러한 태도를 지닌 사람은 망명지의 생활을 참고 지내다보면 지나갈 인생의 한 고비로 생각하지 않고, 이질적인 문화와 직접 대면함으로써 자신의 경험과 사고의 지평을 넓히는 기회로 받아들인다.

망명지에서 모국어를 주로 하고 외국어를 부차적으로 사용하며 살아가는 삶은 겉은 어른이지만 속은 아이와 같은 삶이다. 자기를 둘러싼 외부의 세상이 온통 풀리지 않는 수수께끼로만 보인다. 외부는 이해할 수 없는 기호의 세계다. 망명지의 언어를 자유롭게 구사하지 못하면 소외감을 더욱 크게 느끼게 된다. 그럴수록 조국을 그리워하며 돌아갈 날을 손꼽아 기다리게 된다. 망명지의 생활은 빨리 청산할수록 좋은 당분간의 삶에 불과하다. 조국, 고향, 어머니, 가족, 친구, 모국어, 노스탤지어 등이 이러한 태도를 지닌 사람들의 머릿속에 자리잡은 익숙한 단어들이다. 이들은 원래 살던 곳이 그리워서 지금 이곳에서의 생활을 견딜 수 없게 하는 향수병에 걸린 상태에서 살아간다.

그러나 두번째 태도를 취한 사람들은 망명 생활을 자신의 정체성을 변화시키고 확장시키는 기회로 삼는다. 망명지의 언어는 새로운 세상을 이해하고 그곳에서 살아가는 데 가장 중요한 수단이다. 파리의 망명 지식인들의 경우, 러시아나 동유럽, 라틴아메리카 출신의 망명 지식인들이 아시아에서 망명 온 지식인들보다 훨씬 더 쉽게 프랑스어를 배우고 프랑스 문화에 동화된다. 이것은 언어 습득이 단지 언어의 문제인 것만이 아니라 문화의 문제임을 보여준다. 서구 문화권에 속한 사람들은 비서구 지역 출신들보다 훨씬 더 쉽게 프랑스어와 프랑스 문화에 적응한다. 프랑스 문화권과 거리가 먼 아시아에서 망명 온 지식인이 프랑스어를 자유롭게 구사하기 위해서는 '밤과 낮으로, 몸과 영혼을 다 바쳐' 프랑스어를 익혀야 한다. 지식인은 기본적으로 여러 개의 언어를 구사하는 사람이다. 지식인은 국경을 넘나들고 문화권과 언어권을 넘나들면서 하나의 고정된 사고방식에 사로잡히지 않는다. 하나의 언어는 세상을 바라보는 또하나의 방식이다. 지식인에게 망명은 새로운 언어와 문화를 익히면서 세상을 새롭게 보는 방법을 배우는 자기확장의 기회다.

◇◇◇

망명지에서의 고립된 생활과 소외의식은 때로 강렬한 연대감과 소속감을 추구하게 만들기도 한다. 어느 한곳에 뿌리내리지 못하고 사회적 무중력 상태를 떠도는 망명 생활은 새로운 사회를 지향하는 급진적 운동에 열렬하게 참여하는 정신적 에너지를 제공한다. 망명 지식인들의 비판의식은 본국 지식인들의 열기를 웃돌기도 한다. 파리나 런던에서 망명 생활을 했던 러시아와 독일의 지식인들이 그 보기다. 마르크스와 레닌이 다 파리 망명객 출신이다. 그들은 자기가 속했던 나라를 넘어서 인류 전체, 세상의 모든 억압받는 자들과 연대의식을 느끼며 혁명의식을 불태웠다.

망명객의 실존적 소외의식은 쉽게 혁명적 의식으로 발전할 수 있다. 어느 한곳의 질서에 매이지 않은 자유로운 망명 지식인은 권력의 시선에서 볼 경우 언제라도 반란을 도모할 수 있는 위험한 존재로 비칠 수 있다. 그러나 기존의 질서에 의문을 제기하고 새로운 삶과 사회의 모습을 제시하는 것이 지식인 본래의 사명이다. 그러므로 망명 지식인은 지식인 본래의 임무를 가장 잘 수행할 수 있게 하는 실존적 상황에 처한 사람들이다.

◇◇◇

낯선 나라에서의 망명 생활은 변혁운동이 아니라 '자기 안으로의 망명'으로 이어지기도 한다. 지금 나는 파리에서 '정신적' 망명 생활을 하고 있다. 나의 망명 생활은 정치적 박해를 받아 강제적으로 이루어진 망명이 아니라 한국 사회와의 불화 때문에 스스로 택한 어떻게 보면 사치스러운 망명 생활이다. 지금 나는 '방법론적 단절'이라는 이름으로 한국과의 관계를 의식적으로 끊고 모든 사회적 관계를 단순화시킨 상태에서 나 자신을 깊이 성찰하고 있다. 나의 자발적 망명 생활은 지금까지 내가 해온 활동과는 구별되는 새로운 삶의 방식을 만들어가는 과정이라고 할 수 있다. 과거의 참여하는 시민적 지식인 모델을 포함하면서도 그것을 넘어서 새로운 지식인 모델을 모색하고 있다. 나는 망명중이다. 나는 수련중이고 모색중이다. 과거를 다시 해석하면서 지금과는 다른 미래를 꿈꾸고 있다. 결코 편안하지 않은 경계선 위에 서서 나의 존재방식을 변화시키는 것이 지금 이곳 생활의 목표다. 메타모포시스metamorphosis, 변신 그것이 나의 자발적 망명 생활의 화두다.

10월 31일 목요일 오전 11시 38분

파리 가을의 전형적인 날씨

여성과 계급

어제는 아침 일찍 일어나 뱅센 숲에 있는 카르투슈리의 쇼드롱 극장으로 향했다. 테아트르 에쿠트 극단에서 주최하는 대화 프로그램에 참석하기 위해서였다. 작가 아니 에르노와 자서전 문학 연구의 대가인 필리프 르죈과의 대담이 마련되어 있었다. 여느 때와 달리 이른 아침에 일어나 전철을 타고 뱅센 성 역에 내려서 112번 버스를 갈아타고 행사장에 도착했다.

뒤랑 여성도서관에 비치된 팸플릿을 통해 아니 에르노라는 여성 작가를 알게 되었다. 처음에는 아니 에르노가 여성 문제를 다루는 여성 작가인 줄만 알았다. 실제로 『사건』이나 『얼어붙은 여자』 등의 작품은 가정폭력이나 임신중절 같은 여성 문제를 제기하고 있다. 그러나 며칠 전 아니 에르노가 쓴 소설을 각색한 〈사건〉이라는 연극을 보면서 아니 에르노의 작품 속에는

페르 라셰즈 묘지의 사회학자 부르디외 묘소.

페르 라셰즈 묘지의 사회학자 부르디외 묘소.
부르디외 사망 직후에 아니 에르노가
'르 몽드'지에 기고한 추모의 글을 읽었다.
그녀에게 피에르 부르디외는
시몬 드 보부아르와 똑같은 중요성을 갖는
해방의 메신저였다.

민중 계급에서 부르주아 계급으로 상승 이동을 경험한 사람의 개인적 체험이 녹아들어 있음을 알게 되었다. 그런데 오늘 아침 행사장 게시판에서 사회학자 부르디외 사망 직후에 아니 에르노가 '르 몽드'지에 기고한 추모의 글을 읽었다. 그녀에게 피에르 부르디외는 시몬 드 보부아르와 똑같은 중요성을 갖는 해방의 메신저였다. 시몬 드 보부아르가 여성으로서 받는 억압에서 자신을 해방시켰다면, 부르디외는 민중 구성원으로서 겪은 모멸감에서 자신을 벗어나게 했다는 것이다. '르 몽드'에 실린 아니 에르노의 글을 읽으면서 나는 그녀가 여성 문제만이 아니라 계급 간의 문화적 차이가 행사하는 상징폭력의 문제에 관심이 많은 작가임을 확인했다.

◇◇◇

아니 에르노는 1940년 출생이니까 우리 나이로 하면 환갑이 넘은 나이이다. 그런데 행사장에서 처음 본 그녀는 나이에 비해 젊다는 느낌을 주었다. 젊다는 것은 앞으로 할 일이 많다는 것을 뜻하고 늙었다는 것은 과거에 한 일보다 앞으로 할 일이 적음을 뜻한다. 그녀는 아직도 쓸 것이 많이 남아 있는 모양이다.

곧이어 대담이 시작되었다. 필리프 르죈은 아니 에르노에게 세 가지 질문을 던졌다. 첫째로 어떤 글쓰기 전략을 가지고 있냐는 질문이었다. 아니 에르노는 자신의 글쓰기는 소설 형식으로 위장한 자서전에서 시작했지만 점차 문학을 넘어서 사회학과 역사학을 통합하는 새로운 글쓰기 전략으로 이동했다고 답했다. 그리고 자신과 아버지와의 관계를 다룬 『남자의 자리』와 어머니의 삶을 다룬 『한 여자』에서부터 그러한 글쓰기 전략을 구사했음을 밝혔다.

두번째 질문은 글을 쓰게 하는 원동력이 무엇인가였다. 무엇 때문에 글을 쓰느냐는 질문이었다. 이에 대해 아니 에르노는 글을 쓰다보면 자기 자신을 명확하게 바라볼 수 있게 되는 즐거움 때문에 글을 쓴다고 답변했다. 그녀에게 글쓰기는 자기 자신을 대상화하고 객관화하는 작업으로서 개인적이고 구체적인 경험에서부터 출발하여 자신을 둘러싼 존재 조건이 자신을 어떻게 형성했는가를 밝히는 작업이다.

셋째로 누구를 위해 글을 쓰느냐는 질문이었다. 아니 에르노는 자기 자신과 타인 모두를 위해서 쓴다고 답했다. 덧붙여 자신의 글을 읽을 우선적 독자층을 여성으로 상정하고 글을 쓴 적은 없다고 말했다.

청중들에게 질문할 기회가 주어지자 중년의 남성이 손을 들고 만약에 누군가가 아니 에르노의 전기를 쓰려고 한다면 어떤 자료들을 제공할 수 있느냐고 질문했다. 아니 에르노는 자신의 삶 전체를 하나로 꿰뚫는 전기를 쓰기 위한 특별한 자료는 없으며 그런 생각은 해보지 않았다고 답했다. 자기가 죽은 다음에 누가 자신의 전기를 쓴다는 생각을 하면 끔찍하다고 말했다. 그리고 자신의 삶은 자신이 가장 잘 알기 때문에 스스로 쓰는 전기인 자서전을 쓴다고 말했다. 청중 가운데 어떤 여성이 자서전을 쓸 때 부르디외식의 사회학적 관점뿐만 아니라 심리학적 또는 정신분석학적 관점이 유용하지 않겠느냐고 질문했는데, 이에 대해 아니 에르노는 프로이트를 비롯해서 정신분석학 관련

서적을 꽤 읽어보았지만 큰 도움을 받지 못했으며 심리학 가운데서는 사회심리학이 자신의 글쓰기에 도움이 된다고 답했다. 아니 에르노 자신은 이제 문학을 넘어서 역사와 사회학을 아우르는 글쓰기를 하고 있다고 밝혔다. 그녀의 이야기를 들으면서 파리에 와서 쓰고 있는 내 자전적 이야기가 갖는 여러 차원의 의미를 깊이 생각해보게 되었다.

◇◇◇

필리프 르죈에 이어서 사회학자 미셸 보종이 나와서 아니 에르노의 작품 『단순한 열정』에 나타나는 '여성의 성性'이라는 문제에 대해 발표했다. 보종은 한 사람이 성에 눈뜨는 과정과 정체성 형성 과정을 연결시키면서 오늘날 성에 대한 담론을 세 가지로 구분했다. 첫째는 성에 관한 모든 구속과 장애물을 없애고 완전한 성의 자유를 누리자는 입장이고, 둘째는 성을 개인적 욕구의 표현으로 보면서 자신의 존재와 정체성을 형성하는 과정으로 보자는 입장이며, 셋째는 전통적인 입장으로 부부 관계 밖의 모든 성을 도덕적으로 허용하지 않는 보수주의 담론이다. 아니 에르노의 작품은 두번째 담론에 속하는데 작품 속에서 여자 주인공은 첫번째와 세번째 담론 사이를 오가며 자신의 성적 주체성을 만들어간다.

오늘날 피임기술의 발전, 임신중절의 자유화, 인공수정을 비롯한 엄청난 의학기술의 발전으로 성을 곧 출산과 연결시키던 과거의 개념은 완전히 깨졌으며 성은 쾌락을 찾는 일상적 행위의 하나가 되었다. 프랑스 사회에는 이제 청소년의 성에서 노인의 성에 이르기까지 외부로부터 주어지는 성에 대한 규범은 거의 작동하지 않는다. 각자가 자신의 성 경험을 통해서 주체적으로 자신의 성생활에 대한 모델과 규범을 만들며 살아간다.

1968년 5월혁명 이후 자유로운 성적 교섭을 주장하는 성 해방 담론의 영향력이 커졌다. 결혼제도를 거부하고 남녀 간의 자유로운 결합을 주장하는 젊은이들이 동거라는 형태의 남녀 관계를 정당한 모델로 만들었다. 결혼 후에도 남녀 모두 배우자 이외의 다른 성적 파트너를 가질 수 있다는 생각이 널리 퍼졌다. 이성 간의 성적 자유를 주장하는 담론뿐만 아니라 남성과 남성, 여성과 여성 사이의 동성애도 개인적 차원의 성적 선호의 문제로 보는 담론이 공식화되었다. 동성 부부도 하나의 가족으로 인정받아야 하며 아이를 입양할 수 있는 권리를 부여해야 한다는 주장이 일반화되었다. 여기에 성전환 수술을 한 사람들도 성적 소수자로서의 권리를 주장하고 나옴으로써 이제 성 정체성은 생물학적으로 결정되는 것이 아니라 개인이 주체적으로 결정할 문제라는 생각이 널리 퍼지고 있다. 여성들 앞에서 성 문제에 대해 진지하게 발표하는 남성 사회학자의 모습이 인상적이었다.

◇◇◇

점심식사 후에 2시 20분부터 아니 에르노의 작품들에서 발췌한 텍스트를 낭독하는 프로그램이 진행되었다. 아무 장식도 없는 단순한 무대에 세 명의 연극배우가 나와 책상 앞에 앉아서 텍스트를 읽기 시작하자 텍스트의 힘과 낭독의 힘이 합쳐지면서 커다란 감동을 불러일으켰다. 저녁 8시에는 같은 장소에서 아니 에르노의 원작을 각색한 〈얼어붙은 여자〉 공연이 있었다. 한 여자의 삶을 통해 남녀 간의 불평등 문제와 출신 계급 간의 문화적 차이에서 비롯된 문제를 동시에 제기한 작품이었다. 오후에 있었던 텍스트 낭독회에 나왔던 두 명의 배우가 저녁 공연에서도 열연했다. 68세대 출신으로 여성운동을 했던 지식인 여성들이 주요 관객이었는데 연극을 보면서 눈물을 흘리는 사람들이 많았다. 여성 문제와 계급 문제를 결합한 아니 에르노의 작품을 통해 나 자신의 자서전적 문제의식과 글쓰기 전략을 여러 가지로 생각해볼 수 있었던 하루였다.

11월 5일 화요일 | 흐림

쓰레기통을 뒤지는 파리의 철학자

시간이 가면 모든 것은 변한다. 그러나 서울에 비해 파리는 쉽게 변하지 않는다. 파리는 세월의 때가 묻은 기본틀을 유지하면서 새로운 변화를 신중하게 도입한다. 1982년 처음 파리에 유학 왔을 때와 20여 년이 지난 2002년 오늘에 이르기까지 버스 노선과 친구들의 전화번호 그리고 내가 다니던 카페와 서점들이 옛날 그대로 있다.

오늘 오후에는 20여 년 전 유학생 시절 가끔씩 마주쳤던 한 남자를 다시 보았다. 센 강 좌안의 소르본 대학과 뤽상부르 공원, 오데옹과 생쉴피스 광장 그리고 생제르맹-데-프레로 이어지는 지식인 구역을 언제나 혼자서 걷는 남자가 있었다. 그 사람은 중키에 약간 마른 편이며 옷은 단정하게 입고 다녔다. 얼굴의 표정은 거의 없고 무언가 생각에 사로잡혀 있는 듯했다.

언뜻 보아도 어딘가 다른 사람과는 구별되는 특별한 분위기를 풍겼다. 그런데 그가 길거리에 있는 휴지통을 심각한 얼굴로 뒤지고 있는 장면을 여러 번 목격했다. 먹을 것이 없는 노숙자나 걸인이라고 하기에 그의 얼굴은 너무 정돈되어 있고 지적으로 보였다. 그런데 왜 휴지통을 뒤지는지 알 수 없었다.

나는 파리 센 강 좌안의 카르티에 라탱이나 뤽상부르 공원, 생쉴피스 광장에서 그 남자를 스쳐가면서 저 사람은 누구일까? 왜 저러고 다니는 것일까? 하는 질문을 던지곤 했다. 지나가는 사람의 말에 따르면 그는 소르본 대학에서 철학을 공부했는데 어느 날부터 이유도 없이 저러고 다닌다는 것이다.

1990년대 몇 차례 파리에 올 기회가 있을 때도 우연히 그를 몇 차례 마주친 적이 있는데 어제 생쉴피스 광장 앞에서 그 남자를 다시 보았다. 그가 쏘다니는 구역이 나의 산책 코스와 겹치는 모양이다. 몇 년 전 여름에 우연히 만났을 때는 얼굴이 초췌하고 상해 있었는데 어제 본 그의 얼굴은 늙고 수척했지만 그런대로 깨끗했다.

아마도 그는 그 근방에 사는 사람일 것이고 분명히 돌보아주는 가족이 있을 것이다. 집에서 무엇을 하는지는 알 수 없지만 상태가 나빠지면 병원에 입원했다가 조금 호전되면 집으로 돌아와 자유롭게 지내는지도 모른다. 아무튼 그 남자는 하고 다니는 모습에 어울리지 않게 휴지통을 뒤져 누군가 버린 음료수 병을 꺼내 남아 있는 액체를 들이켰다. 그의 머릿속에 어떤 생각이 오가는지는 전혀 알 수 없다.

어제 미란은 그 남자의 얼굴을 보면서 대화를 시도했다. 나는

뤽상부르 공원의 보들레르 석상.

'쓰레기통을 뒤지는 파리의 철학자'
그 남자는 도대체 왜 저렇게 되었는가?
그 남자는 과연 언제까지 내 앞에
나타날 것인가?

결코 그런 생각을 하지 못했는데 미란은 그 남자와도 이야기를 할 수 있다고 생각한 모양이다. 미란만이 감행할 수 있는 일이다. 물론 그 남자는 아무 반응도 하지 않았다. '쓰레기통을 뒤지는 파리의 철학자' 그 남자는 도대체 왜 저렇게 되었는가? 그 남자는 과연 언제까지 내 앞에 나타날 것인가?

◇◇◇

이번에 파리에 와서 내가 다니는 도서관은 현재 네 군데다. 프랑스 국립도서관, 파리 미국도서관, 일본문화원 도서관, 그리고 마르그리트 뒤랑 여성도서관이다. 뒤랑 도서관은 파리에서 유일하게 여성학과 페미니즘을 전문으로 하는 도서관인데 미란과 함께 다니기도 하고 나 혼자 가기도 한다.

내가 사는 파시Passy에서 6번 지하철을 타고 나시오날에서 내려 왼쪽으로 길을 건너면 바로 나시오날 거리가 나온다. 양쪽에 높은 아파트들이 줄지어 서 있고 길은 곧게 쭉 뚫려 있다. 이 동네에는 흑인들과 아랍 사람들과 아시아 사람들과 프랑스 사람들이 모여 살고 있다. 파리의 북쪽이나 교외 지역에 비하면 훨씬 안정된 중하층 사람들이 사는 주거지역이다. 이 길을 약 500미터가량 걸어가다보면 가족수당을 지급하는 사회복지기관이 있고 슈퍼마켓, 약국, 안경점, 제과점, 유아원 등이 나온다. 도서관에 거의 다다르면 작은 라운드 로터리가 나오는데 그곳에 있는 몇 개의 벤치에는 언제나 노숙자들이 자고 있거나 술을 마시거나 이야기를 나누고 있다.

그곳을 지나 조금 더 가면 거의 언제나 똑같은 자리에서 5미

지하철 파시 역.

파리는 세월의 때가 묻은 기본틀을
유지하면서 새로운 변화를
신중하게 도입한다.

터 정도를 앞뒤로 왔다갔다하는 중년 여인을 마주치게 된다. 얼굴은 거의 무표정에 가깝다. 머리카락은 반백이고 앞으로 내려서 얼굴을 반쯤 가렸다. 옷은 낡고 가난한 느낌을 주며 신발은 뒤쪽을 살라낸 듯한 형편없는 운동화를 신고 있다. 그리고 손에는 비닐봉지 하나를 들고 있는데 거기에는 빈 음료수병과 무언지 모르지만 쓰레기에 가까운 물건들이 들어 있다. 시선에는 초점이 없는 듯하다.

어제 오후 2시 30분경에 그 자리를 지나갈 때 보았는데 6시경 도서관에서 공부를 마치고 집으로 돌아갈 때에도 그 왕복 작업을 계속하고 있었다. 이 여인은 분명히 이 근처 아파트에 사는 사람임이 틀림없다. 그런데 그 여인은 언제나 혼자이고 누가 돌보아주거나 말을 걸어주는 사람도 없다. 그냥 그 자리에서 혼자 똑같은 자리를 시계추같이 왔다갔다만 하고 있다.

저 여인에게 시간은 어떻게 느껴질까? 무엇이 저 여인을 현실에서 벗어나 혼자만의 세계에 머물게 하는가? 다른 사람들과 대화를 일절 거부하고 자기 자신 속에 숨어 있는 저 여인의 자의식을 해방시킬 수 있는 방법은 없는가? 왜 저 사람은 병원에 수용되지 않고 보통 사람들이 사는 공간에 나타나 저렇게 무의미해 보이는 걸음을 반복하고 있는 것일까? 어떤 고통스러운 삶의 무게에 짓눌려 현실로부터 도피하게 된 것일까? 그 여인을 보고 나면 답 없는 질문들이 기포처럼 머릿속에 속속 떠오른다.

11월 13일 수요일
약간 흐린 가을날씨

파리 속의 아시아

파리에 온 지 10개월이 되어간다. 그동안 거처와 여러 가지 비품 마련, 필수적인 서류 처리 등 파리 생활에 필요한 기본적인 일들을 다 마무리했다. 그러고 나니까 이제야 조금 마음의 여유가 생긴다. 내 나름의 생활 리듬도 생겼다. 언제부터인가 오전에는 집에서 글을 쓰고 오후에는 파리의 공원과 정원 그리고 박물관들을 차례로 순례하고 있다. 꽉 차고 짓눌렸던 머리에 빈 공간이 생기면서 마음에 여유가 생기는 느낌이 든다.

어제는 파리의 서남쪽에 붙어 있는 '에스파스 알베르 칸'에 가서 한나절을 보냈다. 지하철 8번선 종점인 퐁 드 세브르에서 내려 걸어서 이 분 거리에 있는 이 공간은 세계를 상징하는 여러 지역의 정원들로 꾸며져 있다. 이 공원에서 나에게 가장 인상적인 장소는 일본식 정원이다. 일본식 정자와 문, 연못 위의

에스파스 알베르 칸의 일본 정원.

이 공원에서 나에게 가장 인상적인 장소는
일본식 정원이다. 일본식 정자와 문,
연못 위의 나무다리와 돌다리,
언덕의 오솔길과 불상, 흐르는 샘물 등이
전체적으로 조화를 이루고 있다.

나무다리와 돌다리, 언덕의 오솔길과 불상, 흐르는 샘물 등이 전체적으로 조화를 이룬다.

정원의 언덕과 연못 주변을 걸어다니다보면 서 있는 위치에 따라 눈에 들어오는 풍경이 시시각각으로 달라진다. 일본 정원을 여기저기 걸어다니다가 알베르 칸 정원의 관리를 책임지고 있는 프랑스인 정원사와 이야기를 나누었는데, 그는 일본의 선사가 이곳을 방문했을 때 안내를 맡았다가 선사의 마음을 움직여 일본에 초청받아 가서 일본식 정원 가꾸기를 배우고 돌아왔다고 한다. 그는 자신이 관리하는 일본 정원의 내력과 구석구석이 갖는 의미 그리고 자신의 정원에 관한 철학을 스스럼없이 말해주었다.

파리에는 에스파스 알베르 칸 말고도 몇 개의 일본식 정원이 더 있다. 유네스코 본부 건물에 노구치 정원이 있고, 일본 출신 디자이너 겐조는 바스티유 근처에 폐쇄된 공장 부지를 매입하여 개인 저택과 함께 일본식 정원을 만들어놓았다. 기메 박물관의 부속 건물인 이에나 거리Avenue d'Iéna에 있는 '만불전萬佛殿 박물관' 뒷마당에도 작은 일본식 정원이 조성되어 있다.

◇◇◇

오늘은 파리에 있는 아시아 미술관인 기메 박물관에서 오후 한나절을 보냈다. 박물관 안내데스크에서 한국에서 만난 적이 있는 기메 박물관 부속 도서관장 프랑시스 마쿠앵을 찾았더니 그가 직접 나와서 박물관 전체를 안내해주었다. 그는 프랑스에서 한국의 전통건축에 대한 저서를 출간했다. 박물관 1층에는 캄보디아와 인도의 대형 불상들이 전시되어 있고 위층으로 올라가니 한국실, 중국실, 일본실이 각기 따로 마련되어 있다. 전시관을 둘러보면서 한중일 세 나라 문화의 공통점과 한국 문화만의 특성을 생각해보았다. 한국실에 전시된 작품들 밑에 붙어 있는 설명문들은 한국 미술이 일본이나 중국 미술과 다른 고유한 특징을 가지고 있다는 점을 강조하고 있다. 프랑시스 마쿠앵은 이제 세 나라의 차이점보다 공통점을 더 많이 찾아보아야 할 때라고 말했다.

프랑스에서 한국 전통미술은 아직 거의 알려지지 않은 상태다. 루브르 박물관에서 열리는 박물관대학의 강의 제목을 보면 일본 미술, 중국 미술, 인도 미술에 관한 강좌가 마련되어 있지만 한국 미술에 대한 강좌는 아직 없다. 미술뿐만 아니라 역사학이나 사회과학에서도 마찬가지다.

가끔씩 에펠탑 부근 센 강 건너에 있는 일본문화원에 가서 『아시아 연구 저널Journal of Asian Studies』에 나온 나라별 연구서에 대한 서평란을 보면 일본이나 중국에 대한 연구에 비해 한국에 대한 연구의 양은 비교가 안 되게 적다. 그래서인지 한국을 다룬 연구서적에 대해 미국 학자들이 쓴 서평을 읽어보면 실컷 비판하고 난 다음 "그럼에도 불구하고 한국학 연구 저서가 부족한 상황에서 환영할 만한 책이다"라는 말로 끝을 내는 경우가 많다. 프랑스어로 된 한국 관련 저서도 마찬가지다. 일본과 중국에 대한 책은 많이 나오는데 한국에 대한 책은 찾아보기 힘들다. 프랑스에서 한국은 빠른 경제성장을 이룬 나라로만 알려졌지만 이제 서서히 한국 문화에 대한 관심을 보이는 프랑스 사람들이 생겨나고 있다. 중국이나 일본 문화와 구별되는 한국 문화의 특성을 드러내는 다양한 장르의 작품들을 통해 한국 문화의 고유성을 알리는 작업이 필요하다.

맑음

11월 16일 토요일

살롱 뒤 리브르

오늘 오후에는 파리 16구 구청에서 열린 '살롱 뒤 리브르Salon du Livre' 행사에 다녀왔다. 저자들이 자기가 쓴 책을 가지고 나와서 독자들과 만나 이야기를 나누는 독서 진흥 행사다. 현장에서 책을 사면 저자가 직접 서명해주기도 한다. 16구 구청과 그곳에서 멀지 않은 장송 드 사이 고등학교 앞에 있는 라마르틴 서점이 함께 주관한 행사다. 지난주에 16구 구청 앞 버스정거장에서 내려 집으로 돌아오다가 구청 게시판에서 이 행사를 알리는 광고 포스터를 보고 꼭 가보아야겠다는 마음이 생겼다. 매년 3월 베르사유 대로의 엑스포 전시장에서 열리는 전국 규모의 '살롱 뒤 리브르'에는 여러 번 가보았지만 구청에서 주최한 도서전은 처음 가보았다. 행사장인 구청 강당에 들어서자 예상과 달리 저명한 저자들이 책상 앞에 자신의 최근 저서를 쌓아놓고 독자들을 기다리고 있다. 현직 교육부 장관인 뤽 페리, 유명한 경제학자이자 미테랑 대통령의 경제 고문이었던 자크 아탈리, 프랑스 종교사 연구로 유명한 역사학자 피에르 쇼뉘 등이 눈에 띄었다. 파리의 20개 구 가운데 한 개의 구에 불과한 지역의 도서전에 저명한 저술가들 100여 명이 자리를 잡고 앉아 독자들을 기다리고 있는 모습이 신기했다. 그렇게 많은 수의 내로라하는 명성과 지위를 가진 저자들이 일개 구청 행사장에 각자 조그만 한구석을 차지하고 독자를 기다리며 앉아 있는 모습은 가히 인상적이었다. 그리고 토요일 오후에 지역 주민들이 저자들을 찾아와 책에 대해 이야기를 나누는 모습을 보면서 이 구역 사람들의 교양과 문화 수준을 짐작할 수 있었다.

행사장에 들어갈 때 구청 입구의 마당에 전직 장관인 타탱제 Pierre Christian Tattinger 16구 구청장이 서 있어서 인사를 했더니 악수를 청하면서 "아주 유쾌한 토요일 오후를 보내기 바란다"고 말했다. 구청장이라고 거드름을 피우지 않고 항상 주민들과 가까이하려는 마음을 느낄 수 있었다. 이 행사의 수익금은 지역의 자선단체에 기부할 것이라고 한다. 행사장에서 받아온 팸플릿에는 120명의 참가 저자 이름과 함께 프랑스 문학사를 대표하는 작가들의 글쓰기에 대한 생각이 인용되어 있다. 그 가운데 몇 사람을 인용하면 다음과 같다.

"책을 쓰려고 꿈꾸기는 너무 쉽지만 책을 쓰기는 정말 어렵다."

_오노레 드 발자크

센 강변의 부키니스트.

"책의 초벌을 그리는 것은 열정이지만
그것을 글로 만드는 것은 그 사이에 있는
휴식의 시간이다." _마르셀 프루스트

"책의 초벌을 그리는 것은 열정이지만 그것을 글로 만드는 것은 그 사이에 있는 휴식의 시간이다."

_마르셀 프루스트

"걸작, 그것은 결코 작가가 만드는 것이 아니다. 걸작은 독자의 자질에 달려 있다. 세련되고 시간과 마음의 여유가 있고 순수함을 지닌 독자들이 있어야 걸작이 나올 수 있다. 걸작은 특별함, 정성, 결코 바닥이 보이지 않는 감동, 엄격함, 우아함, 수정과 지속성을 요구한다."

_폴 발레리

아름다운 외국인들의 축제와 인도 문학의 밤

오늘은 마르그리트 뒤랑 여성도서관에 다녀왔다. 마르그리트 뒤랑은 1880년대 '라 프롱드La Fronde'라는 여성신문의 발행자로서 당시 대표적 페미니스트의 한 사람이었다. 그녀가 파리 시에 기증한 책과 자료들을 바탕으로 이 도서관이 만들어졌다. 팡테옹 광장 앞에 있는 5구 구청에서 시작했는데 몇 년 전 지금의 장소로 이전했다고 한다.

오늘 이 도서관에서 각 구마다 흩어져 있는 파리 시립도서관들이 공동으로 주최하는 인도 여성문학의 밤이 열렸다. 매년 가을 열리는 '아름다운 외국인Les Belles Etrangères'이라는 축제의 일환이었다. 이 축제는 파리 시가 매년 한 나라를 선정해서 그 나라의 다양한 문화를 파리 시민들에게 알리는 문화행사다. 선정된 나라의 문화를 소개하는 소책자 발간, 전시회, 강연회, 공연

등 다양한 행사가 마련된다. 한국은 이미 1995년에 이 축제에 초대되었다고 한다.

오늘 저녁 인도 여성문학의 밤 행사에는 캐나다 출신이며 인도에서 자랐고 현재 미국에 살면서 글을 쓰고 있는 유목민적 여성작가 쇼나 볼드윈Shauna Singh Baldwin, 유대계 인도 여성 작가 에스터 데이비드Esther David 등이 나와 자신들이 쓴 소설에 대해 이야기하고 토론이 이어졌다. 미란은 이들이 생각하는 해방된 여성상이 무엇이며 이들의 소설이 여성 독자들의 의식 변화에 어떤 영향을 주었는지를 질문했다. 행사가 끝나고 나올 준비를 하는데 어떤 일본 여성이 미란과 나에게 와서 자기를 소개했다. 시인이라고 한다. 그래서 나중에 한번 만나기로 했다.

11월 24일 일요일 오후 12시 40분
약간 구름 낀 하늘, 가을날씨

파리를 걸으며 부분과 전체를 생각한다

어느새 11월이 거의 다 지나가고 있다. 아니 파리의 가을이 끝나가고 있다. 거리에는 가로수에서 떨어진 낙엽이 뒹굴고 있다. 어제 저녁에는 16구의 북쪽 구역을 약 두 시간에 걸쳐 산책했다. 집에서 출발해서 퐁푸 거리를 거쳐 장 모네 광장을 지나고 빅토르 위고 광장을 통과하여 빅토르 위고 거리를 주욱 따라 올라가 포르트 드 도핀까지 갔다가 다시 장 모네 광장까지 와서 벨 페이유 거리를 거쳐 집으로 돌아왔다. 나뭇잎이 거의 다 떨어져 앙상한 가지를 드러낸 가로수들이 내 마음에 큰 위안을 주었다. 한참 걷다보니 무겁던 몸이 가벼워지고 우울했던 마음이 상쾌해졌다. 빅토르 위고 대로변에 있는 갖가지 상점들의 진열장 속에 전시된 이런저런 물건들을 바라보면서, 신기한 나라에 온 어린아이로 돌아가기도 했다.

도핀 광장의 가을저녁.

나뭇잎이 거의 다 떨어져
앙상한 가지를 드러낸 가로수들이
내 마음에 큰 위안을 주었다.

파리를 걷다보면 그동안 내 머릿속에 모래알처럼 분산된 점들로만 존재하던 수많은 장소들이 서로 어떻게 연결되는지를 몸으로 알게 된다. 파리의 이곳과 저곳, 이 길과 저 길이 하나로 연결되면서 전체를 만들고 있음을 발로 걸으면서 깨닫는 즐거움을 무엇에 비길 수 있을까? 어쩌면 인류가 거쳐온 인식과 지성의 역사도 그런 것이 아닐까? 어둠 속에서 불을 비춰 하나하나 새로운 것을 알아가고 점점 늘어나는 여러 요소들 사이의 숨어 있는 관계를 밝혀내는 과정이 인류의 지성사가 아닐까? 파리를 걸으면서 분리되어 있는 듯이 보이는 부분들이 서로 어떻게 연결되어 전체를 이루고 있으며, 그 전체에서 각각의 부분들이 차지하는 위치와 역할은 무엇인지를 알아가고 있다. 그러면서 전체는 부분의 총합 이상이며 부분은 전체로 환원될 수 없는 고유한 특성을 가지고 있음을 알게 된다.

◇◇◇

지난 몇 주 동안 주말마다 16구 남쪽을 도보로 탐사했는데 앞으로 몇 주 동안은 주로 16구 북쪽을 걸어다녀볼 생각이다. 16구 남쪽은 우편번호가 75016이고 북쪽은 75116이라고 하는데 이본의 말에 따르면 파시가 중심이 된 북쪽 16구가 오퇴유로 대표되는 남쪽 16구에 비해 좀더 부유한 사람들이 산다고 한다. 그래서 외국인들은 모르겠지만 16구 사람들 사이에는 우편번호 75116 주소를 가진 사람이 더 자부심을 갖는다고 한다. 지금 살고 있는 집을 보러 왔을 때 이 집에 살고 있던 베르나르드 구아퐁이라는 귀족 성을 가진 남자가 자기들은 16구 남쪽

오퇴유 성당 부근으로 집을 사서 이사 간다고 하면서 그곳의 우편번호는 75116이 아니라 75016이라고 말하던 것이 생각나는데 그때는 그가 왜 그런 말을 하나 싶었다. 앞의 75라는 숫자는 파리를 말하며 이 숫자는 자동차의 고유번호에도 똑같이 해당된다. 파리에 등록된 자동차 번호는 75로 시작한다. 그리고 뒤의 16이라는 두 자리 숫자는 파리의 20개의 구 가운데 16구라는 뜻이다. 그것을 두 개로 나누어 016과 116으로 표시한 것이다. 이러한 사회적 암호는 외부인에게는 아무런 뜻도 없지만 파리에 사는 사람들 사이에는 지위를 상징하는 하나의 기호로 작용한다.

우리나라에서도 그렇지만 파리에서도 처음 보는 사람의 사회적 지위를 짐작할 때 그 사람이 어디에 사느냐가 중요한 정보로 작용한다. 파리지앵들 사이에는 우편번호와 주소가 한 사람을 사회적으로 위치 짓는 부호로 사용된다. 이본의 말에 따르면 우리 아파트 맨 꼭대기층의 단칸방들에는 취직을 위해 좋은 주소를 가지려는 젊은이들이 많이 들어와 있다고 한다. 그러다가 취직이 되면 임대료가 싼 구에 있는 더 나은 조건의 집으로 이사 간다는 것이다. 이본의 말이 맞았다. 어제 저녁에 집에 들어오는데 다락층 단칸방에 사는 젊은 친구가 취직이 돼서 다른 동네의 두 칸짜리 방을 얻어 이사 가게 되었다고 인사를 했다.

◇◇◇

사실 파리를 구성하는 스무 개의 구는 각각의 사회적 특성을 가지고 있다. 파리 서부를 차지하는 16구는 19세기 말부터 부르주아들을 위한 오스만식 건물이 대거 들어서면서 파리 부유층들의 주거지역이 되었다. 반면에 파리 북동부의 18, 19, 20구는 전통적으로 노동자들이 밀집하여 살던 지역이다. 그곳에는 파리 코뮌 당시에 끝까지 항쟁하다 사망한 사람들이 묻혀 있는 페르 라셰즈 공동묘지가 있다. 그래서 사회적 불평등의 재생산을 이야기할 때 16구 부르주아의 자식들과 북동부 노동자의 자녀들을 비교하는 것을 흔히 보게 된다. 그러고 보면 파리는 하나가 아니다. 파리는 여러 개의 부분이 합쳐져 이루어진 소우주다. 파리에는 보이지 않는 긴장이 있고 해석을 기다리는 암호들이 도처에 가득차 있다. 언젠가 파리를 발로 걸어다니고 있는 나의 체험을 바탕으로 파리에 대한 책을 한 권 쓰고 싶다.•

• 이후 파리를 걷는 이야기는 『파리를 생각한다』(문학과지성사, 2009)와 『파리의 장소들』(문학과지성사, 2010)로 출간되었다.

페르 라셰즈 묘지.

파리 북동부의 18, 19, 20구는 전통적으로
노동자들이 밀집하여 살던 지역이다.
그곳에 파리 코뮌 당시에 끝까지 항쟁하다
사망한 사람들이 묻혀 있는
페르 라셰즈 공동묘지가 있다.

'잃어버린 세대'와 대안적 삶의 모델

오늘 미국도서관에서 재미있는 자료를 보았다. 미국도서관에서 열린 문화행사 자료였다. 찰스 로버트슨Charles Langner Robertson이라는 미국 역사학자의 강연회도 그 가운데 하나다. 그는 1941년에서 1944년 사이 나치 치하의 파리에서 미국인과 미국 기관들이 겪었던 수난에 관한 역사자료를 수집하고 있는데 그 연구 결과의 일부를 지난 3월 6일 파리 미국도서관에서 발표했다. 3월 20일에는 파리가 좋아 파리에 살면서 피카소, 헤밍웨이 등과 교류했던 레즈비언 작가 거트루드 스타인의 동반자였던 토클라스Alice B. Toklas의 125번째 탄생일을 맞이하여 그녀와 관련된 책, 편지, 사진 등을 전시했다. 이 전시회 팸플릿을 보면서 헤밍웨이, 피츠제럴드 등으로 대표되는 1920년대 '잃어버린 세대lost generation'의 자유로운 정신과 분위기를 느낄 수 있었다. 4월 10일에는 샌프란시스코에서 온 '워드 포 워드Word for Word' 극단이 1920년대 뉴욕의 할렘 르네상스 시기에 활동한 흑인 여성 작가 조라 허스턴의 작품 〈금박의 75센트The Gilded Six-Bits〉를 공연했다. 1970년대 미국의 흑인 여성 문제를 다룬 작가 앨리스 워커는 한 번도 만나보지 않은 허스턴을 자신의 정신적 멘토로 삼았다. 일찍이 인종, 계급, 성의 문제가 얽혀 있는 사회적 불평등을 경험하고 표현하고 분석했던 허스턴의 삶에서 대안적 삶의 모델을 발견했기 때문이다. 앨리스 워커는 공동묘지에 아무런 표시도 없이 묻힌 조라 허스턴의 묘소를 찾아내어 비석을 세웠다.

파리의 작은 토론회와 한국 영화제

센 강에 떠 있는 생루이 섬을 산책하거나 7구에 있는 식물원 쪽으로 지나가다보면 만나게 되는 현대식 건물이 있다. 장 누벨이 설계한 '아랍문화원'이다. 오늘 오후 이 건물 안으로 처음 들어갔다. 그곳에서는 매주 목요일 저녁마다 토론회가 열린다. 오늘의 토론 주제는 '아랍 여성과 시민사회'였다. 여성과 시민사회라는 두 주제가 나의 관심을 끌었다. 모로코 출신의 정신분석학자, 주불 바레인 대사, 이집트 국회의원 출신 교수, 팔레스타인 출신 작가, 이렇게 네 사람의 여성이 나와 각자 자기 나라의 여성들이 처한 상황을 이야기했다. 그런 다음에 부당한 상황을 개선하기 위한 방안을 다 같이 토론했다. 사회는 아랍 여성들을 주요 독자층으로 삼고 있는 주간지 〈야스미나Yasmina〉의 편집장 나디아 쿠리-다게르Nadia Kouri-Dagher가 맡았다. 사회자가 다소

센 강 위의 생루이 섬.

아랍문화원 근처, 생루이 섬을 마주한
센 강변을 자전거를 타고 달리면
무거운 마음이 가볍고 상쾌해진다.

장황하게 자기 이야기를 많이 하였지만 아랍권 여성들의 전체적인 상황을 파악하는 데 도움이 되었다. 청중들이 참여하는 전체 토론에는 아랍 여성들과 남성들 그리고 아랍 남성과 결혼한 프랑스 여성, 아랍 출신의 청소년 등이 참여하여 진지하게 진행되었으나 논의의 수준은 그리 높지 않았다. 토론회가 끝나고 아랍문화원 9층 그러니까 맨 꼭대기층에 있는 라운지로 가서 바람을 쐬면서 노트르담과 센 강을 내려다보았다. 멀리 파리 동북부의 벨빌과 메닐몽탕 언덕의 달동네도 보였다. 승강기를 타지 않고 계단으로 걸어내려오다보니 3층에는 도서관이 있고 1층에 카페와 서점이 있었다.

◇◇◇

이번주에는 오데옹의 MK2 극장에서 열린 한국영화제에서 임권택 감독의 〈취화선〉, 이창동 감독의 〈오아시스〉, 홍상수 감독의 〈생활의 발견Turning Gate〉, 박진표 감독의 〈죽어도 좋아!Too Young to Die〉 이렇게 네 편의 한국 영화를 보았다. 영화 관람 후에는 감독들이 직접 나와서 관객들과 이야기를 나누는 시간도 있었다. 이국의 도시 파리에서 한국 영화를 보는 느낌이 서울에서와는 사뭇 달랐다. 한국 영화 속에 나타난 한국 사회를 분석해보고 싶다는 생각이 들기도 했다.

10월 말부터 각종 문화행사에 너무 많이 다닌 것 같다. 12월에는 이제 다시 단순하고 여유 있고 느린 생활로 돌아가야겠다.

12월 16일 월요일

조금 흐림

발과 버스로 파리 산책하기

오늘 오전에는 동아일보 신년 대담으로 나올 '피에르 상소와의 대화' 원고를 정리했다. 박제균 동아일보 파리 특파원의 부탁으로 이루어진 대담인데 녹음테이프를 들으면서 꼼꼼히 우리말로 번역했다. 상소의 책 『느리게 산다는 것의 의미』는 프랑스에서보다 한국에서 더 많은 관심의 대상이 되었다. 그 책은 정신없이 빠른 생활에 지친 한국 사람들에게 다르게 사는 방법을 보여주었다. 상소는 대담에서 자신의 책이 한국에서 베스트셀러가 된 이유에 대해 이렇게 말했다.

"제 책이 한국에서 많이 팔린 까닭은 한국 사회가 속도를 강조하는 사회인 만큼 많은 사람들이 이제는 조금 지쳤다는 사실의 반증이기도 하지만, 저의 글쓰는 방식도 중요한 역할을 했다고 봅니다. 프랑스에서도 저와 거의 비슷한 생각을 말하는 사람들이 있었지만 그들은 어떻게 쓸 것인가를 별로 고민하지 않았습니다. 반면에 저에게는 무엇을 쓸 것인가 못지않게 어떻게 쓸 것인가가 매우 중요한데요. 독자들에게 직접적으로 무엇을 강요하지 않고 부드럽게 다가가는 글쓰기가 중요하게 작용했다고 봅니다. 저는 어떤 주제를 분석하려 하지 않고 이리저리 미로를 걸어다니듯 부드럽게 제시하는 글쓰기를 하고 있습니다. 프랑스어의 리듬과 음악성이 한국어로 번역되면서 다소 변형되었겠지만 한국의 독자들에게도 그런 글쓰기 방식이 호소력을 갖지 않았나 생각합니다."

오후에는 16구의 로댕 광장까지 산책하고 빅토르 위고 거리에 있는 카페 에스메랄다에서 커피 한 잔을 마시고 클레베르 거리에서 22번 버스를 타고 집으로 돌아왔다. 이제 16구의 골목길을 거의 다 알게 되었고 동네를 지나가는 버스 노선에도 익숙해졌다. 머릿속에 군데군데 뚝뚝 떨어져 부분으로 존재하던 길들이 서로 연결되어 거미집 같은 전체를 이루어가고 있다. 파리 시내의 여러 동네들을 두 발로 직접 걸어다니다보면 동네마다 서로 다른 고유한 분위기들을 몸으로 느끼게 된다.

어제 일요일에는 72번 버스를 타고 샤틀레에서 내려서 시테섬과 생루이 섬을 한 바퀴 돌고 에콜 거리로 걸어와서 몽주-뮈튀알리테 버스정거장에서 63번 버스를 타고 돌아왔다. 1980년대 유학생 시절에는 두더지처럼 지하철만 타고 다녔는데 이번에는 가능하면 지하철 대신 버스를 이용한다. 지하철을 타고 땅

콩코르드 광장의 72번 버스.

유학생 시절에는 두더지처럼 지하철만
타고 다녔는데 이번에는 가능하면
지하철 대신 버스를 이용한다.
지하철을 타고 땅속으로 다니면
시간은 절약되지만 파리의 여러 지점들이
서로 어떻게 연결되는지를 알 수 없다.

파리 마을버스에서 본 골목길 풍경.

발과 버스를 이용하여 파리의 지리와 지형, 사람 사는 모습을 관찰하는 일이 재미있다.

속으로 다니면 시간은 절약되지만 파리의 여러 지점들이 서로 어떻게 연결되는지를 알 수 없다. 그러나 한 도시를 알기에 제 발로 걸어다니는 것보다 더 좋은 방법은 없다. 아주 먼 거리를 가거나 걷다가 지쳤을 때만 버스를 타면 된다. 그렇게 발과 버스를 이용하여 파리의 지리와 지형, 사람 사는 모습을 관찰하는 일이 재미있다.

◇◇◇

한 해가 거의 다 지나가고 있다. 올 한 해는 삶의 근거지를 서울에서 파리로 옮긴 커다란 변화가 일어난 해였다. 파리에 정착하는 과정에서 여러 가지 힘든 일도 있었지만 생각해보면 모든 일이 비교적 순조롭게 잘 진행된 것 같다. 매사에 감사하는 마음으로 살아가야겠다. 미란은 박사 과정에 등록해서 학위 논문을 쓰고 있고, 대인은 프랑스 학교생활에 예상외로 잘 적응해서 프랑스 아이들과 잘 지냈고 성적도 잘 나왔다. 나는 그동안 프랑스어 듣기와 말하기 능력이 부쩍 늘었고 하고 싶은 공부도 마음껏 했다. 이제 이곳 파리에서의 새로운 생활에 기본틀이 잡힌 느낌이다.

12월 23일 월요일

흐리지만 따뜻한 날씨

파리에서 한국 문화 알리기

파리에서 열리는 한국 문화 관련 행사들을 다니면서 해외에서 한국 문화의 이미지 제고를 위한 방법에 대해 생각해보게 된다. 이번 가을 파리 '살롱 도톤Salon d'Automne' 축제에도 한국 문화행사가 여럿 있었다. 9월 23일에서 11월 30일까지 파리의 샤틀레 극장 등을 비롯한 루앙, 낭트, 보르도 등 9개 주요 도시에서 한국 문화행사가 개최되었다. 그 내용을 보면 궁중무용, 민속무용, 판소리, 사물놀이, 대동굿, 은율탈춤, 하회탈춤, 꼭두각시놀이, 시 낭송회, 현대음악 연주회, 현대 영화제 등이다. 총 160여 명이 출연했고 2만 1400명이 관람했다고 한다. '르 몽드' '르 피가로' '리베라시옹' 등 현지 일간지들이 한국 문화행사를 60여 회에 걸쳐 보도했다. 특히 '르 몽드'는 1면에 실린 예고 기사와 함께 문화면의 한 면 전체를 한국 문화 소개에 할애하였다. TF1, 아르테Arté 등의 텔레비전 방송과 프랑스 퀼튀르 라디오 방송 등 여러 방송에서도 40여 회에 걸쳐 한국 문화 관련 방송을 내보냈다. 그 가운데 특히 판소리, 대동굿, 영화제에 대한 호응이 컸다. 영국의 에든버러 축제 집행위원장이 참석하여 2003년 에든버러에서 판소리 완창 및 현대음악 연주회를 개최하기로 결정했다. 뉴욕 링컨센터에서도 2003년 판소리와 대동굿을 공연하기로 확정했다. '오니바Oniva'를 비롯한 파리 교민 신문들은 이런 행사를 통해 한국 문화의 독창성과 경쟁력을 확인했다고 보도했다.

◇◇◇

그런 보도기사들을 읽다가 문득 '한국 문화의 독창성'이 무엇일까라는 의문이 들었다. 칸 영화제에서 감독상을 수상한 임권택 감독의 영화 〈취화선〉에는 한국적 미학이 담겨 있다고 하는데, 중국이나 일본 문화와 다른 한국적인 것이 과연 무엇일까? 라루스 출판사에서 일하는 프랑스 친구 도미니크는 임권택의 영화를 보고 나서 일본에 와 있는 느낌이었다고 말했는데, 이것은 프랑스 사람들이 이미 알고 있는 일본 문화를 보는 눈을 한국 문화에 대입시킨다는 뜻도 되고 평범한 프랑스 사람들의 눈에는 한국, 일본, 중국의 차이점이 잘 드러나지 않는다는 점을 말해주기도 한다. 일본과 중국 문화가 유럽에 널리 알려져 있는 상황은 한국 문화를 소개하는 데 유리하게 작용하기도 하지만, 후발 국가로서 그들과 다른 우리 나름의 독창성을 분명히 각인시켜야 한다는 어려운 과제도 부여한다. 이런 문제 제기 자체가 우리 나름의 특별한 것을 보여주어야 한다는, 한국인의 저변에 자리잡은 독창성 콤플렉스에서 나온 것인지도 모른다. 중국 문화나 일본 문화와 다른 한국 문화를 의식적으로 보여주려고 강박감을 갖는 대신 그냥 편안한 마음으로 우리 문화를 있는 그대로 보여주면 된다는 입장도 있을 수 있다.

그리고 한중일 세 나라가 개별적으로 자기 문화를 알리는 것도 좋지만 동아시아 문화를 공동으로 알리는 일도 필요하다. 파리에는 1956년 라틴아메리카 여러 나라들이 공동 출자하여 만든 '라틴아메리카의 집'이라는 이름의 문화원이 있다. 이곳에서는 옥타비오 파스, 호르헤 보르헤스, 카를로스 푸엔테스, 마리오 바르가스요사, 가브리엘 가르시아 마르케스, 파블로 네루다 같은 작가와 시인들이 공존한다. 1990년대에는 아랍 여러 나라들이 공동 출자하여 센 강변에 전시실, 도서관, 공연장을 겸비한 '아랍문화원'이라는 복합 문화공간이 개관했다. 이런 추세에 비추어 앞으로 한중일 세 나라가 공동 출자하는 '동아시아문화원'을 구상해볼 필요가 있다. 현재로서는 일본문화원이 한국문화원보다 개방적 태도를 취하고 있다. 훌륭한 공연시설을 갖춘 파리 일본문화원에서는 한국의 김덕수 사물놀이패 초청 공연이 있었고 한국의 현대무용 안무가 초청 공연도 있었다.

◇◇◇

한국 문화를 프랑스에 소개하기 위해서는 한국의 전통문화와 현대문화 양면을 다 보여주어야 하는데 결국은 구체적으로 무엇을 어떻게 보여줄 것인가의 문제이다. 판소리, 대동굿 등이 전통문화의 재연이라면 사물놀이는 전통의 현대적 변용이며 현대 음악과 영화는 서양 장르의 한국적 변용이다. 소설을 중심으로 하는 한국 문학작품의 프랑스어 번역은 한국 문화의 또다른 단면을 보여주고 있다.

한국 문화를 세계적으로 알리려면 파리를 비롯하여 뉴욕, 런던, 베를린, 로마, 모스크바, 상하이 등 세계의 주요 거점 도시들의 다양한 문화행사와 공연 상황을 잘 파악하고 그 분위기에 걸맞은 주제를 선택해야 한다. 한국 관객에게 보여주는 방식과는 다른 현지의 사정에 맞는 전시와 공연 방식을 개발해야 한다. 그러기 위해서는 평소 문화계 인사들과 문화행정 담당자들이 행사 이전에 현지의 문화계 인사들과 사전 교류를 활발하게 해야 한다. 행사의 효과를 크게 하기 위해 현지 언론을 충분히 활용하는 방안 마련도 중요하다.

12월 24일 화요일

따뜻하고 습기 차고 구름

파리 생활의 회의와 짜증을 넘어서

크리스마스이브인데 파리에 온 이후로 몸 상태가 가장 나쁘다. 여러 군데가 불편하다. 육체적으로도 정신적으로도 힘들다. 왼쪽 발뒤꿈치의 아킬레스건은 파리에 오기 전부터 아팠다. 오른쪽 무릎의 관절염은 지난 10월부터 통증을 느끼기 시작하여 약간의 차도를 보이고 있지만, 계단을 내려갈 때는 자유롭게 발을 내딛기가 어렵다. 오른쪽 팔 상단부는 지난번 지하철을 타다가 문이 다시 열렸다 닫히는 과정에서 부딪쳤는데 아직도 아프다. 입속이 세 군데나 헐었다. 저녁식사 때 마음이 불편했는지 딴생각을 하다가 잘못 씹어서 상처가 났고, 오른쪽 입술 가장자리가 갈라져서 아프고 오른쪽 입천장 안쪽도 헐어서 쓰라리다. 무엇을 먹을 때는 물론이고 가만히 있어도 입속의 상처가 주는 자극 때문에 신경이 날카롭게 곤두선다. 편도선 염증도 재발했다. 이 모든 통증들 때문에 편두통으로 시달리고 있다.

왜 이렇게 여러 군데가 아픈 것일까? 몸을 존중하지 않고 무리를 했기 때문이다. 먼저 평소에 조용히 지내던 사람이 지난 11월부터 지나치게 많은 사람을 만났다. 투렌, 피에르 상소, 정성배, 도미니크, 카트린과 브뤼노 부부, 이본과 그의 아들 쥘리앵 등이다. 두번째 이유는 책을 너무 많이 읽으려고 욕심을 냈기 때문이다. 급히 서두르는 마음이 정신의 휴식을 방해했다. 셋째는 보다 직접적인 이유로서 지난 19일 저녁부터 20일 새벽 2시까지 미란과 우리 집안 가족사를 이야기하고 난 이후 본격적으로 머리가 아프기 시작했다.

◇◇◇

몸이 아프니까 파리 생활 전반에 대한 회의가 든다. 한 해가 다 지나가니까 저절로 지난해를 돌이켜보게 된다. 조용하고 단순하고 여유 있게 대안적 삶을 모색하기보다는 이사 온 현지에 적응하면서 무언가를 해야 한다는 강박감에 시달렸다. 파리에 온 이후 조용히 지내겠다는 내 의지와 상관없이 사람 만나기를 좋아하는 미란의 인간관계에 얽혀들어가는 상황이다. 대인을 학교생활에 적응시키고, 미란을 격려하고 지지하면서 논문을 쓰게 하는 일도 힘들었다. 세 식구가 긴밀하게 얽혀서 살다보니까 일상생활에서 상대방의 흥분된 상태, 고양된 상태가 쉽게 전염된다. 그래서 나 자신의 고유한 생활 리듬이 깨지는 경우가 많다. 어쩔 것인가. 미란, 대인과 24시간을 함께 지내는 데서 오는 사소한 다툼, 짜증 등을 감수해야 한다.

랭보의 시 「취한 배」가 적힌 파리 6구의 벽.

"그래, 난 너무 많이 울었지.
새벽은 비통할 뿐이고 매일의 달은 끔찍하고
오늘도 태양은 가혹하다.
쓰디쓴 사랑은 나를 무기력에 취하게 하고.
아! 나의 선체는 산산히 조각나버려라.
아! 나는 바다로 가련다."

◇◇◇

그럼에도 불구하고 파리 생활의 이점이 있다면 그것은 무엇일까? 나는 그 이점을 잘 활용하고 있는가? 이제 나는 서울의 부모와 형제를 포함한 주위 사람들로부터 떨어져나와 '방법론적 단절'이라는 이름으로 파리에서 단순한 삶을 살고 있다. 조용히 '숨어사는 즐거움'을 추구할 수 있게 되었다. 외부로부터 오는 불필요한 간섭과 자극을 받지 않고 정신적 평정을 추구하는 삶을 살아갈 수 있는 기본조건이 마련되었다. 하루 24시간을 완전히 나를 위해서 쓸 수 있다. 그리고 라디오, 신문, TV, 책, 영화, 연극, 강연회, 전시회 등을 통해 새로운 생각을 풍부하게 접할 수 있게 되었다.

내년에는 이런 이점을 최대한으로 살리는 생활 방식과 생활 리듬을 만들어나가야 한다. 조용히 가라앉은 상태에서 책을 읽고 생각하고 글쓰는 생활을 해나가야겠다. 그러므로 앞으로는 다음과 같은 생활 태도를 만들어나가야 한다. 외부와의 접촉을 최대한으로 줄이고 영적인 생활을 확대해나간다. 요가, 명상, 기도를 꾸준히 한다. 말을 적게 한다. 산책을 많이 한다. 매일 일정한 양의 글을 쓴다. 일상생활에서 독립성을 늘려나간다.

2003년 1월 2일 목요일

아침에 가랑비, 오전 내내 흐림

말하는 사람은 많고, 경청하는 사람은 없다

2003년 들어서 처음 쓰는 일기다. 12월 31일 밤에는 새해를 맞이하면서 나, 미란, 대인이 함께 모여 각자 준비해온 2002년의 10대 뉴스와 2003년의 10대 과제를 펼쳐놓고 이야기를 나누었다. 세 사람 공통의 가장 큰 뉴스는 서울에서 파리로 삶의 근거를 옮긴 것이지만 새해의 가장 중요한 과제는 각자 다 달랐다. 어제 1월 1일 오후에는 파리에서 사회학을 공부하는 후배 J부부가 딸을 데리고 새해인사를 왔다.

오늘 아침에는 보통때보다 일찍 일어났다. 7시 반이었다. 지난 연말에는 해가 늦게 뜨기 때문에 바깥이 캄캄한데다가 몸이 아프고 무거워서 잠이 깨어서도 침대에 잠시 더 누워 있었다. 몸에 한기가 들어서 실내 온도를 높이기 위해 난방 장치의 조절기를 최대한으로 올렸다. 내 방 책상 옆에 있는 전기난방기도 켜놓았다. 나는 일어나서 움직이는데 미란은 침대에서 일어날 기미를 보이지 않았다. 침대에 누워 있는 미란의 등을 천천히 문질렀다. 척추의 위에서부터 3분의 1 정도 되는 지점 오른쪽 부분이 미란의 취약점이다. 그곳을 손바닥으로 부드럽게 누르니까 시원하다는 말이 나온다. 조금 더 안마를 해주면서 일어나라고 해도 일어날 기색을 보이지 않았다. 그래서 "새해에는 변화가 있어야 하지 않겠느냐"고 했더니 나부터 먼저 변화를 보이라면서 계속 침대에 누워 있다. 그래서 그냥 나 혼자 집을 나와 동네 한 바퀴 산책에 나섰다. 작년 3월 이곳에 정착한 이후 특별한 일이 없으면 오전에는 거의 집밖으로 나서지 않았다. 새해에는 매일 아침 일찍 일어나 란느라그 공원까지 산책을 하고 돌아와서 아침식사를 한 다음 글쓰기로 들어가는 생활을 규칙화해야겠다.

글을 쓰기 위해 컴퓨터를 켠 다음 CD플레이어에 비발디의 〈화성의 영감〉 제6번 CD를 올렸다. 마음이 무거울 때 비발디의 음악을 들으면 굳어진 마음이 풀린다. '파리 포럼'을 함께하는 H에게 전화가 왔다. 1월 10일 금요일에 모임을 갖기로 했다. 발표자는 장미란. 주제는 '여성들의 주체적 삶은 어떻게 가능한가?'로 정했다. 만나면 자기 이야기를 하기에 바빠서 남의 이야기를 잘 듣지 않는 사람이 있다. 파리 포럼에도 그런 사람이 있다. 올해는 나부터라도 다른 사람의 말을 잘 들어야겠다는 다짐으로 노트에 적어둔 정현종과 이해인의 시를 읽어보았다. 정현종은 「경청」이라는 시에서 불행과 비극의 대부분은 우리가 경청하지 않아서 생긴다고 썼다. "모든 귀가 막혀 있어/우리의 행성은 캄캄하고/기가 막혀/죽어가고 있는 듯" 귀가 막히면 기가 막히게 되고 우리가 사는 세상은 그만큼 어두워진다. 그래서 이해인은 「들음의 길 위에서」라는 시에서 "오늘도 아침의 나팔꽃처럼/활짝 열린 가슴과 귀로" 주님의 말씀과 타인의 말을 잘 들을 수 있게 해달라고 기도했다.

두 편의 시를 음미하고 난 다음 스스로에게 다음과 같은 질문을 던져본다. 나는 남의 이야기를 귀담아듣는가? 나는 내 생각이 틀릴 수 있음을 인정하는가? 나는 내 생각이 틀렸다고 생각되면 힘들고 괴롭더라도 틀린 생각을 고치려고 하는가? 나보다 젊고 지위가 낮은 사람이라도 그가 옳은 이야기를 하면 받아들이는가? 사람과 사람 사이의 대화가 잘 이루어지기 위한 필요조건은 무엇인가?

사람들 사이에 원활한 소통을 가능케 하는 첫번째 조건은 일단 상대방의 말을 귀담아들을 줄 아는 능력이다. 상대방을 깊이 이해하고 싶다는 마음이 있어야 귀가 열린다. 둘째로 자신의 생각을 남과 함께 나누려는 의지와 그 생각을 분명하게 말로 표현할 수 있는 능력을 갖추어야 한다. 셋째로 상대방과의 대화를 위해서는 겸손한 자세를 취해야 한다. 우리들 각자는 모두 진리의 한 부분만 볼 수밖에 없음을 자각해야 한다. 우리는 모두 유한한 경험세계와 부분적 앎의 세계에 갇혀 있으며 다른 사람과의 대화를 통해 의식의 지평을 넓힐 수 있다는 생각이 필요하다. 지적으로 열린 마음을 가지고 자신의 관심과 이해의 지평을 넓히려는 태도를 지녀야 남과 잘 소통할 수 있다.

활동 영역이 다르고 경험이 다른 사람들이 모여서 이야기를 나눌 경우에는 서로 접점을 찾으려고 노력해야 한다. 헛된 자부심이나 우월감으로 꽉 차서 남의 이야기를 무시하고 자기 이야기만 하면 상대방에게 부정적 감정을 불러일으킨다. 대화를 위해서는 자기주장과 논쟁에 앞서 서로 격려하고 지적 자극을 주고받으며 영감을 불러일으키는 분위기를 만들어야 한다. 그러려면 상대방이 한 말에 대한 적절한 반응으로 대화를 이어가야 한다. 지적인 논증과 정서적인 교감을 함께 실행할 수 있는 논리적이면서 공감적인 대화 능력이 필요하다. 대화에 참여하는 사람들은 발언 시간을 고르게 갖기 위해 자발적으로 자기가 말하는 시간을 조절할 줄 알아야 한다. 아무리 할 말이 많아도 말을 아낄 줄 알아야 한다. 나이, 성, 지위에 따른 편견에서 벗어나야 한다. 수직적인 관계가 아니라 수평적인 관계에서만 창조적인 대화가 가능하다.

1월 3일 금요일 밤 10시 9분

푸근하고 가끔 가랑비

감정은
전염된다

오늘도 어제처럼 겨울날씨답지 않게 포근한 하루였다. 벨기에와 독일을 비롯하여 유럽의 여러 나라들에 비가 많이 와서 침수된 지역의 모습이 텔레비전 뉴스에 나왔다. 스페인 앞바다에서 침몰한 유조선 '프레스티지 호'에서 흘러나온 기름 유출물이 엄청나게 큰 빈대떡 같은 덩어리가 되어 프랑스의 서부 해안으로 몰려드는 장면이 텔레비전 화면에 나왔다. 과학기술이 아무리 발달해도 자연재해와 사고는 피할 수 없는 모양이다. 12월 말 이후 구내염과 편두통 때문에 신경이 계속 날카롭다. 작은 소리에도 민감해진다. 편히 휴식을 취하라는 신호로 받아들여 마음 편히 쉬려고 해도 잘 되지 않는다.

카이유 언덕의 벽화.

파리 시내를 다니다보면 길과 건물뿐만 아니라 다양한 상점과 사람들, 그리고 구역마다 다른 특별한 분위기를 알게 된다.

◇◇◇

한국은 북한의 핵무기 재개발 선언과 남한의 반미 분위기 그리고 미국 쪽의 강력 대응이 뒤엉켜 걱정스러운 분위기다. 이제 한국도 컸으니까 미국과의 관계에서 성인 대접을 받아야 한다. 부당한 대우에 대해서는 누구의 말대로 'NO라고 말할 수 있는 한국'이 되어야 한다. 남북 관계가 개선되고 한반도에 평화 체제가 구축될 날은 언제인가.

◇◇◇

미란이 계속 가족 내 가사분담 문제를 제기하고 있다. 미란은 시장을 보고 식사 준비를 하고 은행 잔고 관리, 집세, 전기요금, 전화요금, 텔레비전 시청료 납부 등 사무처리 일체를 맡고 있으며 한국의 가족들과 이곳의 프랑스 친구 등과 연락하는 일도 맡고 있다. 나는 식사 후 설거지를 하고 쓰레기를 버리고 집안 청소를 한다. 가끔씩 다리미질도 한다. 그리고 미란의 논문 작성을 위해 조교 역할을 하면서 대인의 학교 공부를 도와주는 과외선생 역할도 한다. 대인은 가끔씩 슈퍼에서 생수나 우유 등 무거운 것들을 사온다. 가끔씩 설거지를 하고 쓰레기를 버리기도 한다.

내가 몸이 안 좋아서 미란과 대인에게 가사노동에서 당분간 면제를 요구했지만 두 사람 다 내 이야기를 성의껏 들어주지 않는다. 오늘 저녁 설거지와 쓰레기 처리를 자식에게 부탁했는데 꾸물거려서 내가 그냥 해버렸다. 미란이 공부하면서 살림하기가 어렵다는데 나도 몸이 아프니까 더이상 하기는 힘들다. 가사

노동을 공평하게 분담해야 한다는 생각은 있지만 오래된 몸의 습관과 현실적 여건 때문에 미란의 기대에는 못 미치고 있는 모양이다.

◇◇◇

오늘 오전에는 뒤랑 여성도서관 행사에서 만난 일본 여성 시인 마리 수나하라에 대해 쓰던 글을 마쳤다. 오후에는 트로카데로에 있는 16구 도서관에 가서 파리에 대한 갖가지 안내 책자들과 파리 16구의 산책로를 소개하는 책을 보고 나와서 근처에 있는 트로카데로 공원묘지로 갔다. 그곳에서 화가 마네와 작곡가 드뷔시, 포레 등의 묘소를 찾아보았다. 묘지의 규모가 작고 길가에 위치하고 있어서 페르 라셰즈나 몽파르나스 묘지처럼 특별한 감흥을 불러일으키지는 못했다. 묘지를 나와서 22번 버스를 타고 파리의 남서쪽 경계선인 포르트 드 생클루Porte de Saint Cloud까지 갔다가 다시 같은 번호의 버스를 타고 집으로 돌아왔다.

저녁식사 후에 파리 지도를 펼쳐놓고 오늘 다닌 길들을 확인했다. 요즈음은 16구의 남쪽에 대해서 점점 더 많은 부분을 알아가고 있다. 파리 시내를 다니다보면 길과 건물뿐만 아니라 다양한 상점과 사람들, 그리고 구역마다 다른 특별한 분위기를 알게 된다. 점점 더 파리가 친숙해지는 느낌이 든다.

◇◇◇

오늘 오전에는 미란의 대학 시절 친구인 H의 아들 T군이 케임브리지 대학 2차 시험에 합격했다고 전화가 왔다. T가 나와 함께 준비한 면접 대비 토론이 많은 도움이 되었다고 한다. T의 모친이 점을 보았는데 점쟁이의 말에 따르면 T가 귀인을 만나 케임브리지 대학에 합격한다고 했다는데, 알고 보니 그 귀인이 나였다고 한다. 점쟁이 말은 믿지 않지만 T가 원하는 대학에 입학하게 되었다니 기쁜 일이다.

◇◇◇

구내염이 많이 나았지만 아직도 신경이 날카롭다. 그래도 마음의 여유를 만들면서 하루하루를 지내야겠다. 작년에 파리에서 자발적 망명 생활을 시작한 이후 새로운 삶에 적응하는 과정에서 힘이 들었던 모양이다. 특히 11월 이후 지나치게 활동한 것도 몸 상태가 나빠진 이유인 것 같다. 빨리 건강한 상태를 회복하고 싶다.

◇◇◇

미란은 여전히 박사학위 논문 작성에 큰 진전을 보이지 않고 있다. 내가 아무리 격려하고 재촉해도 별 소용이 없다. 오늘도 자기 할 일은 뒤로 미루고 파리에 와 있는 OECD 한국 대표부 직원 부인에게 프랑스어 과외 선생을 연결해주고 왔다. 다른 사람들을 도와주는 것은 정말 좋은 일이다. 하지만 자기 할 일을 열심히 하면서 남도 도와야 한다. 미란이 논문 작성에 진척을 보이지 않기 때문에 조교 역할을 하는 나도 심리적 부담을 안고 지낸다.

미란은 집안 식구인 나에게는 툭하면 신경질을 부리면서 집 밖의 다른 사람들에게는 공감과 동정, 이해심과 호의를 가지고 대한다. 어제는 컴퓨터 문제로 큰 신경질, 그저께는 자식이 쓰레기 안 버리고 갔다는 내 말에 신경질, 오늘은 특별한 이유도 없이 신경질적 반응을 보였다. 내일은 대인의 컴퓨터를 사는 문제로 또 하루를 보낼 것이다. 미란은 자기가 중요하다고 생각하는 일은 뒤로 미루고 매일 해야 하는 긴급한 일만 처리하고 다닌다. 그러다가 나한테 신경질을 낸다. 그럴 때는 피하는 게 상수다.

파리에 온 지 1년이 가까워오는데 몸은 지치고 정신은 피곤하다. 하루하루를 보람 있게 보내야겠는데 매일 무언가 부족한 느낌이다. 꽉 찬 느낌을 가지고 하루를 마감할 수 있는 날은 언제인가.

◇◇◇

미란과 이야기하다가 내 불편한 의식의 뿌리인 교수 임용에 대한 이야기가 또 튀어나왔다. H가 미란에게 그와 관련하여 한 이야기를 미란이 나에게 전달했는데 나는 이제 어떤 방식으로든 그 이야기를 듣기가 싫다. 해결도 되지 않는 지난날의 고통을 다시 환기해줄 뿐이다.

파리 생활을 통해 나 자신을 깊이 들여다보면서 새로운 모습의 나를 만들고 싶다. 공부에 몰두하면서 정신적으로 안정되고 충만한 생활을 하고 싶다. 아직까지는 파리에서의 생활이 그리 만족스러운 편이 아니다. 미란의 걱정, 근심, 후회, 분노감이 나를 불편하게 한다. 두 사람이 거의 24시간을 함께 보내니까 각자의 심리 상태는 자기에게만 달린 것이 아니라 상대방에 의해서도 많이 좌우된다. 부부는 상대방의 감정에 쉽게 전염된다. 미란이 강한 감정적 반응을 보이기 때문에 합리적인 대화가 안 된다. 특히 요즘같이 몸이 아플 때는 아무 말도 하고 싶지 않다. 소리에 과민해져서 그런지 소음이나 사람 소리를 듣기만 해도 짜증이 난다.

파리의 동네 이발사

어제 오후에는 이발을 했다. 이발소는 내가 사는 아파트에서 걸어서 삼 분 거리에 있다. 큰길에서 들어와 있는 골목의 작은 이발소다. 나이가 조금 든 프랑스인 이발사 아저씨는 조수도 없이 혼자서 일한다. 골목길을 지나가다보면 언제나 이발에 몰두하고 있는 아저씨의 모습을 볼 수 있다.

서울에 있을 때는 동네의 상가 지하에 있는 이발소를 다녔다. 거기에 몇 년 동안 내 머리를 다듬어주던 전속 이발사가 있었다. 사는 곳을 바꾸면 일상생활의 모든 것이 다 바뀐다. 슈퍼마켓, 문방구, 서점, 버스와 지하철 노선, 옷 수선하는 곳, 우체국과 은행, 산책 코스 등등. 그 가운데 이발소도 중요한 변동 사항의 하나다.

파리에 온 이후 처음에는 미란과 함께 한인 미용실을 갔다.

작년 5월 말경이었다. 서울을 떠나 파리에 온 지 3개월이 지날 무렵이었다. 그동안 머리가 더부룩해져서 답답하게 느껴졌다. 마침 우리 동네에 한국 미용사가 하는 남녀 공용 미용실이 있어서 그곳으로 갔다. 그런데 결과가 별로 마음에 들지 않았다. 그러고 나서 또 두 달 정도가 지나니까 다시 머리가 더부룩하게 되었다. 그래서 우리 동네 골목길의 프랑스 아저씨가 혼자 하는 이발소를 가기로 했다. 그때가 7월 말이었다. 그런데 이 아저씨가 다음주에 여름 바캉스를 가기 때문에 예약을 할 수 없다는 것이다. 그리고 9월에 다시 문을 연다는 것이다. 그래서 할 수 없이 투르 거리에 있는 다른 프랑스 미용실로 갔다. 프랑스 여성 미용사가 짧고 시원하게 자르기는 했는데 스타일이 마음에 들지 않았다.

여름이 지나고 가을이 왔다. 10월 초에 다시 동네 골목길의 프랑스 아저씨가 운영하는 이발소에 예약을 하러 갔다. (파리에서는 병원만이 아니라 이발소도 예약제다.) 다른 사람들은 대개 전화로 예약하는데 나는 외출하는 길에 직접 들러서 예약을 했다. 그래서 며칠 뒤에 드디어 그 아저씨에게 이발을 하게 되었다. 파리에는 남성만을 위한 이발소는 거의 없다. 거의 모두 남녀 공용 미용실이다. 이발을 하면서 아저씨에게 아직도 남성만을 위한 이발소를 고집하고 있는 무슨 특별한 이유라도 있느냐고 물었더니 자기도 처음에는 남녀 모두를 위한 미용실을 했는데 몇 년 전부터 남성 전용 이발소로 바꾸었다는 것이다. 여성 미용의 경우 화학제품을 많이 사용하다보니 알레르기 반응이 생겨서 더이상 계속할 수가 없었다고 한다. 그후 이 동네에서만

15년째 이발소를 운영하고 있다고 한다. 그래서인지 단골손님이 많아서 아침 9시에서 저녁 6시(12시에서 2시 사이는 점심시간)까지 거의 쉬는 시간이 없다. 그런데 이상하게 이곳 프랑스에서는 한국과 달리 머리부터 감기고 난 다음 조발調髮을 한다. 그래서 머리를 자르고 나면 잘린 머리카락이 여기저기 묻은 채로 이발소를 나온다. 가격은 12유로로 저렴하다. 보통 20유로는 한다. 그래서 나는 3유로를 팁으로 준다.

◇◇◇

이발을 하면 이발사 아저씨와 이런저런 이야기를 나누게 된다. 거의 내 나이 또래인 이발사 아저씨의 말에 따르면 옛날에는 사람들이 성당에서 고해성사를 했지만 이제는 미용실이나 이발소에 와서 자신의 일상적인 문제나 고민들을 털어놓는 고객들이 많다고 한다. 그의 고객들 가운데도 그에게 고민을 이야기하는 사람이 더러 있다고 한다. 나도 고민 상담은 아니지만 이발을 하면서 아저씨와 이런저런 이야기를 나눈다. 지난번 이발할 때는 이곳 프랑스의 성 해방과 자유에 대해서 이야기했는데, 아저씨는 당사자들 사이에 동의만 있다면 무슨 문제냐는 진보적인 입장을 취했다.

어제는 파리의 치안 문제에 대한 이야기가 나왔다. 파리 16구는 부유층 주거지라서 경찰이 치안에 각별한 신경을 쓰기 때문에 큰 문제는 없는 것으로 알고 있는데, 이 아저씨의 말에 따르면 그렇지도 않다는 것이다. 며칠 전 바로 동네 큰길에서 자동차 도난사건이 일어났다고 한다. 자기 고객에게 들은 이야기인데, 어떤 사람이 자동차를 몰고 가다가 큰길 신호등에 걸려 대기하고 있는데 25세쯤 된 청년이 다가와서 차에 대고 소변을 보더라는 것이다. 그래서 문을 열고 나와서 그 청년과 시비를 하는 사이에 다른 청년 하나가 그 차 문을 열고 들어가 차를 몰고 달아나버렸다는 것이다. 그 순간 차에 소변을 보았던 그 청년도 순식간에 도망가버렸다. 이런 황당한 일들이 어디에서나 일어날 수 있다는 게 그의 의견이다. 그리고 동네 할머니 두 사람도 며칠 전 큰길에서 봉변을 당했다고 한다.

그래서 지금 한창 치안 단속을 강화하고 있는 니콜라 사르코지 내무부 장관을 어떻게 생각하느냐고 물었더니, 워낙 치안이 악화된 상태에서 그가 장관직을 시작했기 때문에 사태가 그리 크게 호전되리라고는 생각하지 않는다고 말한다. 그래서 그런 못된 짓을 저지르는 사람들이 대개 어떤 사람이냐고 물었다. 대개 실업 상태인 이민 2세대 청년들이 아니냐고 추가 질문도 던졌다. 그랬더니 꼭 그렇게만 볼 수 없다고 말한다. 외국인도 있고 집시들도 있고 프랑스 사람들이 잘 인정하지 않지만 프랑스 사람도 있다는 것이다. 아저씨는 자기가 인종차별주의자가 아니고 합리적으로 문제에 접근하고 있다는 인상을 주려고 애쓴다. 자기 의견을 일방적으로 강요하지 않고 자기 이야기를 듣는 사람이 받아들일 수 있는 합리적 의견으로 만들려고 애쓴다.

그래서 나는 다시 파리 시를 넘어서 파리 교외의 문제는 어떠냐고 물었다. 아저씨는 파리 교외도 하나가 아니라고 말한다. 뇌유, 베르사유, 비로플레 등 파리 남서쪽 교외는 파리 자체와 큰 차이가 없으나 생드니 등 북쪽 교외는 어떻게 해도 손대기

힘든 상태이고 센에마른 등 파리 동쪽 교외도 상태가 나빠지기 시작했다는 것이다. 파리 교외는 아랍인과 흑인들이 주민의 다수를 점하고 있어서 자기 같은 프랑스 사람이 가면 낮에도 위협을 느낀다고 했다. 그런 곳을 다니기에는 오히려 나 같은 아시아 사람이 더 안전하다고 한다. 언제 한번 파리 교외로 답사를 가보아야겠다.

◇◇◇

파리 북동쪽 노동자 밀집지역에 있는 트로츠키주의자들의 조직과 활동에 대해 인류학 박사 논문을 쓰고 있는 K3에게 19구와 20구 현지답사를 할 때 한번 동반하겠다고 의사 표시를 한 적이 있는데 연락이 없다. 여유가 생기면 나 혼자라도 언제 파리 북동쪽과 파리 교외 지역을 답사하러 갈 생각이다.

미국의 대도시들처럼 프랑스도 주거지가 점점 더 인종적 계급적으로 분리되기 시작했다. 경제적 불평등이 심화될수록 문화적 이질성을 부각시키면서 인종차별주의적 분위기가 강해진다. 프랑스 사회학자들은 30년 전 미국에서 일어났던 일들이 프랑스에서 반복되고 있다고 말한다. 피부색과 문화가 다른 이질적인 사람들 사이의 차이를 부각시키며 차별할 것인가, 아니면 그 차이를 존중하면서 함께 살 수 있는 분위기를 만들 것인가라는 문제가 제기되고 있다.

현재 프랑스 우파 정부는 불법 이민을 철저히 규제하고 이미 프랑스에 들어와 있는 불법 체류자를 찾아내어 본국으로 송환하겠다는 입장을 표명하고 있다. 경찰력과 치안을 강화하여 범

파리 20구의 굴레방다리.

미국의 대도시들처럼
프랑스도 주거지가 점점 더
인종적 계급적으로 분리되기 시작했다.

죄를 사전에 예방하겠다는 전통적인 우파의 입장이다. 지난번 대통령 선거에서 자크 시라크 대통령은 치안 문제를 선거 쟁점으로 부각시켰는데, 사회당 쪽에서는 경제를 회복하고 실업률을 낮추면 범죄율은 저절로 떨어질 것이라는 기존의 입장을 취하면서 치안 문제를 그 자체로 중요하게 다루지 않았다.

좌파정당은 노동계급 문제를 치안 문제로 희석시키려는 우파의 입장을 비판하면서 사회복지 강화와 실업률 낮추기만 강조했다. 그래서 치안 문제 그 자체, 다시 말해 경찰행정의 강화와 효율화, 우범 지역 감시 체계의 강화, 폭력 조직 소탕, 청소년 범죄 예방을 위한 특별 방안, 이민객 밀집지역에 대한 감시 활동 강화 등의 조치를 충분하게 취하지 않았다. 언론의 대대적인 문제 제기 속에 많은 파리 사람들이 치안 문제가 중요하다고 생각하게 되었고 선거는 우파정당의 승리로 끝났다.

1월 17일 금요일 오전 11시 26분

증오에 대하여

어젯밤에는 요즈음 자기 전에 읽고 있는 츠베탕 토도로프의 『의무와 즐거움』이란 제목의 대담집을 1시까지 읽다가 잠자리에 들었다. 그리고 8시에 일어났다. 요즈음은 겨울이라 밤이 길어서 아침 9시가 넘어야 해가 뜨고 날이 밝는다. 세수하고 면도하고 토스트에 파인애플주스로 간단한 아침식사를 했다. 커피를 마시면서 라디오를 틀었다. 주파수는 프랑스 퀼튀르에 맞추어져 있다. 아침 8시대에는 시사 프로그램이 방송된다. 9시에는 뉴스가 있고 9시 10분부터 10시 30분까지는 〈금요일의 철학〉을 들었다. 매일 9시 10분에서 10시 30분까지는 고정된 토론 프로그램이 마련되어 있는데 월요일은 '월요일의 역사'라는 제목으로 진행되는 역사학자들의 대담, 화요일은 '완전한 텍스트'라는 문학 대담, 수요일은 '메트로폴리탄'이라는 건축과 도시에 관한 대담, 목요일은 '과학의 대륙'이라는 과학 프로그램, 그리고 금요일은 철학자들의 대담 시간이다. 토요일은 9시 5분에서 10시까지 널리 알려진 대중철학자 알랭 핑켈크로트가 나와 '응답'이라는 제목으로 시사적이거나 철학적인 주제들을 다루는 대담 프로그램을 진행하고 10시부터 11시까지는 역사학자 장노엘 잔네가 '시대의 일치Concordance des temps'라는 제목의 프로그램을 진행한다. 과거의 역사적 사건과 오늘날의 현상을 연결지어 이야기하기 때문에 '시제의 일치' 또는 '시대의 일치'라는 제목을 붙였다. 예를 들자면 19세기의 매춘 문제와 오늘날의 성매매 문제를 연결시켜 이야기하고, 태평양전쟁 이후 미국이 일본에서 시행한 군정과 사담 후세인 이후 미국이 이라크에서 수행할 역할을 비교하기도 한다.

◇◇◇

오늘 아침방송의 주제는 '증오'였다. 프랑수아 게리의 사회로 매주 고정으로 나오는 여성 정신분석학자 마리엘, 남성 철학자 두 사람 그리고 여성 운동가이며 정신분석가인 앙투아네트 푸크가 나와 이야기를 나누었다. 방송을 시작하면서 성우가 나와 하이데거가 쓴 『니체』라는 책에서 화와 증오를 구별하는 문장을 읽었다. 화는 일시적이고 사라져버리지만 증오는 지속되고 이성으로 접근할 수 없는 영역이다. 그리고 증오는 어떤 방식으로든 복수를 낳는다. 프랑스 퀼튀르 방송을 듣다보면 프랑스 사회의 지적 대화 수준을 알 수 있다. 파리에 온 지 1년이 되어가고 그동안 라디오를 열심히 듣다보니까 프랑스어 청취 능력이 크게 향상되었다. 그렇지만 미세한 뉘앙스나 복잡한 생각은 온전히 이해하지 못하는 상태다. 미란에게도 여성 운동가 앙투아네트 푸크가 나오니까 들어보라고 했다.

◇◇◇

증오는 어디에서 생기는 것일까? 그것은 타자와의 관계에서 일어난다. 모든 인간이 세상에 태어나 처음 맺는 관계는 어머니와의 종속적 관계다. 어머니는 아이를 보호하고 사랑으로 키운다. 그러나 아이가 자랄수록 어머니는 아이의 모든 요구에 다 응해주지는 않는다.

아이가 청소년기에 도달하면 분리와 독립의 과정이 시작된다. 그때 아이는 어머니에 대한 의존적 상태 때문에 고통을 받는다. 그러한 분리의 과정을 통해서 '자아'가 만들어진다. 독립이 이루어진 후에도 어머니와 맺은 원초적 관계의 양상은 다른 사람들과 관계 맺는 방식에 중요한 영향을 미친다. 어머니와의 원초적 관계에서 감정과 욕구를 통제하고 다스리면서 타인과 관계 맺는 방식을 배웠기 때문이다.

어린 시절 어머니는 아이를 보호해주고 삶에 필요한 기본적 욕구를 충족시켜주는 신과 같은 존재이다. 어머니와 자식 사이의 원초적 관계는 '가족적 충성loyauté familiale'에 기초하고 있다. 그런 관계일수록 애정의 감정이 실망과 증오의 감정으로 전환되기도 한다. 밀접한 애정관계가 역설적으로 강력한 증오의 감정이 만들어지는 조건이다.

청소년기 이후 어머니와 자식 사이에 갈등이 생겼을 때 '네가 나한테 그럴 수가 있냐?'는 식의 감정이 생길 수 있다. 어머니의 입장은 '내가 너에게 얼마나 헌신했는데 이럴 수가 있느냐?' 이고 자식의 입장은 '나도 이제 내 인생을 살아야지 부모 말만 따를 수는 없는 것 아니냐?'이다. 자식이 어머니의 기대를 저버리는 정도가 심할 때 어머니는 자식을 사랑하면서도 증오하게 되고, 어머니가 자식의 독립을 허용하지 않고 자신에게 의존하는 상태를 지속시키면서 자식을 통제하고 지배하려고 할 때 자식의 마음에는 어머니에 대한 증오심이 생긴다.

◇◇◇

증오의 감정이 사랑하는 관계에서 비롯된다면 증오는 질투의 감정을 통해 증폭된다. 그것이 열정의 다이내믹스dynamique passionnel이다. 증오는 사랑의 관계에서 배신감을 느꼈을 때 생겨나고 이미지 형성과 상상력을 통해 증폭된다. 질투는 사랑을 주고받는 두 사람 사이의 안정적이고 균형적인 애정 관계가 제3자의 등장에 의해 깨졌을 때 생겨나는 감정이다. 그것은 독점적이고 배타적인 애정 관계에서 더욱 강하게 나타난다. 질투란 자신이 존중하고 사랑하는 자아가 상처를 받았을 때 생기는 감정이다. 둘 사이에 끼어든 제3자의 이미지를 떠올리고 자신이 사랑하는 사람과 제3자의 관계를 머릿속에 그리면 그릴수록 질투심은 증폭된다. 그럴수록 자아는 더욱 손상되고 부정적 감정이 고양되고 정신적 에너지가 과도하게 소모된다. 그러다가 질투의 감정은 상대방에 대한 증오감으로 전환된다. 죽음의 본능이 작용하여 지금 여기에서 모든 것을 끝내고 싶다는 생각이 들기도 한다.

신문의 사회면을 장식하는 수많은 치정사건들은 질투에 의한 증오심의 증폭이 파괴적 행동으로 치달은 결과다. 증오심이 넘쳐흘러 어떻게 주체하지 못할 때 나오는 것이 복수라는 폭력적 행위다. 질투와 증오가 불러일으키는 고통스러운 상태를 상대방에 대한 복수로 끝내는 것이다. 증오심은 심한 경우 자살로 표출되기도 한다. 복수의 방향이 상대방이 아니라 자기 자신으로 향하는 것이다. 자살은 스스로를 파괴함으로써 상대방에 대한 증오심을 극단적으로 표출하는 행위다.

◇◇◇

사랑하는 대상과 제3자 사이의 관계를 그려보는 연상작용을 멈추지 않으면 질투심은 계속 증폭된다. 질투하는 마음이 깊게 뿌리를 내리면 증오심으로 전환한다. 더욱이 성적인 행위가 들어가는 이미지와 연상작용은 질투심에 불을 붙인다. 평상시에 억압되어 있는 성적 욕망의 표출이야말로 가장 은밀하고 친밀한 관계에서 일어나는 일인데, 사랑하는 사람이 자기가 아닌 다른 사람과 그런 관계를 맺는 장면을 상상할 때 질투심이 증폭되는 것은 당연한 일이다. 그러므로 문제는 그런 이미지와 연상작용의 고리를 어떻게 끊을 것인가이다.

인간은 이성으로만 움직이는 동물이 아니라 감정으로 움직이는 동물이며 감정에는 긍정적인 사랑의 감정만이 아니라 부정적인 증오의 감정도 있다. 인간은 이해관계를 따지는 합리적 계산에 의해서만 움직이지 않는다. 많은 부분 인간은 감정에 의해서 움직인다. 기존의 사회과학 이론들은 인간 행위의 감정적 측면을 무시해왔다. 사회과학은 이익, 감정, 이성, 정서 등 인간 행동의 서로 다른 동기들이 구체적 상황에서 어떻게 복합적으로 작동하는가를 연구해야 한다.

화는 생겨났다 없어지지만 증오심은 한 번 생기면 지속되고 강화되며 잘 사라지지 않는다. 그러므로 일단 증오의 감정에 휘말려들어가지 않도록 조심해야 한다. 그러한 상태에 떨어지는 상황을 피해가야 한다. 그것은 악마의 유혹이다. 그러나 감정 조절은 우리 마음대로 되지 않는다. 그렇다면 한 번 빠진 증오심이라는 늪에서 어떻게 벗어날 것인가? 어떻게 하면 증오심에서 스스로를 해방시킬 수 있을까? 이에 대한 속시원한 답은 없다. 인간에게는 자기에 대한 사랑, 자기애와 함께 자기에 대한 증오의 감정도 있다. 한 사람이 있는 그대로의 자기를 받아들이지 못하고 증오하게 되면 그 증오는 타인에게로 향하게 된다. 자기 혐오와 증오가 타인에 대한 혐오와 증오로 전환되는 것이다. 그러므로 증오에서 벗어나기 위한 첫번째 단계는 자신을 있는 그대로 바라보고 수용하는 능력을 회복하는 일이다. 그런 다음이라야 상대방에 대한 증오심을 줄이고 사랑하는 능력을 키울 수 있다.

◇◇◇

기독교나 이슬람교 같은 유일신을 믿는 종교는 신에 대한 헌신과 독점적 사랑을 요구한다. 그래서 타종교를 관용의 정신으로 대하기보다는 증오의 감정을 불러일으키기 쉽다. 중세의 십

자군전쟁이나, 16세기의 종교전쟁, 오늘날 볼 수 있는 서방국가에 대한 이슬람 극단주의자들의 테러 행위도 유일신과 증오심의 관계를 가지고 설명할 수 있다.

정치현상에도 이성을 사용한 정책 대결의 차원이 있지만 열정을 불러일으키는 감정적인 차원도 있다. 많은 경우 선거전은 상대편 후보를 적으로 설정하고 적에 대한 증오심을 불러일으킴으로써 사람들을 자기 쪽으로 동원하려는 전략을 사용한다. 정치 테러도 자기들의 정치적 이념의 실현을 방해하는 상대 세력에 대한 극단적인 증오심에 기초해 있다. 공산주의 이념에 대한 헌신에도 이성적으로만 설명할 수 없는 감정적 차원이 있고 파시즘과 나치즘도 대중심리를 활용했다. 팔레스타인과 이스라엘 사이의 대결에도 증오의 감정이 작동하고 있다.

"인간은 그 어느 누구도 의도적으로 악하지는 않다.Nul n'est méchant volontairement." 악하게 태어나는 것이 아니라 악하게 된다. 그러므로 악하게 되는 이유를 밝히고 그것을 처리해주어야 악이 사라진다. 죄는 미워하되 죄인은 미워하지 말아야 한다. 인간은 누구나 자기 안에 측은지심을 가지고 있으며 남에게 베풀고 남과 나누는 덕성을 가지고 있다. 우리 안에 들어 있는 사랑의 씨앗에 물을 주고 싹을 틔워 푸르게 키워나가야 한다.

오늘 아침 라디오 방송의 대담을 들으면서 증오심을 해결하기 위한 서양철학과 정신분석학의 한계를 느꼈다. 서양의 인간관과 세계관 안에서 증오를 해결할 수 있는 궁극적인 열쇠를 발견할 수 있을까? 정신과적 치료와 과학적 실험의 결과로 만들어진 약물치료가 궁극적인 답이 될 수 있는가? 여성운동의 현장에서 물러나 미국의 샌프란시스코에서 몇 년간 명상을 하고 돌아온 앙투아네트 푸크는 대담중에 증오심에 사로잡혀 있는 상태를 벗어나기 위한 방안으로 인간의 사고 능력과 성찰 능력 그리고 합리적 대응 능력에 대해 이야기했다. 그러나 거기서 한 걸음 더 나가야 한다. 불교에서는 증오심을 불로 태워 없애버리라고 가르친다. 궁극적 해결책은 손상된 자아를 치료하는 것이 아니라 허망한 자아를 벗어나는 길이다. 그것은 수련과 구도를 통해서만 도달할 수 있는 '망아忘我의 기술'이다. 그리고 그 밑에는 욕망의 충족을 추구하며 사는 세속적 삶을 상대화시키고 부정할 수 있는 종교적 세계관이 자리하고 있다.

욕망 충족을 극대화시키는 것을 행복이라고 여기며 살고 있는 이 세상의 논리를 벗어나 자기 자신의 본질과 우주의 본질을 이어볼 수 있는 초월적 사유 능력을 어떻게 회복하느냐가 오늘날 종교가 대면해야 할 기본 과제이다. 인간과 인생과 우주를 보는 방식이 달라지면 증오심을 불러일으킨 상태가 다르게 해석될 수 있다. 그런 상태에 이르는 길이 수련과 수양이며 좌선과 묵상이다. 마음속의 증오심은 하루아침에 이슬처럼 사라지지 않는다. 증오심은 자신과 인생과 세상을 다르게 보는 눈이 열릴 때 안개처럼 사라져버리는 허망한 신기루다.

서재에서

1월 18일 토요일 오전 10시 27분

테크노피아 비판

집안에 인터넷을 연결하면서 대인의 생활이 크게 변하고 있다. 우선 방의 배치가 달라졌고 컴퓨터 화면 앞에서 보내는 시간이 많아졌다. 그에 따라 부모와 이야기하는 시간이 줄어들었다. 하루에 몇 시간씩 인터넷을 통해 한국 관련 정보를 검색하거나 컴퓨터를 놀이도구로 사용하는 데 정신이 팔려 있을 거라면 뭐하러 프랑스에 왔단 말인가. 그렇게 되면 몸은 프랑스에 와 있지만 한국에 사는 것과 큰 차이가 없어진다. 이런 변화를 바라보면서 기술 발전의 의미에 대해서 생각해보게 된다. 기술의 발전은 그 자체로 좋은 것이 아니다. 새로운 기술을 더 나은 삶을 위해 선용해야 한다. 문제는 기술적인 것이 아니라 문화적인 것이다. 컴퓨터와 인터넷을 활용해 필요한 정보를 얻고 인식의 지평을 넓히는 적절한 사용법을 알아야 한다. 기술의 노예가 아니라 주인이 되어야 한다. 인터넷 중독에 빠지지 않기 위해서는 절제와 자기조절 능력을 통해 심리적 정신적 균형을 유지할 수 있어야 한다.

첨단기술의 도입이 반드시 긍정적 효과만 가져오는 것은 아니다. 부정적 효과를 동반하기도 한다. 정보통신 기술의 경우도 그렇다. 대인의 방에 컴퓨터와 인터넷을 도입함으로써 생겨나는 긍정적 효과는 확대하고 부정적 효과는 축소해야 한다. 그러려면 부모가 자식의 컴퓨터 사용에 관심을 갖고 지도할 수 있어야 한다. 그러지 않고 아이들에게 맡겨두면 아이들은 자기통제 능력이 부족하고 말초적인 관심에 쉽게 빠져들기 때문에 부정적인 효과만 커질 수 있다. 정보화 시대라고 아이들에게 컴퓨터만 사준다고 부모로서 할 일을 다 한 것은 아니다. 인터넷을 선용할 수 있도록 자녀를 지도하지 않으면 인터넷은 아이들의 시간을 마음대로 빼앗아 일상생활의 균형을 깨뜨린다. 가족 관계를 변화시키고 시력의 저하를 불러온다. 상업적 소비문화를 숭배하고 과도한 폭력과 선정적 섹스 장면에 무방비 상태로 노출되면서 심리적 균형을 잃게 된다.

기술은 더 나은 삶을 위한 도구에 불과하다. 그 자체가 목적이 될 수 없다. 많은 사람들이 인터넷을 어떻게 쓸 것인지에 대한 아무 생각도 없이 남이 하니까, 세상이 그런 방향으로 변해가니까, 나만 뒤처지는 것 같아서 컴퓨터를 들여놓고 인터넷을 연결한다. 컴퓨터와 인터넷을 사용함으로써 그 이전보다 좋아진 점이 무엇이고 나빠진 점은 무엇인지를 균형 있게 생각해보아야 한다. 첨단기술을 맹목적으로 숭배할 것이 아니라 종합적이고 비판적인 안목으로 평가할 수 있어야 한다.

기술의 발전이 유토피아를 만든다는 테크노피아 이데올로기는 다른 정치적 이데올로기보다 훨씬 더 중립적으로 보인다. 기술만능주의에 젖어 있는 사람들은 테크노피아 이데올로기를 당연하게 받아들인다. 그러나 '더 나은 삶은 무엇인가'를 분명히 하고 기술을 그러한 삶을 증진시키기 위한 도구로 활용해야 한다. 첨단기술이 시간에 쫓기지 않는 여유로운 마음, 인간과 인간 사이의 진정한 교류, 자연과 교감하는 생태적 감수성을 파괴한다면 무엇을 위한 기술의 발전인가를 되묻지 않을 수 없다.

1월 20일 월요일 오전 11시

흐림

여성의 글쓰기와 성 해방

어제 오후에 미란과 방을 맞바꾸었다. 거실 겸 미란의 공부방으로 쓰던 현관 바로 옆방을 내가 쓰고 건물의 안마당을 향해 난 창이 있는 내 공부방을 미란이 쓰기로 했다. 그래서 책과 여러 소품들을 다 이동시켰다. 거실의 책꽂이와 책상의 위치를 바꾸고 텔레비전과 휴식을 위한 의자들의 위치도 다 바꾸었다. 미란이 부엌과 마주한데다 대인의 방과 개폐식 문으로 분리된 거실에서는 공부에 집중을 못하겠다는 의견을 표명했다. 그래서 다른 사람의 방해를 가장 덜 받는 아파트 맨 구석의 작은방으로 이사를 했다.

작년 3월에 이 아파트에 입주했을 때 미란은 그 방이 쓸쓸하고 썰렁해서 들어가기 싫다고 했고 나는 그 방이 마음에 들었다. 덕분에 그 방에서 글을 쓰고 책을 읽고 라디오를 듣고 요가와 명상을 하며 지냈다. 그러면서 그 방에 안정된 분위기가 생겼다. 그 방에 들어가면 마음이 가라앉고 정신 집중이 잘된다. 반면에 거실 겸 내 공부방이 된 현관 앞방은 길가로 난 두 개의 큰 창문이 있어 햇빛이 잘 들어오지만 행인들과 자동차들의 소음 때문에 산만한 느낌을 준다. 미란은 처음에 이 방이 활기가 있어서 좋다고 했지만 점차 이 방의 문제점을 알게 되었다. 그래서 이사 온 지 8개월 만인 어제 내가 쓰던 작은방으로 이사했다. 지금 거실 창문 밖에는 건너편 건물의 묵은 때를 벗기는 세척공사를 하느라 소음이 심하다. 글쓰는 자리가 달라져서 한참 동안 적응하는 시간이 필요할 듯하다.

◇◇◇

버지니아 울프는 자기만의 방과 안정된 수입이 있어야 주체적으로 글을 쓸 수 있다고 말했다. 그러나 거기에 마음의 안정이라는 조건을 덧붙여야 한다. 버지니아 울프는 주기적으로 정신이 불안정한 상태에 빠져서 글을 쓰지 못한 시기가 있었다. 그래서 남편 레오나르도가 그녀를 정신적으로 지지하면서 마음의 안정을 유지하도록 도왔다. 그녀가 자기 방에서 글을 쓸 때면 그 옆방에서 자기 일을 하면서 대기했다. 그러다가 그녀에게 필요한 일이 있으면 수시로 시중을 들었다.

여성들이 자기 글을 쓰는 일은 남성들의 경우보다 훨씬 더 어렵다. 우선 일상에서 처리해야 할 자질구레한 일이 많아서 글쓰기에 집중하기가 어렵다. 살림을 간소화해서 집안일하는 시간을 최대한으로 줄여야 한다. 그렇게 해서 자기만의 시간을 만들어야 글을 쓸 수 있다.

아이들이 어느 정도 커서 엄마의 손길을 벗어나고 남편의 이해와 협조가 있으면 여성이 글을 쓸 수 있는 시간은 더 늘어난다. 지금 미란의 경우가 그렇다. 미란은 이제 새로 옮긴 방에서 자기만의 시간을 갖고 자기만의 글을 쓸 수 있을 것이다. 이런 기회는 이제 다시 오기 힘든 마지막 기회일지도 모른다. 쓰느냐 마느냐가 아니라, 쓰느냐 죽느냐의 마음가짐으로 생각하고 글 쓰는 일에 몰두하길 바란다.

◇◇◇

어제 저녁에는 란느라그 공원을 지나 오퇴유까지 걸어갔다가 카페 '르 빌라주 도퇴유'에서 맥주 한 잔을 마시고 52번 버스를 타고 돌아왔다. 그리고 기든스가 쓴 『현대 사회의 성·사랑·에로티시즘』을 읽었다. 유럽에서는 결혼한 성인 남성뿐만 아니라 여성, 청소년, 노인 그리고 동성애자에 이르기까지 누구에게나 성은 자유롭게 개방되어야 하고 성 정체성은 생물학적으로 주어지는 것이 아니라 개인적으로 만들어가는 것이 되고 있다. 그것을 기든스는 '플라스틱 섹슈얼리티' 즉 스스로 조형하는 성이라고 부른다. 68문화혁명 이후 지난 30년 동안 이루어진 성 해방과 성 혁명의 결과 개개인은 조각가가 작품을 만들듯이 자기의 욕망과 의도에 따라 성적 행동의 기준과 모델 그리고 성 정체성을 만들어가고 있다.

마침 어제 밤 LCI 텔레비전 방송에 성 해방의 결과를 논의한 『성 해방, 어디에 쓸 것인가?』라는 제목의 책을 쓴 마르셀라 이 아킵이라는 여성학자가 나왔다. 방송을 보면서 여러 가지 질문이 머리에 떠올랐다. 모든 터부와 금기, 장애물을 다 없애고 성 해방을 이루어가고 있는 현대인들이 과연 행복한가? 과거의 도덕적 질서를 대체한 새로운 성적 질서가 갖는 사회적 의미는 무엇인가? 성 해방의 물결이 가져온 부정적 결과를 비판하는 보수적 담론의 내용은 무엇인가? 현대인의 삶에서 성이 차지하는 비중이 너무 커진 것은 아닌가? 자정 이후에는 16세 이상의 시청자를 위한 M6 TV의 에로틱 영화를 잠시 보았다. 시청자들을 끌어들이기 위해 성적 판타지를 어떻게 이미지로 구성하는지를 주의깊게 살펴보았다.

◇◇◇

성 산업sex industry, 포르노그래피, 광고, 영화, 다이어트 산업, 대중음악, 이벤트, 패션, 성형수술, 스포츠 등이 모두 외부적으로 표현되는 '몸'과 몸의 이미지를 다루고 있다. 몸은 욕망과 자기 정체성 그리고 사회적 규범이 만나는 장소가 되었고, 성에 대한 담론은 개인적 차원의 문제가 아니라 사회적이고 문명적 차원의 문제가 되었다. 성 해방을 통해 여성과 남성의 관계, 결혼과 가족, 법과 제도 등 여러 차원에서 사적인 문제와 공적인 문제가 만난다. 성에 대한 도덕적 억압과 금기가 약화되고 성적 자유가 커진 오늘의 상황은 개개인이 자신의 성 행동에 대한 규범을 만들어가는 주체가 될 것을 요구하고 있다.

프랑스를 비롯한 서구 대부분의 나라에서 결혼이라는 제도를 통해 이루어지는 이성 간의 성과 사랑이라는 규범은 독점적 지위를 상실했다. 동성애가 인정되고 결혼 전은 물론 결혼 밖의 성과 사랑이 수용되고, 과거에는 성도착증으로 여겨졌던 다양한 성 행동들이 개인적 선택의 문제가 되고 있다. 영화와 인터넷 사이트, 뮤직비디오와 광고를 통해 만들어지는 성 이미지들은 알게 모르게 성적 쾌락을 암시하지만, 현실에서는 누구나 성적 쾌락을 자유롭게 즐길 수 있는 것은 아니다. 욕망은 커졌는데 그것을 '정상적인' 방법으로 충족할 기회가 없으면 성범죄가 늘어나게 된다. 현재 프랑스 교도소의 수감자 가운데 25%가 성범죄자들이다. 이것은 여성운동의 강화와 여권 신장으로 성희롱, 성폭력 등에 관한 법률들이 만들어지고 시행된 결과다.

남성들은 이제 성행위에서 여성들의 주체적 의사를 존중해야 한다. 여성의 의사를 존중하면서 친밀한 관계를 형성하는 능력이 없는 남성들은 성매매 이외에는 다른 대안을 찾기 어려워지고 있다. 동유럽 개방 이후 국제적 성매매 조직들이 프랑스에도 뿌리를 내려 10대 중후반의 소녀들이 길거리에서 호객 행위를 하고 있는 모습을 볼 수 있다. 여성단체에서는 성매매 근절을 위해 법 제정을 주장하고 있다. 그러나 법을 만든다고 성매매가 없어지지 않는다는 반론도 있다. 그래서 성매매를 합법화하여 합리적으로 관리하자는 주장을 한다.

성 해방의 파도는 터부와 금기의 벽을 허물었다. 이제 피임과 인공유산, 인공수정 등의 의학 기술을 통해 성적 쾌락의 추구는 자식을 낳는 재생산 차원과 완전히 분리되었다. 성적 쾌락은 이제 개인적 선택의 문제가 되었다. 인간은 개인적 선택과 판단을 통해 성적 주체가 되기를 요구받고 있다. 그러나 성이 개인의 삶과 사회적 생활 속에서 어떤 비중으로 또 어떤 방식으로 자리 잡아야 하는가의 문제는 여전히 토론 대상이다. 성을 개인의 문제로만 보아 성과 관련된 윤리적인 판단을 개인에게 맡겼을 때 생기는 여러 사회문제들을 어떻게 해결할 것인가? 말로는 성적 주체요 성적 자기 결정권을 행사한다고 하지만, 성 해방이라는 시대의 풍조에 무비판적으로 동조하는 사람들도 많다. 그럴 경우 성 해방은 인간 해방을 가져오는 것이 아니라 인간을 성의 노예로 만들 수도 있다.

지금 나는 그 목표를 위해 무엇을 하고 있는가

어제 오후 미셸의 초대로 파리 정치대학, 시앙스 포Science Po에서 열린 출판기념 토론회에 갔다. 최근에 출판된 『이스라엘의 아랍 사람들』이란 책을 쓴 저자가 나와 발표를 하고 이어서 토론이 있었다. 이 책은 미셸이 책임을 맡고 있는 '목소리와 시선들'이라는 발랑Balland 출판사의 사회과학 총서 중 한 권으로 출간되었다. 이 총서는 전문용어를 쓰지 않는 분명한 문체, 학술적인 무게에 짓눌리지 않으면서도 학문적인 내용을 담기, 폭로나 의심에 머무르지 않고 창의적이고 비판적인 설명의 제시를 편집의 기본 원칙으로 삼고 있다. 이미 간행된 총서에 포함된 15권의 책들은 의학과 과학에 대한 문제 제기, 문화적 정체성과 문화다원주의, 세계화와 반세계화 운동, 중동 문제, 지배, 폭력, 갈등 등의 주제를 다루고 있다.

6구의 생기욤 거리 27번지에 있는 시앙스 포 건물의 정문을 지나 강당 앞에서 왼쪽으로 돌아서면 캠퍼스의 사각 정원이 나온다. 건물 밖에서는 상상하기 힘들 만큼 큰 정원이다. 그 정원의 사방을 건물들이 둘러싸고 있다. 토론회는 정원을 지나 맞은편 건물 5층에 있는 프랑수아 고귀엘 기념강의실에서 열렸다. (고귀엘은 시앙스 포의 총장이었던 정치학자다.) 발표 내용은 다음과 같다. 현재 이스라엘 영토 안에 아랍 사람 120만 명이 살고 있는데 그것은 이스라엘 전체 인구의 20%나 된다. 이 책은 그 사람들이 이스라엘에서 어떤 정체성을 구성하고 있는지, 이스라엘은 이 사람들을 어떻게 체제 내로 통합시키고 있는지, 이들 이스라엘 안의 아랍 사람들의 정치세력화는 어떻게 이루어지고 있는지 등에 대한 내용을 담고 있다.

◇◇◇

토론회가 끝난 후 간단한 다과회가 있었다. 그 자리에서 토론회 사회를 보았던 시앙스 포 교수이자 아랍 문제 전문가인 질 케펠과 이야기를 나누었다. 미셸의 소개로 발랑 출판사 사장과 인사를 나누기도 했다. 다과회가 끝나고 미셸의 제의로 미셸과 베아트리스, 나 그리고 미란 넷이서 학교 근처의 드라공 거리에 있는 식당으로 가서 저녁식사를 함께했다.

식사하면서 이런저런 이야기를 나누었다. 요즈음 드는 내 생각을 그냥 말했는데 이에 대한 미셸의 반응이 다소 의외였다. 먼저 내가 한 말의 내용은 이렇다. 인간이 세상에 태어나면 일단 부모와의 관계에서 시작하여 친구, 연인, 배우자, 자식, 동료들과 관계를 맺고 살아간다. 그런 과정에서 생긴 문제와 상처들을 어떻게 다스리며 살아가느냐가 인간이 성숙하는 과정이기도 하다. 세상을 살다 생긴 문제들을 해결하는 방법은 한 사람의 내적 성숙에 달려 있고 내적 성숙은 영적 훈련을 통해 이루어진다. 이에 대해 미셸은 "그렇게 되면 문제는 세상에 대해서 무관심해진다는 것이다"라고 말했다. 물론 내가 영적인 수련과 인간적 성숙을 강조한다고 해서 사회적 차원의 문제를 무시하는 것은 아니다. 사회적 차원의 활동을 잘하기 위해서도 내적 성숙이 필요하다는 말이다. 그런데 미셸은 사회적 활동과 인간적 성숙을 대비시켰다. 미셸은 앞의 말에 이어서 지금 자기는 내적으로 아무 문제도 없으며 행복하다고 말했다. 그런지도 모른다. 그러나 참 깊이 생각해보지 않는 단순한 삶을 살고 있다는 생각이 들었다.

인간은 누구라도 세상에 사는 삶 자체에서 실존적인 문제를 안고 살아가게 되어 있다. 누구라도 겉으로 드러나는 업적을 쌓기 위해 너무 많은 일을 벌이면서 자신을 들여다볼 시간을 갖지 못하면 언젠가는 바쁘게 뛰어온 삶이 무의미하게 여겨질 때가 온다. 과도하게 활동하다보면 건강에도 문제가 생길 수 있다. 삶에는 균형이 필요하다. 자아에 대한 성찰과 사회적 활동 사이에도 균형이 필요하고, 직업 활동과 가정 생활 사이에도 균형이 필요하다. 사회적 활동에 너무 많은 부분을 할애하면 가족들과 친밀한 관계를 유지할 수 있는 시간과 에너지가 부족해진다. 또 사회적 활동에 필요한 사람들을 많이 만나다보면 진정한 친구와 함께 지낼 수 있는 시간이 줄어든다. 그러다보면 남들로부터 받는 사회적 인정은 늘어날지 모르지만 친밀성의 차원에서 오는 정서적 만족감은 줄어들고 자기성찰에서 오는 삶의 깊이는 생기지 않을 것이다.

◇◇◇

한국에 살 때 지나칠 정도로 사회적 활동에 몰두하는 사람들을 많이 보았다. 시민운동 같은 좋은 일도 어느 정도 해야지 지나치면 문제가 생긴다. 많은 시민운동가들이 눈앞에서 전개되는 현안을 처리하기 위해 수많은 사람들을 만나고 일을 만들고 활동하지만 자기 자신을 위해, 가족이나 친구를 위해 할애하는 시간은 거의 없는 메마른 생활을 하고 있다. 시민운동가도 기업가나 정치가와 마찬가지로 계속 일을 만들어서 항상 쫓기는 생활을 한다. 그것을 활동 강박증이라고 부를 수 있다. 아무것도 하지 않고 가만히 있으면 불안해지는 심리적 상태는 그런 증상의 하나다.

파리에서 살면서 자연스럽게 프랑스 지식인들이 살아가는 방식을 관찰하게 된다. 지식인에게는 사회와 거리를 유지하면서 세상을 관찰하고 비판하고 대안을 제시할 수 있는 정신적 여유를 유지하는 일이 중요하다. 그런데 센 강 좌안에서 활동하는 파리의 지식인들은 세상과 너무 밀착되어 있다. 영향력 있는 교수들은 학교 안팎의 정치에 관여하면서 자신의 사회적 지위를 높이려고 애쓴다. 그들은 신문, 잡지, 방송 등과 밀접히 연관되어 있고 국내외 시사적인 문제들에 시시각각으로 입장을 표명하기 때문에 장기적인 관점에서 차분한 연구를 진행하기가 어렵다. 그래도 그들이 지적인 작업을 해낼 수 있는 것은 여름 세 달 동안의 긴 휴가가 있기 때문이다. 시골의 조용한 별장에서 파리 생활을 뒤로하고 생각하며 글쓸 수 있는 시간을 갖는 것이다. 프랑스 지식인들은 학문적인 연구와 현실에 대한 발언 사이의 균형을 유지하는 비범한 능력을 가지고 있는지 모른다.

그러나 내 주위의 프랑스 지식인들을 관찰해본 결과 그들은 세속과 지나치게 밀착되어 있다. 정치적 입장에 따라 일어나는 현안에 대해 말과 글로 끊임없는 공방전을 벌인다. 지리적으로 보건대 그들의 일상의 삶은 '카르티에 라탱'이라고 부르는 파리의 5구와 6구에 집중되어 있다. 그곳에서 입장과 관점을 달리하는 지식인들이 경쟁적으로 다양한 사상과 의견을 만들어낸다. 프랑스 지식인 사회를 예리한 눈으로 관찰한 영국의 역사학자 테오도르 젤딘이 말했듯이 프랑스 지식인들 사이에서 학파 간의 갈등은 '풍토병'과 같은 것이다. 프랑스 지식인들 사이의 이론적 대립과 갈등은 정치적 열정이 스며들면서 뜨거운 토론이 된다. 신문과 방송 등 언론 매체는 일반인들에게 지식인들 사이의 토론을 생생하게 전달한다. 그것이 여론을 만들고 정치에 영향을 미친다.

◇◇◇

지식인은 자신을 객관화하기 위해 자기가 사는 사회와 적절한 거리를 유지해야 한다. 세속을 떠나 거룩함의 세계를 추구하는 상태가 되면 이미 지식인이 아니라 구도자나 종교인이다. 그러나 진정 사회를 총체적이고 객관적으로 보기 위해서는 일정한 거리가 필요하다. 승려들은 은둔 속의 수련을 통해 일정한 경지에 이르면 세속으로 내려와 진리의 말씀을 전하고 실천한다. 그러다 어느 시점이 되면 다시 은둔과 수련으로 들어간다. 지식인들에게도 때로 사회와 일정한 거리를 만들고 지금까지 해온 지적·정치적 활동을 점검하는 시간이 필요하다. 그래서 안식년이라는 제도가 있다.

사회를 올바른 방향으로 개혁하려고 활동하는 지식인이라면 언제나 '지금 내가 그 목표를 위해 무엇을 하고 있는가'를 질문할 수 있어야 한다. 세속적인 인정과 개인적인 영향력 증대에 도취해 '활동을 위한 활동'을 하면서 "지금 나는 행복하다"고 말하는 지식인은 인식의 깊이를 갖추기 어렵다. 진정한 지식인이라면 자신의 명예와 세속적 성공을 위해 활동하기보다는 전체 사회와 인류를 위해 일해야 한다.

그런데 나는 프랑스 지식인들에게서 지식인으로서의 공적 책임감보다 '자아의 과잉'을 볼 때가 있다. 며칠 전에 세상을 뜬 프랑스의 여성 언론인 프랑수아 지루는 언젠가 "남성들은 타인에게 존경을 불러일으키는 일에만 관심을 기울인다"고 말한 적이 있는데 그 말이 특히 프랑스 남성 지식인들에게 잘 들어맞는다. 어쩌면 내 안에도 그런 측면이 있는지 깊이 들여다보아야겠다.

◇◇◇

오늘 오전 9시 5분부터 10시 30분까지 프랑스 퀼튀르 방송 〈금요일의 철학〉을 들었다. 주제는 '정치를 도덕화해야 하는가?Doit-on moraliser la politique?'였다. 공적으로 활동하는 정치가

나 지식인들의 도덕성을 이야기할 때 막스 베버가 구분한 신념의 윤리와 책임의 윤리를 구별해서 논의할 수 있다. 대체로 지식인들은 '신념의 윤리l'éthique de la conviction'를 강조하는 반면 정치가나 관료들은 '책임의 윤리l'éthique de la resposabilité'를 강조한다. 1950년대 냉전 상황에서 사르트르는 신념의 윤리를 내세우면서 그릇된 양심을 폭로하고 공격하는 일을 자신의 임무로 삼았다. 그러나 메를로퐁티는 사르트르보다 훨씬 더 신중한 태도를 취했다. 그는 신념의 윤리에 따른 행위가 가져오는 비극성을 예민하게 인식하고 있었다. 그래서 정의의 이름으로 행해지는 테러와 폭력의 문제를 심각하게 제기했다. 정의의 이름으로 이루어지는 폭력의 문제는 카뮈와 아롱에게서도 중요한 문제였다. 카뮈가 문학적 감수성으로 이 문제를 표현했다면 아롱은 사회과학적 명료함으로 같은 문제를 제기했다. 정치를 권력을 장악하고 행사하기 위한 전략적 행위로만 보지 않고 사회 전체의 공공선을 증진시키기 위한 공적 활동으로 본다면 정치의 도덕화, 정치 윤리의 재건은 꼭 필요한 과제가 된다. 그러나 정치에는 신념의 윤리만이 아니라 책임의 윤리가 따른다. 다음주 금요일의 토론 주제는 '평화는 하나의 환상인가?La paix est-t-elle une illusion?'라고 한다.

특이하고 이상적인 삶

어제 오전에는 대인이가 미르탱 씨와 불어 과외 공부를 하는 날이었다. 내가 공부하는 거실 책상에서 과외를 하기 때문에 자리를 내주고 집을 나와 지난달부터 벼르던 프랑시스 피카비아 전을 보러 갔다. 우리집에서 멀지 않은 프레지당 윌슨 거리에 있는 시립현대미술관에서 열리고 있다. 주한 프랑스 대사관에서 정무관으로 근무하다가 현재는 프랑스 외무성에서 UN 담당으로 일하고 있는 카트린 클레망도 꼭 한 번 가보고 싶다고 말한 전시회다.

피카비아는 한마디로 모든 장르에 걸쳐 실험적인 작품을 전개한 변화와 혁신의 예술가다. 전시회의 제목은 '프랑시스 피카비아, 특이하고 이상적인Francis Picabia, Singulier idéal'이다. 파리 시내 곳곳에 붙어 있는 그의 전시회를 알리는 포스터에는 검은색 바탕에 붉은색 옷을 입은 젊은 여성이 무용인지 체조인지 서커스인지 모를 동작을 취하고 있다. 몸을 뒤로 완전히 제쳐 머리가 땅에 닿을 정도의 모습을 하고 있다. 그 그림은 어딘지 모르게 비애와 더불어 고통스러운 느낌을 전달한다. 그런데 막상 전시장에 들어가니까 피사로나 시슬레풍의 후기인상파 그림으로 가득차 있다. 그래서 전시장을 잘못 들어왔나 확인해보니까 피카비아 전시회가 맞다. 그림을 자세히 들여다보니 구석에 프랑시스 피카비아라는 서명이 보였다. 그 방은 전체 아홉 개의 방 가운데 첫번째 방으로서 그의 작품 가운데 초기 작품을 전시하고 있었다.

피카비아는 처음에는 후기인상파로 시작했지만 변화에 변화를 거듭했다. 그는 세월과 더불어 포비즘, 큐비즘, 다다이즘으로 계속 변화하면서 추상과 구상의 세계를 넘나들었다. 그는 화가이면서 동시에 시인이고 소설가이고 비평가이고 논객이었으며, 잡지 편집자, 시나리오 작가, 무용 공연과 축제 기획자 등 다양한 일을 했다. 이 전시회의 목표는 피카비아가 무엇을 했든 간에 그는 피카비아였기 때문에 그의 "전체 작품 활동을 가로지르는 심층의 일관성을 보여주는 것"이라고 한다. 그런데 끝없는 변화를 추구한 사람에게서 일관성을 찾을 수 있을까? 있다면 그것은 본인이 의식적으로 추구한 일관성이 아니라 자기도 모르지만 전 작품의 저류를 흐르는 일관성이라고 해야 할 것이다.

◇◇◇

19세기 중반에 사진이 등장하면서 그림은 현실의 묘사라는 측면에서 사진을 따라갈 수 없게 되었다. 그에 따라 그림은 사실을 넘어서는 다른 것을 표현하는 작업을 추구하게 되었다. 피카비아는 "나는 내 눈이 아니라 내 정신이, 내 영혼이 보는 것을 그린다"고 말했다. 그리고 "그림은 이제 현실의 묘사가 아니라 생각을 제시하는 것이다"라고 선언했다. 20세기 초의 서양 미술 사조는 과학기술의 발전과 인간 정신의 해방이라는 문맥 속에서 계속해서 무언가 새로운 것을 추구하지 않으면 안 된다는 강박증에 시달렸다. 피카비아는 마르셀 뒤샹, 트리스탕 차라 등과 영향을 주고받으며 작품의 주제와 대상을 계속해서 갱신하는 작업에 매달렸다.

1918년 심한 우울증에 시달려 스위스의 요양원에서 치료를 받을 때는 시를 쓰는 작업에 전념했다. 1925년 남불의 무쟁Mougins에 정착한 이후 그는 다시 새로운 작품을 시도했다. 그러나 점차 생활에 쪼들리면서 1930년에서 1936년 사이에는 돈벌이를 위해 파티를 기획하기도 했다. 그때 그는 참석한 사람들이 모든 관습을 뒤집고 역할을 바꾸어 행동하는 파티를 실험하기도 했다. 그의 일생은 경계선을 넘나드는 다양한 실험과 모험들로 이어져 있다. 모든 관습과 기존의 것을 넘어서려는 의지로 가득차서 새로운 작업을 시도하고 계속해서 갱신해나갔다. 어떻게 보면 그는 끊임없이 새로운 것을 추구하도록 선고받았는지도 모른다.

그의 머릿속에는 언제나 부정과 긍정이 함께했다. 계속해서 옛것을 부정하고 새것을 긍정하는 것이 그의 정신 상태였다. 자기가 한 번 만들어놓은 것은 모두 부정의 대상이 된다. 그는 "우리들의 머리가 둥근 까닭은 우리의 생각이 방향을 바꾸게 하기 위해서다Notre tête est ronde pour permettre à la pensée de changer de direction"라고 말했다. 1951년에는 〈지구는 둥글다La Terre est ronde〉라는 제목의 그림을 그렸다.

그는 언제라도 새로운 생각을 향해 떠날 줄 아는 유목민이었다. 그래서 이렇게 썼다. "유목민이 되어야 한다. 나라와 도시를 건너지르듯 생각을 가로질러 새로운 생각으로 나가야 한다." 그는 자기가 갈 수 있는 모든 길을 다 걸었다. 그는 죽을 때까지 어느 유파에도 어느 운동에도 속하지 않은 영원한 유목민이었다. 피카비아는 20세기 아방가르드 예술을 대표하는 중요한 인물 가운데 한 사람이다. '예술을 위한 예술'이란 말을 변형시키자면 그는 '예술가를 위한 예술가'였다.

전시실을 돌다가 마주친 〈입 맞추는 사람Le Baiser〉(1924~1926), 〈첫 만남Premier Rencontre〉(1925~1926), 〈우아함Élégance〉(1926), 〈풍경 앞의 나체상Nu devant un paysage〉(1938), 〈자화상Autoportrait〉(1940~1942), 〈방황하는 유대인Le Juif Errant〉(1941), 〈지금 그리고 예전에Maintenant et aurefois〉(1946), 〈에고이즘Egoisme〉(1947~1950), 〈수잔의 꿈Le rêve de Suzane〉(1949), 〈침묵Silence〉(1949), 〈서커스 단원Acrobate〉(1949), 〈해외Outre-mer〉(1949), 〈지구는 둥글다〉(1951) 등의 작품이 나에게 감동을 주었다.

마지막 전시실에는 그가 죽기 전에 그린 마지막 작품들이 걸려 있었다. 단순화된 배경에 몇 개의 점을 찍은 일련의 연작이 인상적이었다. 김환기, 장욱진, 유영국 등 자기 나름의 내면세계를 획득한 한국의 화가들도 후기로 갈수록 그림이 단순화되는 경향이 있는데 피카비아의 말년 그림도 단순화되어 있다. 고도로 정제된 순수의 경지는 단순하다. 색조와 형태가 모두 단순화된 피카비아의 마지막 작품들을 바라보면서 수많은 실험과 변화를 거쳐 도달한 마지막 경지가 바로 이런 것이구나 라는 생각이 들었다. "인생은 짧고 예술은 길다"라는 말의 순서를 뒤바꾸어 "예술은 짧고 인생은 길다"라고 한 백남준의 말도 생각났다.

전시회를 보면서 예술가는 주어진 틀을 벗어나 늘 자유로움을 추구하는 존재라는 생각이 들었다. 바로 그렇기 때문에 문화예술인은 기존의 사회를 비판하는 새로운 사회의 전조를 드러낸다. 새로움과 다양성과 자유로움을 거부하는 사회일수록 예술가의 역할은 더 커진다. 전시회가 끝나는 마지막 방을 나오는데 흰 벽에 다음과 같은 문장이 쓰여 있다.

> 내가 좋아하는 것은 매 순간 나 자신과 새로운 인간을 발명하고 상상하고 만들고 난 다음 그것을 망각하는 일이다. 우리는 우리들의 작품과 추억이 만들어짐에 따라 우리 안에서 그것을 지워버리는 특별한 지우개 성분을 분비해야 한다.

1월 28일 화요일

맑음

패션과 광고를 바라보는 사회학자의 시선

아침 7시 30분에 눈을 떴다. 어젯밤 1시 30분에 자리에 누웠으니까 여섯 시간을 잔 셈이다. 요즈음은 어쩔 수 없이 아침에 일찍 일어나게 된다. 같은 건물 위층에 사는 사람들이 아침 8시만 되면 요란하게 움직이는 소리를 내기 때문이다. 처음에는 윗집 사람들을 원망했지만 오히려 아침에 일찍 일어나게 되어 잘된 셈이다. 아침에 위층의 소음이 아니라 새소리를 들으면서 일어나고 싶다. 지난해 봄에는 옆집 정원의 나무에서 새들이 노래하는 소리에 잠을 깨고는 했는데 요즈음은 겨울이라 그런지 새들이 잘 찾아오지 않는다. 일어나고 싶은 시간을 맞추어놓으면 그 시간에 라디오 방송이 나오는 알람 라디오를 하나 사야겠다. '프랑스 뮈지크'나 '라디오 클라시크'에 주파수를 맞추어놓으면 아침에 고전음악을 들으면서 일어날 수 있을 것이다.

◇◇◇

여느 때나 마찬가지로 이 닦고 면도하고 세수하고 나서 한 이십 분 정도 명상과 요가를 하고 난 다음에 아침식사를 했다. 어제 저녁에 사다놓은 바게트를 미란이 새로 사온 빵칼로 자르니까 슬슬 잘 잘라진다. 오렌지주스 한 잔을 따라놓고 바게트에 버터와 잼을 발라 네 조각을 먹었다. 그러고 난 다음에 커피를 끓이고 압력솥에 물을 넣어 가스레인지 위에 올렸다. 커피가 조금 진하게 되었다. 그렇지만 버릴 수는 없어서 하는 수 없이 다 마셨다.

압력솥에 물이 끓기 시작했다. 지난달에 산 '부요트bouillotte'(더운물 넣는 고무주머니로 배가 아플 때 사용하는 것인데, 난방용으로도 쓴다)에 더운물을 채워넣어가지고 내 방으로 와서 라디오를 켰다. 이라크에 대한 미국의 공격 가능성과 이스라엘의 선거, 코트디부아르의 정부측과 반군측의 합의 내용 이행 과정 등에 대해서 국제 문제 전문가들이 나와서 토론을 벌이고 있다.

9시 뉴스 후에 9시 5분부터는 매주 화요일마다 방송되는 〈텍스트 엥테그랄Texte Intégral〉 시간이다. 문학을 주제로 매주 두세 사람을 불러 토론을 벌인다. 지난주에는 레몽 라디게, 그전 주에는 헨리 제임스를 주제로 토론했는데 오늘은 그리스의 희극작가 아리스토파네스를 주제로 이야기했다. 아리스토파네스의 「여성 의회」를 새로 번역한 두 사람이 초청손님으로 나왔다. 작품 속에 성에 관한 대화가 많이 나오는데 1960년대 번역된 책들이 요즈음의 시대적 분위기에 맞지 않아서 그리스 원작에서 다시 번역했다고 한다.

◇◇◇

아리스토파네스는 그리스의 다른 비극 작가들보다 늦게 극작을 시작하여 희극 장르를 개척한 사람이다. 펠로폰네소스 전쟁 패배 이후의 사회적 분위기 속에서 그는 프래그머티즘과 반反순응주의 입장을 갖게 되었다. 그는 사회적 관습을 무시한 열렬한 논객이었으며 대중 선동과 폭력과 독재를 경멸했다. 그 대신 그는 지혜와 자연과 평화라는 가치를 찬양했다. 그는 당시의 세속적이며 이기적이고 경멸스러운 대중들의 기호에 맞추어 천박한 비속어와 시적 언어를 섞어 쓰는 희극을 써서 대중적인 인기를 확보했다. 44편의 희극을 썼다고 하는데 오늘날에는 11편만 전해져온다. 그의 작품에는 「여성 의회」 이외에 「새들」 「평화」 「개구리」 등이 있다.

방송을 들으면서 아리스토파네스가 유토피아를 꿈꾼 사람이었다는 사실을 알게 되었다. 그는 모든 사람이 모든 것을 공유하는 공동체를 주장했는데 여기에는 재산, 토지는 물론 여성들도 포함된다. 다만 가장 나이가 많고 아름답지 못한 여성에게 제일 먼저 젊고 멋진 남자와 성적 교섭의 기회를 주어야 한다고 했다. 아리스토파네스의 생각이 여성 비하적인 것만은 아니고 상당히 페미니즘적인 측면도 있는 것 같다.

◇◇◇

방송이 끝날 무렵 거실 창문 밖으로 일단의 청소년 무리가 줄을 지어 걸어가고 있는 모습이 보였다. 그래서 유심히 바라보니 대인이가 유리창 쪽을 쳐다보며 지나가고 있었다. 들라크루아 중학교 학생들이다. 나중에 대인에게 들으니 파시 거리에 있는 영화관에 채플린이 감독하고 출연한 〈독재자〉라는 영화를 단체로 보러 가는 길이었다고 한다.

10시 20분경 집에서 나왔다. 11시 45분부터 대인이 미르탱 씨와 불어 공부를 하는 시간이라서 거실을 내주어야 하기 때문이었다. 미란과 방을 바꾸고 난 다음부터 생긴 변화 가운데 하나는 오전에 글을 쓰지 못하는 날이 있다는 점이다. 침실 옆의 맨 구석방을 내 서재로 쓸 때는 대인의 불어 과외와 관계없이 내 공부를 할 수 있었는데, 이제는 일주일에 세 번씩 이런 번거로움을 감수해야 한다.

지난 수요일에는 파리 미국도서관, 그리고 토요일에는 프랑시스 피카비아 전시회를 갔는데, 오늘은 파리의 아시아 미술 박물관인 기메 박물관을 가기로 했다. 63번 버스를 타고 이에나 정거장에 내렸다. 광장에 미국의 초대 대통령 워싱턴이 말을 타고 있는 동상이 보였다. 그러고 보니까 이 동네에는 미국 관련 지명이 많다. 윌슨 대통령 거리, 케네디 대통령 거리, 미국 광장, 뉴욕 강변 등이 그것이다. 그런데 어라! 이게 웬일인가? 가는 날이 장날이라고 기메 박물관이 휴관하는 날이었다. 대부분의 박물관들이 일요일 다음날인 월요일에 휴관하는데 기메 박물관은 매주 화요일 휴관이라고 한다. 그래서 잠깐 박물관 앞에 머뭇거리다가 그 근처의 세르비아 피에르 1세 거리에 있는 현대 의상 박물관인 갈리에라Galliera 박물관으로 발걸음을 옮겼다.

그곳에서는 미국 출신 패션사진작가 헨리 클라크 특별전이 열리고 있었다. 그는 미국 로스앤젤레스에서 태어나 샌프란시스코에서 일하다가 1949년 파리로 건너와서 〈보그〉지의 프랑스판 사진을 담당했다. 샌프란시스코의 의상점에서 쇼윈도 전시를 담당했던 젊은 날의 경험이 이후 패션사진작가로 활동하는 데 큰 도움이 되었다고 한다. 1950년대 여성지가 대중화될 때 그가 찍은 사진들은 활동적이고 독립적이면서도 우아한 파리지엔느들의 이미지를 만들어냈다. 그는 〈보그〉를 비롯해서 〈페미나Femina〉 〈피가로 앨범Album du Figaro〉 〈하퍼스 바자〉 등 여러 여성잡지에 패션사진을 실었다. 헨리 클라크는 『1950년대의 엘레강스L'Élégance des années 50』라는 작품집도 냈다.

◇◇◇

과거 귀족의 저택으로 사용되었던 호화로운 건물 안으로 들어갔다. 반원형 회랑으로 조성된 입구가 우아했다. 저택 뒤에 큰 규모의 정원이 보였는데 공사중이었다. 실내로 들어가니 군데군데 1950년대풍의 여성 의상들이 전시되어 있고 벽에는 패션모델들의 사진이 걸려 있다. 사실 큰 기대는 하지 않았다. 내가 별로 관심을 갖지 않았던 패션사진 분야이기 때문이었다. 그런데 예상과 다르게 사진을 보는 순간부터 무언가 나를 끌어당기는 힘이 있었다. 일상을 벗어나는 아름다운 장면을 담은 패션사진들이 거의 예술작품의 경지에 도달해 있다. 광고사진을 예술사진과 확연하게 구분하던 나의 인식 범주가 헨리 클라크의 사진들을 보면서 무너지기 시작했다.

그의 사진은 잘 살펴보면 세 가지 요소로 구성되어 있다. 일단 제일 먼저 눈에 들어오는 요소는 의상이다. 둘째로 그 옷을 입은 패션모델이 있다. 셋째로 패션모델 뒤의 배경이 있다. 헨리 클라크의 패션사진은 의상과 모델과 배경이라는 세 요소가 잘 어우러져 우아한 분위기와 세련된 느낌을 자아낸다. 헨리 클라크가 1950년대에 찍은 사진들의 배경은 파리의 카페, 식당, 저택, 베르사유 궁전 같은 곳이다. 그의 사진은 일상 안에 있으면서도 일상을 벗어나는 느낌을 자아내서 사람들로 하여금 꿈을 꾸게 한다. 당시 그가 찍은 사진들 속에는 꽃으로 장식된 모자, 집시풍 의상, 경쾌한 분위기의 여성성을 강조한 의상들, 다양한 헤어스타일, 팔찌 귀걸이 반지 등의 액세서리들, 나비 문양의 붉은색 천으로 만든 벨트 등 환상적인 요소들이 등장한다.

◇◇◇

1950년대 들어 여성지들이 대중화되면서 잡지 표지를 모델들의 사진이 장식하게 되었고, 1960년대에는 이러한 관행이 일반화되었다. 헨리 클라크는 당시 로버트 랜달, 로베르 두아노 등의 사진작가들과 함께 잡지 표지모델 사진을 찍었다. 그의 첫 번째 표지사진은 〈보그〉지 프랑스판 1951년 7~8월호에 실렸다. 그의 모델 사진은 '프랑스적인 여성성'이나 '프랑스적인 우아함'이라고 부르는 미적 감수성을 만들어내는 데 기여했다.

그는 크리스티앙 디오르, 샤넬, 이브 생로랑, 지방시 등 시대를 풍미한 디자이너들의 옷을 입은 대표적인 패션모델들을 사진에 담았다. 도비마Dovima, 아이비 니콜슨Ivy Nicholson, 앤 거닝Anne Gunning, 마거릿 필립스Margaret Philips, 베루슈카Verushuka 등 당대를 대표하던 패션모델이 그의 카메라 앞에서 포즈를 취했다. 그의 사진에 나오는 활동적이며 힘에 넘치는 여성의 이미지는 현실 속 여성들의 삶에 영향을 미쳤다.

헨리 클라크가 프랑스적 여성의 이미지를 만드는 데 결정적인 영감을 준 패션모델이 앤 세인트 마리Anne St. Marie다. 첫번째 전시실에서 나의 시선을 끌어당긴 사진 속의 모델이 바로 그녀였다. 파리의 거리를 배경으로 경쾌한 옷차림을 한 그녀는 개성 넘치는 '아웃사이더'의 이미지를 풍기고 있다. 길고 가느다란 몸매에 갸름한 얼굴을 가졌고 호소력 있는 시선으로 관람객을 바라보고 있다. 1955년 가을-겨울 패션사진에서 헨리 클라크가 찍은 앤 세인트 마리의 사진은 그 시대의 분위기를 생생하게 전달해준다. 그녀는 "나는 헨리 클라크가 아닌 다른 사진작가와 일하기가 어렵다"라고 말했다는데 헨리 클라크는 영화배우 그레타 가르보의 팬이었다. 앤 세인트 마리의 가냘프고 서늘한 아름다움은 그레타 가르보의 이미지를 연상시킨다. 앤 세인트 마리는 메릴린 먼로와 비슷하게 어린 시절 심한 애정 결핍을 겪었다고 한다. 그녀는 그 마음의 공백을 메꾸려고 일생 동안 따뜻한 애정을 갈구하다가 1986년에 세상을 떠났다. 1970년 패션사진작가 제리 샤츠버그는 그녀의 삶을 '어느 전락한 아이의 초상'이란 제목으로 영화화하기도 했는데 그 영화에서 페이 더너웨이가 앤 세인트 마리 역을 맡았다. 헨리 클라크는 모니카 비티와 카트린 드뇌브 등의 배우들을 모델로 패션사진을 찍기도 했다.

◇◇◇

헨리 클라크는 패션사진뿐만 아니라 실내사진과 풍경사진을 찍었다. 실내사진의 앞쪽은 비어 있고 사람의 모습은 보이지 않는다. 그래서 마치 누군가의 등장을 기다리는 무대와 같은 분위기를 풍긴다. 무언가 비어 있어서 누군가 나타나 채워주어야 할 것 같은 분위기의 연출은 헨리 클라크의 모든 사진을 관통하는 특징이다.

그의 사진이 보여주는 이러한 특성은 1964년에서 1969년에 찍은 순회여행 패션사진에서도 나타난다. 포르투갈, 이탈리아, 스페인 등 햇빛이 많은 남부 유럽에서 시작하여 인도, 스리랑카, 멕시코, 브라질, 터키, 이란, 시리아, 요르단, 튀니지 등을 여행하며 찍은 사진들이다. 이국적 분위기에서 찍은 패션사진들의 배경에는 자연과 문명의 흔적들이 등장한다. 사원들, 쇠락한 궁전, 바위, 석상, 코끼리, 반원형 돔 건물들, 화려한 장식의 이슬람 사원 등 희미한 과거의 흔적을 안고 있는 수많은 장소들이 패션사진의 배경으로 등장한다. 그 배경들은 모델을 돋보이기 위한 장치이면서 모델들의 등장으로 새로운 의미를 갖는다. 배경이 결코 패션모델에 비해 중요성이 떨어지지 않는다. 그의 사진에 들어 있는 배경과 모델은 상생의 관계다.

◇◇◇

전시회를 돌아보면서 내 머릿속에는 '대중소비사회'의 형성이라는 단어가 떠올랐다. 1950년대 중반 한국전쟁 이후 미군들에 의해 〈라이프〉지를 비롯한 미국의 대중잡지들이 서울의 명동 골목 등에 있던 외국서적상들을 통해 팔려나갔다. 거기에 나온 미국 사회의 풍요로운 삶의 이미지는 많은 사람들에게 선망의 대상이 되었다. 바로 그 시절 프랑스에서도 전후 경기가 회복되면서 대중소비사회가 만들어지기 시작했다. 이른바 '영광의 30년Trente Glorieuses'이 막 시작될 찰나였다. 부유하고 자유로운 사람들을 위한 새로운 삶의 방식들이 이미지를 통해 만들어지고 그것이 미래의 삶을 꿈꾸게 하는 이미지와 신화로 작동하기 시작했다.

여성지들은 그러한 신세계를 꿈꾸게 하는 훌륭한 도구였다. 여성지들은 행복한 삶이란 무엇인가를 정의하는 데 중요한 역할을 담당했다. 헨리 클라크는 바로 그 시기에 파리 좌안의 보나파르트 거리에 있는 아파트와 프로방스의 로크부륀Roquebrune 사이를 오가며 작품 활동을 했다. 진열장에 전시된 1956년 여성지의 표지에는 '정열적으로 살아라Vivre avec passion'라는 큰 제목 밑에 새로 나온 옷, 모자, 자동차 등의 작은 제목을 싣고 있다. 그리고 여름호에는 '이번 여름 확실하게 성공하는 법Réussir votre été à coup sûr'이란 제목으로 수영복과 가운, 해변 의상 등을 소개하고 있다.

그런 분위기에서 여름 바캉스가 대중화되기 시작했고 사람들은 햇빛을 찾아 국도 7번선을 자동차로 달려 남불의 코트다쥐르로 몰려들었다. 1958년 보잉707은 제트여객기 시대의 개막을 알렸다. 그것은 이제 먼 거리를 짧은 시간에 도달할 수 있게 됨으로써 국내여행을 넘어 해외여행의 시대가 열렸음을 의미했다. 1960년대에 들어서 관광업체들은 돈과 시간이 넉넉한 사람들의 상상력을 자극하기 위해 미지의 세계에 대한 이국적 향취를 풍기는 이미지가 필요했다. 헨리 클라크가 1960년대에 인도와 멕시코 등을 여행하며 찍은 사진들은 이러한 요구에 부응하는 작업이었다.

◇◇◇

헨리 클라크의 사진전을 보면서 여성들의 '옷'이라는 사생활의 요소가 한 시대의 분위기를 어떻게 만들어가는가를 생각한다. 그리고 여성지가 만들어낸 행복한 삶의 양식은 신상품의 소비라는 등식을 떠올리게 한다. 그러면서 서양의 눈으로 본 비서구 사회의 모습, 그것은 지금 식민주의의 시각에서 얼마나 벗어난 것일까를 질문하게 된다.

1980년대 유학 시절, 나는 제3세계주의자를 자처했다. 프랑스의 소비문화에 동화되는 것을 스스로 방지하기 위해 프렝탕, 갈르리 라파예트 같은 유명 백화점을 단 한 번도 들어가보지 않았으며 화려한 소비문화에는 일부러 눈을 감았다. 그것은 제3세계 출신의 비판적 지식인으로서 의식의 부르주아화를 피하는 방법이었다.

그 시절은 '나의 민중주의 시대'였다. 그러나 세상은 달라졌고 이제 한국 사회도 프랑스와 큰 차이 없는 대중소비사회가 되었다. 세월이 흐르고 세상이 변하면서 소비사회에 대한 나의 거부감도 많이 누그러졌다. 그렇다고 내가 그러한 물결에 휩쓸려 버린 것은 아니다. 나는 여전히 소비사회를 비판하는 사회학자다. 파리에 살면서 매일 거리의 광고판에서 만나게 되는 날이 갈수록 더욱더 성적인 뉘앙스를 풍기는 매혹적인 광고사진들을 비판적으로 바라보는 시선을 힘겹게 유지하고 있다. 언제까지?

갈수록 더욱더 성적인 뉘앙스를 풍기는 매혹적인 광고사진들을 비판적으로 바라보는 시선을 힘겹게 유지하고 있다. 언제까지?

건물벽에 대형 광고판 설치 작업을 하고 있는 노동자들.

나는 여전히 소비사회를 비판하는 사회학자다. 파리에 살면서 매일 거리의 광고판에서 만나게 되는 날이 갈수록 더욱더 성적인 뉘앙스를 풍기는 매혹적인 광고사진들을 비판적으로 바라보는 시선을 유지하고 있다.

1월 30일 목요일 오전
흐림, 눈이 올 것 같은 예감

침묵과 단절

오늘 아침에는 평소보다 늦게 일어났다. 시곗바늘이 9시를 가리키고 있었다. 어젯밤에는 편두통이 와서 애드빌을 한 알 먹고 평소보다 조금 일찍 침대로 들어갔다. 츠베탕 토도로프의 책을 몇 쪽 읽다가 졸려서 책을 덮고 잠들었다. 아침식사를 하고 나서 커피를 마시고 있는데 전화가 왔다. 전화기 윗면의 투명 문자판에 나타난 전화번호를 보니 한국에서 온 전화였다. 서울의 어느 일간지에서 '대안문명을 찾아서'라는 주제로 신년 특집을 하고 있는데, 나보고 이곳 파리에서 알랭 리피에츠나 그에 걸맞은 사람을 한 사람 선택해서 대담을 해달라는 부탁 전화다. 내가 한국에서 생태계 위기, 대안문명, 영성 등에 대해 관심을 가지고 연구해왔으니 그런 주제로 대담을 해주면 좋겠다는 것이다.

지난번에 동아일보 파리 특파원의 부탁으로 피에르 상소를 대담한 적이 있지만, 요즈음은 솔직히 그냥 조용히 숨어서 지내고 싶은 심정이다. 나도 어느 일간지의 요청으로 1993년인가 파리에 와서 프랑스 지식인들을 대담한 적이 있지만, 신년이 되면 외국 학자나 사상가들과의 특집 대담을 크게 싣는 것 자체가 어쩌면 후진국 지식인과 후진국 언론의 태도인지도 모른다. 한국의 지식인들이 직접 글을 쓰면 되지 꼭 외국 학자의 얼굴과 입을 빌려서 이야기해야 하는가. 세상 돌아가는 것을 알아야 하고 외국의 새로운 흐름에도 관심을 기울여야 하지만, 주체적인 입장에서 독립적으로 사고하는 태도를 갖지 않으면 언제까지나 남의 생각을 빌려다가 쓰는 문화적 후진국 상태를 벗어날 수 없을 것이다.

방송이나 일간지들이 신년 특집으로 많이 써먹는 해외 석학들과의 대담도 이제는 재고해보아야 할 때가 왔다. 외국의 대안문명 사상이나 실험을 쫓아다니기만 할 게 아니라 한국에서 일어나고 있는 대안운동과 실험에 우선적으로 관심을 기울여야 한다. 언론의 역할이 무엇인지를 다시 생각해보아야 한다. 특집의 문제의식이 그동안 한국 사회가 산업사회의 경제성장 논리를 따라 일로매진해왔는데 이제 우리가 열심히 뛰어온 방향과 목표에 대해 성찰해보자는 것이라면, 특집기사는 정치인과 관료, 기업가와 교육자, 지식인과 시민들의 사고방식에 영향을 주어야 한다. 그러나 대부분의 특집기사가 반성과 실천으로 이어지기보다는 지적인 호기심이나 충족시켜주는 것으로 끝나버린다.

언론이 특집을 위한 특집이 아니라 진정 한국 사회 발전의 새로운 방향을 모색하려는 노력을 하고 싶다면 이런 주제를 놓고 정부, 기업, 시민단체, 대학, 문화예술계 등 여러 영역의 사람들이 모여 진지한 토론을 벌일 수 있는 장을 마련해야 한다. 그러한 토론을 통해 정부의 정책 결정, 기업의 경영 방식, 시민사회의 활동방식, 대학의 연구 활동, 문화예술계의 창작 활동을 성찰하고 새로운 방향을 설정하는 데 도움을 주어야 할 것이다.

내가 조금 흥분하고 있는 것 같다. 마음을 가라앉히자. 나도 이제 지천명이라는 오십을 바라보는 나이가 되지 않았는가. 이제 나는 누구의 생각을 대변하거나 요약 전달하기보다는 내 안에서 나오는 나 자신의 목소리로 말하고 싶다. 나는 내가 느끼고 생각하는 것을 내 방식으로 쓰고 싶다. 남의 생각을 잘 듣고 배우려는 겸손한 자세는 견지해야겠지만, 자신의 생각을 다듬고 표현하는 일에 더 많은 비중을 두어야 할 나이가 되지 않았는가. 이제 나는 '누가 뭐라더라'는 식의 중계방송은 그만두고 '나는 이렇게 생각한다'는 내 이야기를 하고 싶다.

◇◇◇

사실 요즈음 나는 한국에서 걸려오는 전화를 받는 일 자체가 불편하다. 작년에 서울을 떠나 파리에 온 이후 한국과의 '방법론적 단절'을 통해 과거와 다른 나를 만들려고 노력하고 있기 때문이다. 새로운 정체성을 만들기 위해 의도적으로 과거와 단절하는 노력이 '방법론적 단절'이다. 서울과의 접촉은 현재의 나를 과거의 나와 연결시킨다. 내 쪽에서 무슨 일을 꾸미기 위해서 한국에 전화를 건 적은 한 번도 없다. 파리에 온 이후 전화만이 아니라 이메일도 안 쓴다. 휴대폰도 일부러 사지 않는다. 집으로 오는 전화도 미란이 다 받는다. 그러나 나를 지명하여 오는 전화는 받지 않을 수 없다. 얼마 전에는 서울의 어느 대학 교수가 '동아시아 시민운동 비교연구' 프로젝트에 참여할 수 있느냐는 내용의 전화를 한 적이 있는데 정중하게 거절했다. 한국에서 하던 일과는 다른 일을 모색하기 위해 파리에 왔기 때문에 서울과 연결되는 일은 피하고 있다.

외국에 나와 사는 가장 큰 장점은 과거의 자기와 단절하고 새로운 자아를 만들기 위해 자기 자신의 내면에 몰입할 수 있다는 점이다. 방법론적 단절의 삶을 고수하고 있는 내가 너무 지독한지도 모르겠다. 많은 사람들이 나의 태도에 문제가 있다고 생각할 것이다. 그래도 나는 파리에서 의도적으로 고립을 자초하는 방법론적 단절의 삶을 지속할 것이다.

◇◇◇

누구에게나 해결되지 않고 남아서 머릿속을 돌아다니는 과거의 불쾌한 기억이 있다. 나에게도 그런 기억들이 있다. 그런 기억들을 정리하기 위해서도 서울과 관계를 끊고 지낼 필요가 있다. 나는 아직 과거의 부정적 경험으로부터 자유로운 마음의 상태를 만들지 못하고 있다. 그래서 바람이 조금만 불어도 마음이 흔들리는 것이다. 크게 움직이는 것은 아니지만 신경이 쓰이는 것이다. 뿌리 깊은 나무는 바람이 불어와도 흔들리지 않고 샘이 깊은 물은 비가 오지 않아도 마르지 않는다. 파리에서 은둔 생활을 하면서 대안적 삶의 철학을 좀더 분명하게 만드는 것이 내가 해야 할 중요한 과업이다. 개인적 만족과 보람, 경제적 자립의 성취, 그리고 지식인 역할의 수행이라는 세 가지 기준을 충족시킬 수 있는 삶의 방식을 정립해야 한다.

현재 나는 생각을 가다듬으며 조용히 책을 쓰고 있다. 책은 내 마음대로 내 생각을 자유롭게 이야기할 수 있는 가장 자유로운 매체이고, 그것을 통해 지식인의 임무를 수행할 수 있기 때문이다. 단지 경제적 자립의 문제가 남아 있는데 내 책이 베스트셀러가 될 가능성은 거의 없는 것 같다. 미란의 평가에 따르면 내가 쓰는 책의 내용이 대중들의 눈높이에 비해 너무 높다는 것이다. 그렇다고 내가 쓰고 싶은 글을 써야지 대중들의 요구에 호응하는 글을 쓸 수는 없다. 이것이 지식인이 갖는 자만심일까?

1월 31일 금요일

맑고 쌀쌀함

세상의 소란을 피해 글쓰기에 몰두하다

어제 오전에는 다소 기분이 저조해서 나 스스로에게 주는 위로가 필요했다. 그래서 오후에 '발자크의 집Maison de Balzac'으로 갔다. 집에서 걸어서 십 분 거리다. 발자크가 살던 집을 파리 시에서 박물관으로 만들어놓았다. 20년쯤 전에 파리에 유학생으로 와서 14구에 있는 학생기숙사에 살 때 어느 일요일 아침 미란과 함께 와보았던 기억이 있다. 작년 3월 말에 이곳 16구 파시로 이사 온 다음 그 부근을 산책하며 지나다니기는 했지만 박물관 안으로 들어가보기는 처음이었다.

센 강이 내려다보이는 레이누아르 거리 언덕길에 자리잡은 발자크의 집으로 들어가기 위해서는 계단을 걸어내려가야 한다. 계단을 내려가면 그리 넓지는 않지만 그런대로 산책할 수 있는 아담한 정원이 나온다. 봄이 오면 이 정원에서 발자크는

발자크의 집 정원.

봄이 오면 이 정원에서
발자크는 늘 사모하던 한스카 부인을 위해
리라꽃과 제비꽃을 따곤 했다.

늘 사모하던 한스카 부인을 위해 리라꽃과 제비꽃을 따곤 했다. 정원에서 아래쪽을 내려다보면 좁지만 운치 있는 베르통 거리가 나온다. 이 길은 중세부터 있던 오래된 길로서 파시와 오퇴유를 가르는 경계선이었다. 발자크의 집은 3층 건물인데 발자크가 살던 다섯 칸짜리 아파트가 정원에 접해 있다. 집의 대문은 레이누아르 거리 쪽을 향해 있지만 언덕에 기대어 지은 집이라 아랫마당에는 베르통 거리로 난 작은 문이 있다.

발자크는 1830년 이곳을 '임시 피난처'로 정했다. 그때 그는 재정적으로 매우 어려운 상태였다. 사업 경험도 없으면서 무리하게 인쇄소를 인수했고 수입을 고려하지 않고 호사스러운 생활을 유지한 바람에 많은 빚을 지고 있는 상황이었다. 그래서 때로 빚쟁이들의 습격을 받았는데, 그럴 때면 발자크는 베르통 거리로 난 작은 문을 통해 파리 시내로 도망쳤다고 한다.

◇◇◇

발자크가 이곳으로 이사 오기 전에는 파리 남쪽의 교외 세브르라는 곳에 살았다고 하는데, 나도 유학 시절 그곳에 얼마 동안 산 적이 있다. 발자크는 빚쟁이들에게 쫓기다시피 세브르를 떠났는데, 나도 그곳에서 채 1년도 살지 못하고 쫓기듯 이사했다. 그 이유는 건물 맨 위층인 그 집이 여름에는 시원해서 좋았는데 겨울이 되니까 너무 추운데다가 아우슈비츠 수용소에서 살아남은 폴란드 출신 유대인 주인할머니가 전기와 수도 사용료를 부당하게 계산하며 볼 때마다 못살게 굴었기 때문이다.

지금 내가 글을 쓰고 있는 책상 앞에는 어제 발자크의 집에서 산 두 장의 엽서가 놓여 있다. 그중의 하나는 그가 글을 쓰던 작은방의 책상 사진이고, 다른 하나는 로댕이 발자크의 동상을 만들기 위해서 연습한 석고상 사진이다. 그 석고상 사진을 보면서 내가 1982년 처음 파리에 와서 소르본 대학의 어학 코스를 다녔던 몽파르나스 옆 바뱅 사거리에 로댕이 만든 발자크 동상을 떠올렸다. 그때 나는 점심시간이면 뤽상부르 공원으로 산책을 다니곤 했는데 그때마다 녹청이 덮인 발자크 동상을 바라보았다.

그런데 파리에는 발자크상이 두 개 있다. 작년에 이 동네로 이사 온 후 어느 날 52번 버스를 타고 오페라좌로 가는 중간에 또하나의 발자크상을 발견했다. 개선문을 지나 프리랑 거리로 들어서 얼마를 지나면 '르 발자크'라는 카페가 있는데 그 바로 맞은편에 발자크가 의자에 앉아 있는 석상이 보였다. 그 석상 뒤에는 국립 사진미술관이 있고 왼쪽으로 '발자크 거리'가 있는데 지금은 사라졌지만 말년에 이르러 발자크가 한스카 부인과 살던 집이 그 거리에 있었다고 한다.

◇◇◇

'발자크의 집' 현관문을 열고 짧은 복도를 지나 첫번째 전시실로 들어가니 일련의 초상화들이 걸려 있다. 그 가운데 루이 필리프의 초상사진이 있다. 발자크가 '인간 희극'이라고 이름 붙인 방대한 규모의 작품을 쓴 시기가 바로 루이 필리프가 지배하던 왕정도 아니고 공화정도 아닌 애매모호한 시기

(1830~1848년)였다. 그 당시는 신문과 잡지를 비롯하여 온갖 출판물들이 쏟아져나오고 정치를 풍자하는 캐리캐처들이 범람하던 시기이다. 그 초상사진 밑에 발자크가 당시의 분위기를 묘사한 인용문이 붙어 있다.

> 입고 다니는 의상은 쩨쩨하고, 혁명은 실패했고, 부르주아는 연설만 좋아하고, 종교는 죽었으며, 권력은 힘이 없어졌고, 왕은 거의 팔려버린 상태이다. 그것을 묘사하는 것이 어떻게 시적일 수가 있겠는가? 오늘날 우리는 스스로를 비웃을 수밖에 없다. 거의 죽어가는 사회에 대한 문학은 조롱과 풍자의 문학일 수밖에 없다.

그 옆에는 한스카 부인의 초상이 걸려 있다. 발자크는 1832년부터 1848년 사이에 한스카 부인과 줄곧 편지를 주고받았다. 그녀는 폴란드 귀족의 부인으로 발자크의 작품을 비롯해 프랑스의 문학과 지적인 흐름을 파악하고 있는 교양 있는 여성이었다. 두 사람의 일상생활과 심경이 편지 속에 고스란히 표현되어 있는 서신 왕래는 한 편의 연애소설이면서 일기이기도 했다. 박물관 벽에 붙어 있는 인용문들을 읽다보니까 대부분이 발자크가 한스카 부인에게 보낸 편지글에서 따온 것들이다. 1841년 한스카 백작이 사망한 후 발자크는 곧바로 결혼하기를 원했으나 한스카 부인은 1850년에 가서야 재혼에 동의했다. 그러나 안타깝게도 발자크는 결혼한 바로 그해에 세상을 떠나고 말았다. 1848년 발자크는 파시의 이 집을 떠나 한스카 부인의 지위에 맞는 포르티네 거리Rue Fortinée(현재의 발자크 거리)에 있는 저택으로 이사했다는 설명문이 붙어 있다. 사모하던 귀족부인과의 신혼 생활을 위해 새집으로 이사하고 새로운 삶을 시작하는 일이 힘들었던 모양이다.

초상화들이 걸려 있는 두 개의 방을 지나 세번째 방으로 들어가면 이곳이 바로 발자크가 엄청난 양의 글을 썼던 집필실이다. 두 쪽 벽에 창문이 나 있고 출입구 쪽을 향해 작고 단순한 모양의 책상과 의자가 자리하고 있다. 벽에는 액자 속에 들어 있는 예수의 형상이 걸려 있다. 벽난로가 있고 천장에 등도 하나 걸려 있다. 아파트 전체에서 가장 구석에 위치한 조용한 방이다.

바로 이 방에서 발자크는 세상의 소란을 피해 글쓰기에 몰두했다. 불필요한 치장이라고는 전혀 없는 이 단순하고 소박한 방에서 2400명의 인물이 등장하는 대하소설 『인간 희극』을 썼다. 그의 머릿속에는 자기가 살던 프랑스 사회의 전체상이 들어 있었다. 당시에는 파리 교외에 속했던 파시의 이 평범한 아파트 구석방에서 발자크는 만사를 뒤로 제치고 오직 쓰는 일에만 몰두했다. 한스카 부인에게 보낸 편지에는 그가 어떻게 글쓰기에 몰두했는가를 보여주는 다음과 같은 구절이 나온다.

> 나에게 일이란 매일 밤 12시에 일어나 아침 8시까지 쓰고 십오분 동안 식사를 한 다음, 다시 오후 5시까지 글을 쓴다는 것입니다. 그다음에 저녁식사를 하고 잠자리에 들어 다시 밤 12시에 일어나 하루를 시작하지요. (…) 어제 나는 열아홉 시간을 일했습니다. 스무 시간 아니 스물두 시간이 필요합니다. 글쓰

기가 나를 인도하고 있어요. 하루에 16장 내지 20장을 쓰고 있습니다. 나는 쓰고 고치는 일을 계속하고 있어요. 나는 그 일을 해내야 합니다. 나는 종일 책상 앞을 떠나지 않았습니다.

_1846년 10월 30일 금요일, 파시에서

집필실을 떠나 네번째 방으로 가면 입구 진열대 위에 HB Honoré de Balzac라는 발자크의 이니셜이 새겨진 카페티에르 Cafetière(커피 끓이는 도구)가 놓여 있다. 그는 하루에 많은 양의 커피를 마셨다. 1835년 7월 한스카 부인에게 보낸 편지에서 커피와 관련된 다음과 같은 구절을 읽을 수 있다.

오늘 저녁 나는 우울합니다. 동쪽에서 불어오는 바람이 세차군요. 지금 나는 무기력한 상태입니다. 나는 아직 일할 기운을 차리지 못하고 있습니다. 어떤 영감도, 어떤 착상도 떠오르지 않는군요. 그러나 써야 한다는 절대적 필연이 머릿속을 떠나지 않습니다. 그래서 커피를 마십니다.

그는 커피를 '현대의 각성제'라고 이름 붙였다. 지금은 기능을 중지한 채 진열대 위에 놓여 있는 리모주Limoges산産 흰색 바탕에 자주색 무늬가 새겨진 카페티에르를 바라보고 있자니, 그것을 사용해 뜨거운 커피를 끓여 마시며 하루 평균 열일곱 시간 이상을 집필에 몰두하던 발자크의 모습이 떠올랐다. 발자크는 진한 커피의 효과를 다음과 같이 묘사했다.

> 진한 커피를 마시면 정신이 확 깨어난다. 아이디어가 즉각 행군을 개시한다. 마치 군 대대 병력이 전설적인 전투장으로 행진하면서 전의가 충전되는 듯하다. 그 옛날의 기억이 떠밀려오며 선명한 깃발이 높이 세워지고 은유의 기병대가 장엄한 속력으로 배치된다.

커피의 효과가 이렇게 그의 창작욕을 불붙이면 그의 창조적 에너지에 물이 넘쳐흐르듯 글을 써내려갈 수 있었다.

> 형상과 모양, 인물이 불쑥불쑥 솟아나면서 종이가 잉크로 뒤덮인다. 밤의 작업은 이 검은 물의 분출로 시작되고 끝이 난다. 전투가 까만 가루로 개시되고 종료되는 것처럼.

발자크는 한 번 쓴 원고를 여러 번에 걸쳐 고쳤다. 이 방에는 발자크가 자신의 원고를 얼마나 세심하게 퇴고했는지를 보여주는 자료가 있다. 그가 쓴 소설의 한 부분이 스무 번 이상 고쳐지는 과정을 보여주는 교정지가 전시되고 있다. 그가 처음 쓴 원고에서부터 마지막 교정지까지 빠짐없이 보여준다. 거기에는 수많은 양의 원고를 쓰면서도 낱말 하나하나, 구두점 하나하나에 세심한 배려를 한 흔적이 역력히 나타나 있다. 1843년 4월 23일 한스카 부인에게 쓴 편지에 이런 구절이 나온다.

> 당신은 내 삶이 어떤지 모르실 겁니다. 당신은 내가 글쓰기에 모든 시간을 바치고 있어서 세수할 시간도 없다고 말하면 아마

발자크의 집 입구의 벽.

발자크는 이렇게 썼다.
“오늘 저녁 나는 우울합니다.
동쪽에서 불어오는 바람이 세차군요.”

믿지 않으실 겁니다! 하루 열다섯 시간에서 열여덟 시간을 일하는 것으로도 부족하다는 것을 생각해보십시오. 그리고 저는 똑같은 쪽을 열다섯 번, 열여섯 번씩 고쳐 쓰고 있습니다.

다섯번째 방에 들어서면 엄청난 크기의 도표가 전시되어 있다. 발자크의 『인간 희극』에 나오는 1천여 명의 인물들 사이의 상호 관계를 표로 만들어놓은 것이다. 14.5미터에 이르는 긴 도표 속에 등장인물들이 배치되어 있다. 1789년 혁명 이후 19세기 전반기에 새롭게 만들어진 프랑스 사회의 모습을 담은 발자크의 방대한 소설 속에 등장하는 인물 군상이다. 그 도표의 규모를 통해 발자크 작품세계의 엄청난 규모와 밀도를 짐작해볼 수 있다. 그 방의 전시 진열장에는 도표 속에 나오는 중요한 인물들이 동상으로 만들어지거나 캐리캐처로 그려져 전시되고 있다.

그런데 갑자기 이게 웬일인가? 강렬하고 유혹적인 커피향이 방 전체에 진동한다. 누가 발자크를 위해 커피를 끓이고 있는 것일까? 사방을 둘러보니 이 방 한구석에 엄청난 양의 커피 원두 알맹이가 쌓여 작은 동산을 만들고 있었다. 얼마 전부터 발자크의 '내면세계le monde intérieure'로 상상여행을 떠나게 하는 설치미술작품이 박물관 이곳저곳에 전시되고 있는데, 커피 알맹이가 이룬 동산의 모습도 일련의 작품 중 하나였다. 방 전체에 진동하는 커피 향기는 마치 발자크의 영혼을 불러오는 주문처럼 느껴졌다. 나는 상상을 초월하는 발자크의 초인적 글쓰기 작업에 경의를 표하며 그가 살았던 집을 천천히 걸어나왔다. 레이누아르 거리에는 어둠이 내리고 있었다. 눈이 올 것 같은 느낌이었는데 밤이 깊어가도 눈은 끝내 내리지 않았다.

일기장을 닫으며

일기는 그날그날 일어난 일상적인 일들의 기록이며 쓰는 이의 내면에서 일어나는 생각을 풀어놓은 글이기도 하다. 누구라도 행복할 때보다는 힘들고 답답하고 우울할 때 글을 쓰게 된다. 나는 2002년부터 파리의 이방인이 되어 일기를 쓰기 시작했다. 오십을 바라보는 중년의 나이 앞에서 앞으로 어떻게 살아가야 할지 막연했다. 서울에서의 풀리지 않는 삶을 정리하고 파리에서 자발적 망명 생활을 시작하면서 일기를 쓰기 시작했다. 이 책은 그렇게 3년 동안 쓴 일기 가운데 가장 힘들었던 첫 한 해의 기록이다.

1970년대 중후반 대학생 시절, 방학 기간에 친구들과 편지를 교환하곤 했는데 그중에 한 친구가 나에게 "생각이 많은 친구"라고 적어 보낸 구절이 기억에 남아 있다. 그런데 그때 내가 무슨 생각을 했는지는 거의 기억나지 않는다. 일기를 써놓지 않았기 때문이다. 그런데 나보다 꼭 200년 앞선 1755년에 태어나 1788년 34세의 이른 나이로 세상을 떠난 조선 후기의 선비 유만주는 21세부터 죽기 전까지 13년 동안 꾸준히 일기를 썼다. 이 일기는 그가 남긴 유일한 책이다. 그는 자신이 일기를 쓰는 이유를 다음과 같이 밝혔다.

> 사람이 세상에 태어나면 누구든 어떤 일을 겪게 된다. 그 일들은 한순간도 그치지 않고 언제나 나의 몸에 모여들기 때문에 날마다 다르고 달마다 다르다. 이처럼 내가 겪게 되는 일들은 시간이 얼마 지나지 않았을 때는 자세히 기억나지만, 조금 오래되면 흐릿해지고, 이미 멀어지고 나면 잊어버리게 된다. 그런데 일기를 쓰면 오래지 않은 일은 더욱 자세히 기억나고 조금 오래된 일도 흐릿해지지 않으며 이미 멀어진 일도 잊어버리지 않게 된다.
>
> 내가 글을 배운 이래 작년까지 3700일 남짓이 지났다. 그 3700일 동안 겪은 일들을 모두 기록하지 않았기 때문에 지난날을 돌이켜보면, 꿈속에 또렷하던 것이 깨고 나면 아물아물하고, 번쩍 빛나는 번개가 돌아보면 사라져 없는 것처럼 좀체 떠오르지 않는다. 일기를 쓰지 않은 탓이다.
>
> 사람의 목숨은 하늘에 달린 것이므로, 당연히 그걸 늘이거나 줄일 수는 없다. 그러나 내가 겪는 일들은 나 자신에게 달린 것이므로, 그 경험을 상세히 기억하거나 간략히 덜어내는 것은 오직 내가 할 노릇일 따름이다. 그래서 나에게 일어나는 일들을 기록

하는 것인데, 그 일들은 하루라는 시간과 이어져 있고, 하루는 한 달과 이어져 있으며, 한 달은 한 해와 이어져 있다. 이렇게 일기를 씀으로써 저 하늘이 나에게 정해준 목숨을 끝까지 남김 없이 살며 하나도 폐기하지 않으려는 것이다.

_유만주, 『일기를 쓰다 1: 흠영 선집』, 김하라 옮김, 돌베개, 2015, 7~8쪽.

파리에 살던 시절 늘 생각과 느낌이 많았다. 그런데 안타깝게도 생각과 느낌은 시간이 갈수록 희미해지면서 기억에서 스르르 사라져버렸다. 그래서 일기를 쓰기 시작했다. 나에게 일기는 매일 떠오르는 생각과 느낌을 고스란히 보관하는 기억의 서고였다.

일기는 자기 자신이 주인공이 되는 글쓰기 형식이다. 하루하루를 의미 있게 보내고 싶어하는 사람들이 일기를 쓰게 된다. 스스로가 자신을 들여다보고 내일은 오늘보다 더 나은 사람이 되고 싶다는 의지와 희망이 없다면 무엇 때문에 일기를 쓰겠는가? 1949년 『제2의 성』을 발표하여 페미니즘의 이론적 기초를 마련한 시몬 드 보부아르도 조선의 선비 유만주처럼 자기가 매일 겪는 일들을 모두 기록하고 싶어했다. 자기만의 진정한 삶을 추구했던 그녀는 자신의 삶을 기록한 여러 권의 일기와 자전적인 글을 책으로 남겼다.

1990년대 서울에서 살 때는 이런저런 일로 분주하게 지내면서도 마음 한구석이 비어 있었다면, 2000년대 파리에서 지낸 날들은 혼자 조용히 지내는 시간이 많았지만 전혀 심심하지 않았다. 내 눈앞에 펼쳐지는 파리의 풍경이 많은 기억과 추억을

환기시켜 내 머릿속에 많은 생각들을 불러일으켰기 때문이다. 1982년에서 1988년 사이에 이루어진 유학생으로서의 파리 체험이 박사학위라는 하나의 목표를 겨냥한 쫓기는 나날이었다면, 2002년 이후 시작된 나의 파리 체류는 아무 제한과 구속 없이 프랑스 사회와 프랑스 사람들을 바라보며 나의 모든 지적·문화적 호기심을 채울 수 있는 절호의 기회였다.

2002년 1월 말 파리에 도착하면서 쓰기 시작한 일기는 2004년까지 이어졌다. 2004년 이후에는 책 쓰기에 몰두하느라고 일기는 자연스럽게 중단되었다. 그후 나는 2007년에 『한국인의 문화적 문법』을, 2009년에는 『파리를 생각한다: 도시 걷기의 인문학』을, 2010년에는 『파리의 장소들: 기억과 풍경의 도시미학』을, 2011년에는 『프로방스에서의 완전한 휴식』을 펴냈다. 이 책들은 2002년 이후 내가 파리에서 쓴 일기를 밑거름 삼아 자라난 나무들이라고 할 수 있다.

내가 파리에서 일기를 쓰지 않았더라면 그 이후에 나온 책들도 쓰지 못했을 것이라는 생각이 든다. 일기를 쓰면서 나는 매일 글을 쓰지 않으면 못 배기는 글쓰기 습관이 생겼고 이후 나의 모든 독서 생활과 여가 생활도 글쓰기를 초점 삼아 이루어졌기 때문이다. 매일 글을 쓴다는 것, 어떤 글을 쓰든 그것이야말로 삶을 깊이 음미하며 사는 길이다. 파리에서 서울로 돌아온 이후 나이 예순을 넘어 나는 '지배하는 삶' '즐기는 삶' '음미하는 삶'이라는 세 가지 삶의 방식 가운데 가장 가치 있는 삶은 음미하는 삶이라는 생각에 도달했다. 삶을 음미하며 살기 위해서는 늘 생각하고 그것을 글로 쓰는 생활을 해야 한다는 것도 알게 되었다.

일기를 쓸 당시 나는 유학생도 아니었고 해외에서 근무하는 공무원도 아니었으며 기업체의 현지 직원도 아니었고 교민도 아니었다. 나는 아무것도 아니었지만 굳이 이름 붙인다면 자칭 '작가'로 살았다고 말할 수 있다. '작가'는 아무것도 아니면서 동시에 모든 것이 될 수 있는 자유로운 직업이다. 파리에서 '은둔' 생활을 하면서 '변신'이 일어나서 나는 '사회학자'에서 '사회학자/작가'가 되었다. 2011년 말 귀국 이후 나는 『책인시공: 책 읽는 사람의 시간과 공간』 『삶을 긍정하는 허무주의』 『책에 대해 던지는 7가지 질문』 『응답하는 사회학: 인문학적 사회학의 귀환』을 펴내면서 스스로를 사회학자이면서 작가라고 생각하며 살아간다.

자발적 망명 생활을 마치고 귀향한 지도 6년이 지났다. 다시 돌아와 만난 서울은 나에게 낯선 도시였고 나는 다시 이방인이 되었다. 이제 시간이 흘러 서울은 나에게 너무 익숙한 도시가 되었다. 다시 어디 낯선 곳으로 떠나야 할 때가 온 것 같다. 1941년 9월 윤동주가 쓴 시를 읽으며 나의 『파리 일기: 은둔과 변신』의 문을 닫는다.

또 다른 고향

윤동주

고향에 돌아온 날 밤에
내 백골이 따라와 한방에 누웠다.

어둔 방은 우주로 통하고
하늘에선가 소리처럼 바람이 불어온다.

어둠 속에 곱게 풍화작용하는
백골을 들여다보며
눈물짓는 것이 내가 우는 것이냐
백골이 우는 것이냐
아름다운 혼이 우는 것이냐.

지조 높은 개는
밤을 새워 어둠을 짖는다.

어둠을 짖는 개는
나를 쫓는 것일 게다.

가자 가자
쫓기우는 사람처럼 가자
백골 몰래
아름다운 또 다른 고향에 가자.

파리일기
은둔과 변신

초판인쇄 2018년 1월 30일
초판발행 2018년 2월 6일

지은이 정수복
펴낸이 염현숙

책임편집 이연실 | 편집 장영선 | 독자 모니터 이희연
디자인 최윤미 | 마케팅 정민호 박보람 나해진 김은지 우상욱
홍보 김희숙 김상만 이천희
제작 강신은 김동욱 임현식 | 제작처 영신사

펴낸곳 (주)문학동네
출판등록 1993년 10월 22일 제406-2003-000045호
주소 10881 경기도 파주시 회동길 210
전자우편 editor@munhak.com | 대표전화 031) 955-8888 | 팩스 031) 955-8855
문의전화 031) 955-8895(마케팅) 031) 955-2651(편집)
문학동네카페 http://cafe.naver.com/mhdn | 트위터 @munhakdongne

ISBN 978-89-546-5018-2 03810

* 이 도서의 국립중앙도서관 출판예정도서목록(CIP)은 서지정보유통지원시스템 홈페이지(http://seoji.nl.go.kr)와 국가자료공동목록시스템(http://www.nl.go.kr/kolisnet)에서 이용하실 수 있습니다.(CIP제어번호: CIP2018002545)

www.munhak.com